chun

man

gu

yuan

春满故园

这儿的春天好像是压过来的，有种热烈的冲动。刚立罢春，阳光就温暖了许多，风也温柔起来。山坡上的迎春花从枯草间绽放了出来，花色粉黄，招人喜爱。晒上几个太阳，园子里的杏花、梨花、桃花、油菜花都次第开放了。这让人到底触到了醉人的春天……

刘国贤 著

敦煌文艺出版社

图书在版编目（CIP）数据

春满故园 / 刘国贤著. —— 兰州：敦煌文艺出版社，2016.7（2023.1重印）

ISBN 978-7-5468-1454-4

Ⅰ.①春… Ⅱ.①刘… Ⅲ.①散文集–中国–当代 Ⅳ.①Ⅰ267

中国版本图书馆 CIP 数据核字(2016)第 124886 号

春满故园

刘国贤 著

责任编辑：侯君莉
装帧设计：蔡志文

敦煌文艺出版社出版、发行

本社地址：(730030)兰州市读者大道 568 号
本社邮箱：dhwy@duzhe.cn；
本社博客(新浪)：http://blog.sina.com.cn/dunhuangwy
本社微博(新浪)：http://weibo.com/1614982974
0931-8773084(编辑部)　　0931-8773235(发行部)

天津旭丰源印刷有限公司印刷
880 毫米×1230 毫米　1/32　印张 10.125　插页 2 字数 300 千
2016 年 7 月第 1 版　2023 年 1 月第 2 次印刷
印数：1001~4000

ISBN　978-7-5468-1454-4
定价：55.00 元

前言

　　"为什么我的眼里常含泪水？ 因为我对这土地爱得深沉……"这是多么扣人心弦的诗句啊！将一颗温暖的心与土地相连,对土地倾注了赤诚之爱。在这片热土上,我们充满激情地奋斗,热情地生活,对故土满怀深情的眷恋。

　　一个热爱土地的人,定会热爱家国,热爱生活。

　　故园便是这片热土上的细胞,是我们赖以生存的源泉。生于斯、长于斯的我们,在这里辛勤地耕耘,艰辛地劳动, 为生活付出了心血和汗水。我们无愧于时代,无愧于人民,无愧于脚下这片土地。

　　我庆幸生活在这样一个伟大的时代。在这个时代,我们每一个人都能充分展示自己,将自己的聪明才智发挥到极致。在这片土地上,只要付出辛勤的劳动,就会有可喜的收获。愿生活在世间的人们,都有美好的生活和灿烂的前程。

　　我爱春天,因为春天充满希望,放飞梦想,憧憬未来。在拥有希望的日子里生活,那该是一件多么幸福的事啊!我喜欢这个季节的色彩,热爱春天的朝气,汲取春天万物生发的力量,《春满故园》便从我的心灵里流淌了出来。

　　故园是我心中挥之不去的情思。故园的这山、这水、这人……彰显了情深笃厚的家国情怀。生活中的每一个细节,都让人牵肠挂肚、难以忘怀。将这些琐碎的事记录下来,在记忆中再畅游一次,享受那些已逝岁月的温馨,温暖心灵家园。

　　我用温情的文字记述故园那些已逝或在世的人们,用真诚书写那些奇山丽水和人文古迹,用真情表达心中的挚爱情深。恕我愚钝,难以彰法,难以达意,难以将事物记述得准确完美。……文已至此,恳请各位同仁批评指正!

刘国贤

2016 年 3 月 19 日

目　录

第三辑 难以忘怀

第四辑　乡野漫歌

第五辑　骋怀览胜

第一辑 NO.1

春满故园

经历严寒的磨砺，崖坎上的刺槐、猫刺、酸刺都长了起来。塌土的地方，露出部分根来，显得十分坚忍和刚强，在料峭的春寒里，呈现一种深刻的从容。

春满故园

一

　　我的故乡石鸡坝，坐落在县城以西 30 公里处。这里，因有一尊千年屹立的石鸡而得名。故乡与著名旅游胜地九寨沟相邻，相距 40 多公里的路程。东青公路穿境而过，白水江绕村而流。发源于甘南舟曲的中路河与从九寨沟而来的白水江交汇于此，浩浩荡荡的江水向东流去，像一条玉带飘忽在大山之间。故乡仿佛也沾了九寨沟旅游胜地的光，显得美丽而灵动。

　　过了立春节气，新的一年才正式开始。

　　刚立罢春，故乡的风就拂去了冬日凛冽生硬的寒冷，变得柔软起来。和煦的阳光暖暖地普照大地，像亲人温暖的手，抚摸着，让人感到春天的温暖。

　　春的讯息随风而至，春的脚步匆匆而来。春天，是一位伟大的母亲，深情地呼唤着万物从沉睡中苏醒，用她甘甜的乳汁哺育万物生长。经历了严寒磨砺的树木，在春风里积蓄了生的力量，发芽，长叶，绽放。

　　山坡上的迎春花带来春的讯息，最先开放。杏花、梨花次第绽放，田园一片雪白，呈现出一副冰清玉洁的景象。春风吹生了柳枝，春风也将花瓣吹落，杏花、梨花纷纷飘落，形成了"漫天飞雪会梨花"的景象，十分壮观。在一片粉白即将谢幕之时，桃花开了，开得热烈奔放，把素净的故园装点得绚丽多彩。白水江畔的柳，舒展开婆娑的身子，在春风里舞蹈；嫩绿的柳芽儿，在柳枝上点头微笑，呼唤来一群呢喃的燕子，共度春光。田野里的青青麦苗，拔节生长，葱绿茂盛。田地里金黄的油菜花铺展开来，充满了丰收的希望。大山也由枯黄变成微黄、浅绿了，山花烂漫，香飘山野。故乡的春景，美丽得如同梦境。

春天，万象更新。故乡正加快建设的步伐，工程进展如火如荼，工地上的机械声、喇叭声、吆喝声此起彼伏，催生无穷的动力。

故乡一派春意盎然……

二

故乡的村后有一座大山，名叫九龙山。山上有一座庙，供奉着九龙山代花土主娘娘神，当地人都尊称为"九龙山阿婆"。

九龙山的神奇，不在山高、山险、山峻，而在九龙山山顶的周围生长着一片郁郁葱葱的柏树林，把这座大山装点得神秘莫测了。山不在高，有仙则灵。九龙山阿婆庙就掩映在这片苍松翠柏之中，有着深山古刹的清幽。奇怪的是，九龙山山顶周围柏树森森，而在山顶以下的百余米外，就没有柏树生长了，现出一片荒山秃岭。好像是从这儿画了一条分界线似的，上下泾渭分明。传说，这片柏树林是九龙山阿婆所种，她在九龙山山顶的周围播撒了柏树种子，转眼间，山上就长出了一片葱郁茂密的柏树林，让九龙山充满灵气。

立春过后，新年将至。在大年三十前后，虔诚的人们就要上山祭奠九龙山代花土主娘娘神，祈求神灵保佑。虔诚的信主背上香纸灯烛和祭祀牲灵，徒步上山，以表达对神灵的诚意。还有趁着夜色到庙里赶头香的，表达自己的虔诚和对神灵的敬仰。人们对神灵的信仰，也是对自然的敬畏。只有对天地万物有敬畏之心的人，才能够顺应自然，自得其乐。

祭祀完神灵之后，就可以观赏柏树林的风景了。初春，墨绿的柏树叶子上又长出了一点点的嫩芽，绿得清新纯粹。翠芽儿仿佛是开在树枝上的小花，可爱极了。柏树一根挤着一根，密密麻麻地生长，笔直挺拔的树干向高空延伸，做着积极向上的努力。茂密的柏树林遮住了太阳光，透出寂静的深幽。鸟儿穿梭在树林里，偶尔鸣叫几声，山林更显幽静了。向林间深处走去，仿佛置身于一片绿色的海洋之中，让人充满无限希望。浓郁的柏树香气洒满林间，迷人的清香直扑鼻管，沁人心脾。摘下几枝柏树枝带回家，松柏的清香就溢满庭院。

在九龙山悬崖峭壁的石缝里，生长着几棵古柏，充满坚忍的力量。古柏不知在此屹立了多少年，依然在绝壁之上昂首挺拔，傲立风中，尽显古柏大义凛然之风，让人油然而生敬意。

九龙山是春游、踏青的好去处。我上学的时候，每逢春天，老师都要组织学生去九龙山春游。同学们带上干粮，背上水，扛上校旗，唱着歌，浩浩荡荡向山上进发。在柏树林的一块较为平坦的地方整队，开展文娱活动，有大合唱、独唱、小品、舞蹈、武术等节目，欢快的歌声、笑声回荡在山间，九龙山上热闹非凡。丰富多彩的文娱节目，将春游活动开展得有声有色，至今，仍让人回味无穷。师生联欢后，同学们都自由活动，有的在柏树林里捉迷藏；有的钻进更加茂密的柏树林里，趴在笔直的柏树上，像猴子一样从这棵树跳到另一棵树上，做着荡秋千的游戏；有的在山坡上采摘柏树枝上刚发出的嫩芽，夹在书本里，留住沁人的幽香。春游，是一幅春景图，将春天的美丽留在了记忆深处。

听人说，九龙山的柏树林以前比现在还要茂密，几百年甚至上千年的大柏树随处可见。但在"文革"时期，把大柏树都砍了，调运到外地去架桥。这些历经千百年的大柏树建成桥梁，架设在白水江上，见证着那段刻骨铭心的历史。如今，这些被伐的古柏树都成为历史，只能从想象中感知它们往昔的茂盛。

九龙山，有着大山的雄奇，有着江南青山的俊秀，有着神奇仙山的灵气。这里为西秦岭山脉与岷山山脉的交汇处，摩天岭和插岗岭两大山系横亘于南北两侧，是主峰净各留山的一支余脉，落脚于我的故乡。这里地处南秦岭地槽褶皱带，典型的二叠纪地层，地质结构复杂，矿藏富集，金矿、铅锌矿、赤铁矿等藏量大。九龙山，也是陶家湾村的后山，与有名的新关金矿咫尺之隔，陶家湾、剪子坪、插柳山、高家山、郭家坡等村都在新关金矿的同一条脉系上。因此，一些不法分子就在九龙山周围偷偷地挖金矿，破坏山体，毁灭植被。废弃的矿渣，如同山体身上的牛皮癣，让人心里不是滋味。一路见到的那些被废弃的矿洞，透着阴森恐怖的暗影，仿佛大山在呻吟……

听村里人说，那些人嫌这里金矿的含金量低，挖金不划算。因此，这几年，九龙山就很少有人再挖金。山坡上的野黄蒿和羊胡子草也长了起来，将惨败的痕迹一点点地淹没。山顶上的柏树林依然浓绿，九龙山又现光彩了，叫人欣喜不已。

这个春天，我又一次来到九龙山。九龙山代花土主娘娘神庙已进行了维修，正殿、过厅、大门、凉亭都修建一新。九龙山上最险要的一段悬崖步道也进行了硬化，装上了栏杆，让人不再担惊受怕。庙里接来了山泉水，也不为用水而愁。山顶上有了水，人们就在山上的空闲地方栽植柏树，补植砍伐过的空缺。曾经被砍过古柏的地方，已生长起了新栽植的柏树苗，又一片新绿生发出来，焕发出勃勃生机。

九龙山，这片从远处就能看到的墨绿的柏树林，在春的季节里，显得愈发苍翠了。

三

隆兴寺是村后寺台子梁上的一座寺院。它坐落在九龙山山脚的龙头上，有千里龙脉归此地的风水。隆兴寺修建于宋徽宗年间，四合院建筑，有正殿、两边抱厦六殿和天王殿。正殿塑三尊大佛和文殊、普贤二位菩萨，抱厦六殿内是观世音菩萨、地藏王菩萨，天王殿内塑弥勒佛和四大天王。寺院里先前塑造的佛像都毁于"文革"中，这些佛像都是后来遵照以前的布局塑成的。

隆兴寺的前院，是后来才有的建筑。前院新修建了事务房和大门，铺设了通往寺院的人行步道，修整了花台，栽种了树木花草，隆兴寺又成为故乡的一处胜景了。

"文革"时，许多寺庙都难逃劫难，隆兴寺也损毁严重。那些神形逼真的佛像都被摧毁，雕刻精美的门窗被砸烂，余音绕梁的古钟被深埋，寺院内的一切佛事陈设都被销毁殆尽，只剩下两棵千层子树幸免被毁。可惜的是，生长在寺院前的3棵千年古柏树被伐，运到石坊乡建成了白水江上的木桥。被砍的3棵柏树，都是两三个人才能合围的古树。古柏树要比村庄的历史长得多，也就是说，这里还没有人居住的时候，古柏树就苍翠浓绿了。那么大的古柏树，就这么倒在利斧之下，叫人怎能不心痛呢！

后来，隆兴寺又改建成乡政府。生产到户后，乡政府搬迁到安昌河，寺院才空了出来。1993年起开始维修，逐年塑像，才成如此景观。

神奇的是，在隆兴寺的院子里生长着两棵千层子树，虬枝盘结，相互交错，形成了一个自然的拱门，让人倍感新奇。在寺院石岩的地基上，能长出树来，已是奇迹，更何况长出了这么大的两棵千层子树，而且长势旺盛，这不得不叫人称奇。每年春天，千层子树就发出紫红色的嫩芽，新芽逐渐舒展开来，渐渐长大，就变成了翠绿的叶子。枝叶蓊蓊郁郁的，茂密的千层子树笼罩着院子，院子里筛下斑驳的日影，寺院显得更加幽静，也更富禅意了。

千层子树和石榴树很相似，无论是树的长势还是叶子和花色都很像。只是，千层子树只开花不结果，而石榴树开完花后就能结出大大的石榴来。千层子花没有花蕊，只有花瓣。花冠里挤满了一层层叠加的花瓣，花瓣层数很多，因此，这便是叫作"千层子花"的缘由了。千层子树每年农历五月开花，花期较长，先后大约要开放 3 个月。火红的千层子花举上树枝，花色一片热烈。铃铛样的花冠，盛满了红色的花瓣，仿佛是一把把小火炬，燃烧起来。千层子花洋溢出幸福祥和之光，把寂静的寺院映照得更加祥瑞喜庆了。千层子树陪伴着晨钟暮鼓生长，千层子花在木鱼诵经声中绽放。香烟缭绕的隆兴寺，也春色满院了。

这样一对奇特的树生长在这里，不知长了多少年，已亭亭如盖，让人油然而生敬意。佛学讲求一切随缘，大概这就是一种缘分吧！是缘分使它们生长在这里，而不是其他地方。

春天，隆兴寺前院的花台上开满了鲜花，栽植的松柏翠绿挺拔。院子里碧绿的嫩草随风摇曳，僧房里传来诵经声。春意融融，和谐温馨。

四

大嘴山，就在村庄的门前，也是故乡的前山。白水江从大嘴山脚下流过，把村庄和大嘴山分开。大嘴山高大雄伟，而村庄仿佛是它脚趾上的一根汗毛，显得纤细而娇小。

　　大嘴山，是典型的震旦系地层，岩石特征为硅酸岩、硅质岩和碎屑岩，呈岩石裸露、沟壑发育的地形地貌，沟谷狭窄，坡度陡峭。这里是西秦岭岷山山脉的一支，也是强烈的新构造活动区，地震活动频繁。因此，大嘴山上每逢地震或大雨天气，就会滚落碎石，震得山鸣谷应，惊心动魄。人们常说，这是"地牯牛"在动弹，没必要大惊小怪。平时，遇上久晴或久下雨的天气时，大嘴山上也会滚下碎石，人们就会预测到今后天气的变化，久晴后就会下雨，久下雨后就会放晴，据此还很准。

　　太阳光从东山顶直射过来，先照在大嘴山上，然后才逐渐照在村庄。当村庄和白水江都沐浴在阳光里时，大嘴山已享受了充足的温暖。因此，春的脚步就会最先光顾大嘴山。山上的迎春花开了，满山满坡都是，粉黄的花色把枯瘦的山坡点染得新鲜起来。再晒上几个暖阳，下一场春雨，山坡上的小草就偷偷地探出头来，发出了嫩绿的青芽。过不了两天，整个山坡都泛青了，大嘴山上呈现出一派春意盎然的景象。山杏花开了，雪白的花朵缀在树枝上，没有叶子的点缀，仿佛是圣洁的使者，花显得更加纯粹了。野山桃树东一棵西一丛地生长在沟沟坎坎，在山杏花凋谢之时，野山桃花就相继开放。粉红的山桃花格外耀眼，远远地就能看到它的芳姿了，它们最大限度地展现自己的存在。马莲花和一些不知名的野山花都开了，成了百花齐放的世界。山花的芳香，飘散到对面——我的故乡。这大自然优厚的馈赠，让人感到自然的奇妙造化。

　　早上起床，推开房门抬眼望去，映入眼帘的便是面前的大嘴山。大嘴山是横亘在故乡面前的一道天然屏障，犹如一面镜子，映照人们的身影和行动。听说，有一户王姓人家，就在大嘴山上开荒拓土，大面积地种植药材，发家致富。一方水土养育一方人，很快这户人家在自己的辛勤劳动下，大富起来，成了远近有名的商户。他们在山上修房造屋，大量开垦山地，种植药材和庄稼。正在蒸蒸日上之时，谁料，在一个连天暴雨的夏季，大嘴山跨下了半面坡，山上还不时地往下滚碎石。如今只留下了一座空房子还在山上。破坏自然，终究要受到自然的严厉惩罚。

传说，大嘴山里藏着金鸽子、金燕子和金牛。每逢良辰吉日，金鸽子和金燕子就从大嘴山里飞出来，金光闪闪，光芒四射，鸣叫几声，冲天飞翔，显出活宝贝的灵气。金牛会哞叫起来，震得山鸣谷应，紫光飞腾，显现了金牛的霸气。金鸽子和金燕子常会飞到村后的大石头上打滚，在石头上磨出几个既光滑又圆润的深窝窝，因此，这颗大石头也就有了灵气。在村庄前面的侯家地里，也有一颗大石头，石头上面也有许多既光滑又圆润的深窝窝。不同的是，在石头的中央有一个凿开的石洞，里面非常光滑，手摸下去，就感到柔柔的滑润。据说，有只金燕子居住在这里，这是金燕子的窝。是盗宝人把石头凿开，盗取金燕子时留下的痕迹。盗宝人没有得逞，金燕子飞到了对面的大嘴山里去了。听说，盗宝人沿白水江而上，沿路寻找活宝，在岷堡沟盗取一只金鸽子时，金鸽子逃脱了，也飞进了大嘴山。盗宝人在大嘴山前徘徊多日，也没有找到抓住活宝的办法，只能望山兴叹，空手而回。于是，大嘴山便成了远近闻名的活宝山。如今的新关金矿，就在大嘴山的身后，已探明的后斗湾和杏树坪金矿床储量均在30吨以上。也许，大嘴山有活宝的传说，与新关金矿有着必然的联系。可见，传说不一定都是凭空胡诌或空穴来风，总有些渊源的。

春天，大嘴山下的文县祁连山水泥厂，正开足马力生产，实现年产100万吨干法水泥的生产目标，将在春季实现创收。武九高速即将动工修建，高速公路就从故乡穿境而过。这期盼了多年的梦想，终于变成了现实，人们是多么的高兴啊！按照设计方案，在大嘴山前有个高速路出口，打通大嘴山高速路隧道，直连九寨。这个早春，设计者们已对高速公路的行走路线进行了勘察，在大嘴山前的田地里打了路标，插上修路的红牌；也在大嘴山的隧道口打上路标。当武九高速公路建设全面启动，在春暖花开之际，这里将会是一派热火朝天的建设场面。历史将注定，这是故乡一个不平凡的春天。

五

石马崖，因一块巨石上有马形图案而得名。

传说，神仙小二爷路过这座大石崖时，忽然，他骑的白马在此生下了一匹小马驹，白马难以行走，于是白马和小马驹的影子便映在了石崖上。石崖上的马影，栩栩如生，形象逼真。因此，就有了石马崖的名字。

石马崖，坐落在村北面中路河的下游，与黑鹰坝相邻。有谚语云："石鸡不过黑鹰坝，小二爷不过石马崖。"话说，"石鸡不过黑鹰坝"，是有缘由的。正值春暖花开的阳春三月初八日，佛祖释迦牟尼聚众仙在玉虚山讲经，鲁班圣人驾云赴约，圣人行至三堆坝，看见雌雄两鸡正在麦田啄食。圣人思量，两鸡闲居良田，与民有害无益，不如责令两鸡赶往阴平城江边作为建桥基石，将功补过，造福于民。便口念真言，两鸡连夜赶路，沿白水江岸上行。由于雄鸡走得太快，至天亮时竟错过了县城，多行了30公里，到达黑鹰坝附近，恰被对面山顶上的一只黑鹰看见。黑鹰一夜饥肠，求食心切。鸡隐身避鹰，站在河滩静候。天亮时，鸡变成了一尊石鸡，鹰也变成了石鹰。因此，人们就取这两地的地名为"石鸡坝"和"黑鹰坝"，两地相距约3公里。如今，神形兼备的石鸡石鹰，成为县城以西一道美丽的风景。石鸡与石鹰的故事，也成了一物降一物的精彩典故。然而，石鹰与石马则和谐相处，相依为伴，历经沧桑，厮守百年，共同守护着这方土地。它们矢志不渝的精神，让人油然而生敬意。

石马崖边，有一道天然的石门槛，与石马崖的底脚形成了约10余米高的垂直落差。河水从石门槛上跃下，形成了一条银而发亮的大瀑布，发出轰鸣的声响，溅起了飞花碎玉般的水雾，因而看不清潭中的情景。中路河不舍昼夜地奔涌，日积月累地冲撞，把石马崖脚底冲击出一个深不见底的大深坑，犹如一口没有封盖的大缸。因此，在瀑布的下面便形成了一个大深潭，声音好像是从大缸里传出的，发出穿耳的声响。潭水究竟有多深，人们不得而知。在暴雨季节，从中路河上游漂下来的木头冲进深潭，就不见了踪影。人们对石马崖深潭的阴森心生恐惧，所以很少有人光顾这里。除非有心事、想不开的人，非寻短见不可，才会义无反顾地跳入深潭，了却生命。听说，邻村的一位妇女，与丈夫发生了口角，她受不了心中的委屈。半夜里，她丢下熟睡的孩子，自己摸到石马崖边，从坡上窜下深潭，就再也没见踪影。全村人到处都找遍了，只在石马崖的坡坎上拾到了她丢下的一只鞋……

石马崖的落差大，水势急，地质稳，在这里修建了安昌河水电站，电站的水头就在石马崖。通过石马崖的导流洞，把中路河的水从电站水头运送到黑鹰坝电站机房的压力管道内。80多米的落差，把水的势能发挥到极致，也为安昌河电站创造了可观的利润。在石马崖的石门槛上修筑起一座蓄水闸门，把中路河的水蓄积起来，形成一个高山湖泊，营造了一个高峡出平湖的景致。碧蓝的水，映衬着湛蓝的天，湖天一色。春风吹皱一湖春水，鸟儿在水面上飞翔，鱼儿吐出泡泡，湖面一片祥和。岸边的高坎上山花盛开，粉的、白的、黄的鲜花，争奇斗艳，把湖水装扮得色彩斑斓。春天，中路河的水丰盈起来，发电的水能更足了，电站开始满负荷运转，电能源源不断地输送出去，为县域经济的发展贡献了力量。

石马崖静静地守候在这里，领略着春天的美丽，也见证了当地经济的发展。

六

日光温室和大棚蔬菜，是故乡发展起来的特色产业。这里光照充足，气温适中，最适宜发展日光温室和大棚蔬菜。1997年，县上就在这里规划发展蔬菜产业，至今，全村已发展日光温室100余座，大棚蔬菜200多座。因种植面积大，效益较好，所以蔬菜种植成为支柱产业。故乡的日光温室和大棚蔬菜，已成为全县有名的蔬菜基地。

日光温室种植的是反季节蔬菜。农户通常在日光温室里种植西红柿和黄瓜两种蔬菜。日光温室蔬菜一般在秋季就开始种植，种植早一些的，在深冬就能上市；迟一些的，在次年立春前后才能上市。过年的时候，日光温室里的西红柿和黄瓜就是丰产期了。不管走进哪一家的日光温室，都会见到丰茂的西红柿苗蔓上缀满了丰硕的、红得透亮的大西红柿，等待人们采摘。早春的蔬菜紧缺，人们对蔬菜的需求量大，在这个时候上市的蔬菜，都会卖个好价钱。一个日光温室一季的收入都在万元以上，因此，作务温室蔬菜的农户都对这茬蔬菜十分重视。从下籽、移苗、栽植、铺膜、绑吊绳、打杈、点花、去叶、施肥、浇水、放风口、卷草帘，到摘果装箱，每一件事情都做得很细致、很认真，不敢有半点马虎大意。

春天到来，大棚蔬菜就得下种。人们先把大棚拱好，在大棚的钢架上铺上塑料，绑上铁丝，固定稳妥，安上塑料门窗，就可以作务大棚蔬菜了。在大棚里选一小块地方，挖细，整平，播撒上西红柿籽种，培育大棚里栽植的菜秧。在培育菜秧的地块上拱个小拱棚，上下两层拱棚使菜秧有了足够的温度，生长也就很快。人们一边整地，一边等待菜秧长大。在大棚里起好垄，把半尺长的西红柿苗栽在地垄上，一边栽植，一边用水瓢灌水。当菜苗栽满整个大棚，就给地垄铺上地膜，在地膜上钻出许多小孔，露出西红柿苗，防止苗间的杂草生长。而后，就往大棚里浇水、冲肥，一季蔬菜要冲两三次肥。

阳春，温度渐高。大棚里的温度迅速升高，地里的水分不断蒸腾，积聚在拱棚的塑料上，滴答滴答往下掉，又滴在了大棚里。大棚里的西红柿苗在高温的催生下长得很快，嫩苗眼看就长大。西红柿苗长过一尺多长，就要在大棚里的绷丝上绑吊绳。塑料线做成的吊绳，似一根根纺纱垂挂下来，下端绑在西红柿苗的根部，苗蔓就顺着吊绳攀爬。接着给西红柿苗打杈，点花，去果，除去败叶。西红柿一天天地长大，根部结出的第一穗果，又大又圆，红润丰硕。第二第三穗果缀满枝蔓，西红柿长得可爱，红得诱人，让人心喜。摘下又红又大的西红柿，装在箱子里，运送到菜市场，赚回辛勤劳动的成果。一沓沓丰厚的回报，鼓起了菜农的腰包，他们掩饰不住心中的丰收喜悦，脸上洋溢着幸福灿烂的笑容。

富于憧憬的春梦，时刻激励着人们，为美好生活而奋斗。功夫不负有心人，一分耕耘，一分收获。正如春时，一寸光阴一寸金，抓紧时间，勤劳播种，定会有个好收成。

七

村子里有一部分农户养殖蜜蜂，成了名副其实的养蜂专业户。他们开春出门秋后回家，长期在外地养蜂。按照季节的轮回，花期的时日，他们到处赶蜜源，创收入，收效不错。四川的油菜花、故乡的洋槐花、岷县的山花、文县的党参花、红原草地花海都是他们赶的蜜源。

还没立春，刚在腊月头上，他们就整理蜂箱，换蜡扇，泥风口，收拾帐篷、蜂蜜桶、摇蜜机和锅碗瓢盆。包上一辆大卡车，装上养蜂的全部家当，到四川赶油菜蜜源。新年就在异乡的蜂场里度过，他们注视着含苞欲放的油菜花，与嗡嗡歌唱的蜜蜂说话，心里充满了对来年的希望。

当故乡春暖花开的时候，四川大坝的油菜花开得正旺。蜜蜂忙碌地在油菜花海里采蜜，伫立在花蕊中，用嘴巴亲吻花粉，几只脚不停地挪动着，腹部在忽闪忽闪地颤动。一会儿，蜜蜂的嘴上、腿上、腹上都沾满了金灿灿的花粉，迅速飞回了蜂巢，带回了勤劳的成果。蜜蜂穿梭在油菜花丛里，发出嗡嗡的声响，声势浩大，仿佛要将春天的热闹推向极致。

开始一段时间的酿蜜，主要是繁殖蜜蜂。把培育好的蜂王分放在许多箱子里，经过一冬的蜂群就开始壮大起来。蜜蜂繁殖够一定数量后，它们就很有秩序地出入自己的蜂巢，尽心尽力地辛勤酿蜜。养蜂人也没有一刻清闲，戴上蜂罩，系上围裙，不停地翻动着蜂箱里的蜡扇，取出酿满蜜的蜡扇，刮蜡后，再放进摇蜜机里摇蜜，晶莹透亮的油菜蜜就从摇蜜机里流入蜜桶里，散发着蜜的馨香。

摇蜜，是养蜂最忙的时节。一个蜂场少说也有几十箱蜜蜂，一个蜂箱里就有一二十张蜡扇子，流蜜期，一张接一张地摇，整个蜂场没有两个人是忙不过来的。蜜摇紧张的时候，他们往往连饭都顾不上吃。当摇出的一桶桶蜂蜜垒起来，形成一座蜜山时，心里就有说不尽的高兴。

蜂王浆，是工蜂的分泌物，是专供将要变成蜂王幼虫的食物，也是养蜂人一笔不小的收入。因蜂王浆的营养价值高，所以售价也很昂贵，往往是蜂蜜价钱的四五倍。虽然，蜂王浆价格高，但产量有限。因此，养蜂人一般在摇完蜂蜜的空闲里，才取蜂王浆。蜜蜂的劳动成果都是宝，蜂蜜、蜂王浆都是上好的营养品，蜜蜂蜡可制成蜡烛，给黑暗带来光明。听说，蜜蜂还可以治疗风湿病，它是通过蛰穴位使风湿病得到遏制。

　　春天是开花的季节，只要有花的地方，都是蜜蜂的乐园。当故乡的洋槐花开满原野时，蜜蜂如期而至，摇蜜机里转动出令人欣喜的收成。

八

　　春天充满希望，大地富有生机。故乡的山川、河流、田园、荒野、古迹，沐浴在春光里，活力四射。万物生灵、花草树木，都赶着春天的趟儿，焕发出勃勃生机。放眼望去，一派欣欣向荣的景象。

　　追忆往昔，感叹世事易变、岁月沧桑。寻古探今，方感人生有命。

　　又是一个春天，做一个春梦吧！只争朝夕，勤奋而为……

　　看！大地春潮涌动，春满故园。

江畔春柳

柳树喜水，在水边生长的柳树葱郁而茂盛。与水伴生伴长的柳，长势很旺，充满着十足的精气神。

杨柳依依，体态妩媚，便有一种江南的韵致了。

白水江畔的柳林，吮吸着江水成长，长势青翠而丰茂。在小城有这么一带茂密的杨柳林，也算得上是一处颇有韵味的景致了。

立春刚过，小城便有了春意。春的脚步近了，刚踏进这方土地的时候，白水江畔的春柳便热情地等待着，喜迎她的到来。柳枝张开了惺忪的眼，放出一丝丝光亮在枝头颤动。柳早把春天的讯息传开了，大地热闹了起来。柳是春的使者，她把春天的第一抹绿播撒在了旷野。

春风吹拂大地，柳树发芽了，鲜嫩的新芽泛着点点鹅黄。没过几天，鹅黄变得嫩绿、翠绿、深绿了，柳叶儿渐渐长大。江畔一排歪着扭着的柳，泼洒下如丝的秀枝，轻拂着疾驰的江水。柳的新绿把江面都浸染了，装点得半城江水春意盎然。

春季的天气就这般奇妙，大多晚上下雨，白天便是个大晴天了。仿佛苍天也垂青这美丽的春天，特意安排了这么好的天气，显示出大自然的灵气来。

清晨，夜雨的滋润还在延续，朝雾笼罩着整个大山。白水江上也飘散着淡淡的朝雾，江面上一片迷蒙，像缭乱的炊烟。人们说这就是"春气"，一种新鲜的，让人迷恋的神气。迫不及待地深深吸一口，那种清新和爽快就在心底里奔涌了。此时，真想大喊一声，清除内心所有的郁闷和杂念，还原一个清静的自我。

江面升腾着烟，烟缭绕着柳，柳撩拨着水，真辨不明那色彩是青灰、淡蓝，还是浅绿。

走在上班的路上，感到一切都是新的，心里觉得清新而爽朗。远山的雾在迅速撤离，江面的烟逐渐地消退。瞬间，便不见了踪影。天空透出了深蓝，一轮朝阳升腾在东山之巅。阳光温暖着江畔的柳林，照射在朝露浸润的柳枝上。柳芽儿反射出一道道白而晶莹的亮光，愈显得柳芽青翠欲滴了。这时候，天空像洗过一般，天蓝得深沉。山雾也退尽了，山野一片空旷，眼前也豁然明朗起来，心情一下子就愉悦了。没有一丝风，柳树静静地享受着春阳的爱抚。纤纤柳枝倒垂着，柔顺得如同少女在梳洗秀发。白水江映衬着湛蓝的天空，水天一色。江水泛着暧昧的光，那跳跃的浅浅的波浪，闪动出银亮的光芒。柳枝悬挂在水面，注视着投影在波心的倒影。这时，春柳仿佛是春阳中的新娘，温柔，美丽。

春风吹皱了春水，也吹动了江畔的杨柳。柳梢在江面上描画着，暗红色的光晕淡淡的，好像一幅画。风一吹，画儿动了。柳枝舞动了起来，柳梢瞬间成了闪电，爆裂出不同的形与势。杨柳显得愈发柔软飘逸、婀娜多姿了。

春柳在歌唱，而或她们又在欢笑。在对岸，仿佛也听得见她们的欢笑了。听，真的就有了咯咯的笑声了，从那江畔的柳林里传来。

　　江畔的柳日夜坚守在小城的一角，时光在她身边溜走，生机在心里涌动。她与水聊，听鸟歌唱，一份恬静，让生活充满无限韵致。

小城之春

　　小城的春天来得比别处早些。这儿的春天好像是压过来的，有一种热烈地涌动。

　　刚立罢春，阳光就温暖了许多，风也温柔起来。山坡上的迎春花冒出了小小的花骨朵,才过几天，迎春花就从枯草间绽放了出来，花色粉黄，招人喜爱。再晒几天太阳，山坡和园子里的杏花、梨花、桃花、油菜花都次第开放了。让人到底触到了醉人的春天。

　　小城位于甘肃省最南端，坐落在崇山峻岭之间。这里的山是出了名的，满目皆山，山推着山，山爬着山，层峦叠嶂，壁立千仞，险峻极了。小城的面积不大，镶嵌在一块鱼肚状的川坝地里。外地的朋友常说："小城像个小镇，小得可怜。"我曾为他们的议论而沮丧。转念又想，在大山之中，能有这么一座小城，对生于斯长于斯的我们来说，也是莫大的快慰和不尽的满足了。

　　这儿地处大陆腹地，为南北气候过渡区，是陇南山地亚热带、暖温带湿润区的一部分，雨量充沛，四季分明。因此，春来得早，来得快。才下过两场雨，地里、山坡上都变了颜色，起初是枯黄、蜡黄、浅黄，而后变成微黄、淡绿、浓绿了。像春姑娘赶趟儿似的，一畦畦、一片片绿意盎然，我们为这涌动的春潮而迷恋、陶醉。

城郊田地里的梨花开了，满树的梨花雪白一片，碎银似的花瓣挂满树枝，整个儿白茫茫亮晶晶的，整棵梨树都被洁白包裹着。春风摇着树枝，花朵碰撞着、相拥着，你抱着我，我抱着你，很热闹，很亲热。花枝相撞的激情，让一些花朵随风飘零，雪花一样片片飘落。残花变成泥土，又去滋养它的根。树枝上没有凋零的梨花迎着春风，伴着太阳，显示她的成熟和坚强。当然，它们很快也会凋零，却把希望寄托于果实，将生命延续。果的形成，预示着花的凋亡。多么伟大的奉献啊！感慨之情油然而生。

桃花开了，小城周围满山满坡都是。南山和北山上的山桃花开得早些，但枝条上的花朵开得稀疏，全都是星星点点的小花，连躯干和枝条都遮掩不住，有一种说不出的窘。大家嫌山桃花不够浓，不够艳，缺少花的浓郁。因此，人们很少观看，它寂寞地开着。园子里的桃树是精心栽植的，一排排，一行行，错落有致，排列整齐。枝条是修剪过的，树干深紫发亮，看得出其体内储存着足够的水分和养料，正攒足力量，搏击于新春了。才冒出的新芽芽，有点绿，带点红，做着开放的姿势，让人不由得也紧张起来。人们等待桃花盛开。一夜春风来，千树万树的桃花开放，粉红的桃花就满园香了。蜂、蝶比人还快，飞入桃花丛，它们忙着采花粉，从一枝飞到另一枝，不放过每一朵盛开的鲜花。小城的人们全家出动，扶老携幼观赏这娇艳的桃花，感受春天的快乐。人们用照相机抢拍美景，他们不放过每一处景致，把春天留在记忆，让芬芳香满岁月。

公路沿线的油菜花，开得洒脱，厚厚的，呈云雾状。菜花黄得透亮，没有一丝儿杂色，散发着淡淡的香。孩子们跳跃在地垄上，追赶着蝴蝶。一对情人也走进了菜花林，含情脉脉地甜言蜜语，他们在尽情地欣赏，寻觅像花一样甜美的爱情。油菜花仿佛给小城锁着边，它既不奢侈，也不故弄玄虚，是普通得不能再普通的一族，它绽放着，为世界展现着自身的力量，让人们更加留恋这座美丽的小城。

江岸的杨柳披散着长发，婀娜多姿。才几天呢，就满树满枝都绿了。柳枝倒垂，轻轻抚摸着湛蓝的江面。翠枝从水面上滑过，带起串串水珠，在阳光下泛起了珍珠般的光亮。白水江缓缓地、柔柔地从小城流过，江水清澈，碧蓝碧蓝的。这是从深山中流出的圣水，一直从九寨沟流淌下来。妩媚的柳自作多情，柳根穿透堤坝，延伸到江水的领地，裸露的根须，随江水自由晃动，在水底又寻到它的安身之所，便继续扎根，继续生长。柳似乎很满足，撩拨得人心里直痒痒。居于绿柳下的垂钓者，好像也意识到了什么，瞩目深思，等待鱼儿上钩。江边捶洗衣服的妇女们，泼洒在江面上的一串笑声，回荡在舞动的柳枝间，柳叶舒张开来，仿佛张大嘴巴附和着她们。

北山上生长着前些年栽植的侧柏树，密密麻麻，一排排疯长。侧柏树四季常绿，到了春天，它的墨绿泛出一些翠绿来，长出的新鲜叶子，使它显得更加丰腴壮实了。山坡没有水源，用喷灌浇树，护林员说："这套喷灌设施是政府专门架设的，领导十分重视这项工程，眼下开春了，就得多喷洒几次，树才长势旺。"在春天的阳光里，无数张喷嘴吐着水雾，呈现出五彩缤纷的景象来。树与树之间的野草也绿了起来，嫩嫩的，充满朝气。刺槐、猫刺、酸刺生长在岩坎上，根扎得很深，都长起来了。塌土的地方，露出根来，显得十分坚忍和刚强，自然地流露出一种从容而深刻的形态。人们常说："北山是小城的脸面，它美起来，小城才更美。"好多年了，人们都在期盼着小城尽快绿起来。如今，北山绿了，山上的喷灌喷涌着，形成一道靓丽的风景，小城也更美了。

南山绿化借鉴北山的成功经验，全县群众、干部总动员，赶着春天的节拍，挖坑、植树。栽植的首选树种仍是侧柏、油橄榄，它们耐旱、常青、易成活。县上已在南山实施了集雨节灌工程，解决了南山绿化用水的问题，专聘护林员负责浇水和管护。一片人工林在这个春天造就，焦土上生出绿来。人们坚信南山也会变绿，变得更有生机。数年之后，这些树苗会长成大树，人们都能在此乘凉、游玩，那该是多么美丽的一座小城啊！

白水江上架起了一座大桥，宽大而宏伟。这是连接南北两城区的枢纽。在桥的另一头，正在兴建一座新城小区。大型推土机、装载机、运输大卡车忙碌在施工现场，机器的轰鸣声在山谷中震荡，在远处就能感到一种极大的力量在涌动，令人心情无比激动。小城变大了，天空仿佛也开阔了些。白水江绕着小城流动，玉带般缠绕着。春风吹得温暖，满脸汗水的工人们，揽着阳光，向春天微笑。

西元新校区正开工建设，规划能容纳数千名学生就读。这是多么大的一所中学啊！家长和孩子们都憧憬着，期待着。西元，距县城不远，大约有两公里的路程，是一处幽静的村庄。这里风光秀丽，景色宜人，春天的西元就更妖娆了。西元曾是唐朝时的文州古城，有着深厚的历史底蕴和人文景观。回顾历史，展望未来，无不深感小城充满春天般的希望。

春天像一把快鞭，催促着小城里的人们各自忙碌。清晨，春风还带着几分凉意，吹得冷飕飕的。公园里，一群老年人排开方阵，锻炼起来。有的拿着粉红色的舞扇，翩翩起舞，有的舞剑，有的练着太极拳……他们脸上漾着笑容，全身热活起来，好像春天到处跳动着生命的音符。菜市场人头攒动，人们挑选着大把大把的蔬菜。小吃摊生意火爆，热情的摊主迎送南来北往的客人。披着夕阳的余晖，牧羊人赶着羊群往回走。羊群绕过小城，直奔白水江边，喝着江水，滋润着干燥的喉咙，羊咩咩地叫着往回走。

小城的天蓝蓝、水蓝蓝，空气格外清新，阳光普照大地。山挡住了风，山抑制了尘。春催生了万物，美丽了小城。

玉虚翠柏

　　玉虚山，位于县城以北，又名北山。

　　北山向阳，日照时间长，这里显得干旱了些。因此，多年栽植的侧柏树，生长得没有别处快。在这里能看到一片浓绿的树林，不知人们为之付出了多少心血和汗水。

　　初春季节，太阳温和，温暖的阳光普照在众山之巅，让人心里生出一种无限的豁达和精神焕发的喜悦。满山满坡透出了鹅黄的底子，微风过处，空气中夹杂了淡淡的草香，这些早生的植物传递着春天的信息。春不经意间便到了玉虚山中，催生了柏树芽，点染了玉虚山常绿的松柏，让这处松柏的浓绿愈显得苍翠欲滴了。

　　又是一年植树节。我们准备了植树的工具，浩浩荡荡向玉虚山腹地进发。车子在一条从山脊中开凿出的公路上徐徐前行。窗外是一片悬空的旷达，远处的山峰飘忽而过，高高低低、参差错落的行道树在窗前晃动着。这般油油的绿，映入眼帘，流入心底，荡起了春韵的波澜。绿的诱惑让人不得不伸长脖子，极力探寻着更为厚重的绿了。

　　车子很快到达目的地，停在一片被苍柏浓荫了的院子里。院子的四周长满了侧柏树，枝叶吸收着暖阳的光，阳光照不透浓厚的绿，院子里就显得阴阴的，有着初春的冷。院子里有两座房子，是护林员的住所。一只狗拴在门前的一棵柏树上，不停地狂吠。院墙一角的几棵李子树绽放着稀疏而淡白的小花，虽然没有艳丽的光泽，但花朵里溢着香，吸引着蜜蜂伫立花端，嗡嗡盘旋，这景致是多么的祥和，怎不叫人感叹呢！

前方有一尊魏国大将邓艾策马偷渡阴平的塑像。塑像横刀立马，束鬓拂须，栩栩如生，彰显了一代英雄人物的丰功伟绩。底座刻有碑文，撰写着邓艾的生平及功绩。碑建于1996年秋，这一年，玉虚山开始了大规模的建园绿化。最早在这里栽植的侧柏树，已亭亭如盖，苍翠婆娑。站在邓艾像旁，俯瞰谷底，葱葱郁郁，一片翠绿。据林业局的同志介绍："很早时，玉虚山曾是绿树掩映，林木参天，生态极佳，是修行悟道的隐地。后来历经战乱及人为破坏，玉虚山林木殆尽，生态恶化，植被难以生长，成为一片不毛之地，直至县上做出绿化南北两山的决定后，玉虚山绿化工程才正式启动，历经10多年，今天才能看到这片绿色的林子了。"是的，这翠绿是众多的人积攒的色彩，是带给今人的一份信息，是寄予后人的期待。

我精心地挖着一个又一个土坑，将一棵又一棵嫩绿的侧柏树苗虔诚地放在土坑里，将树苗把直、放端，培上土，抛出浇水围边。在树坑里灌上一桶水，干渴的土壤发出吮吸的声音，似孩子吃奶般的香甜。根从土壤中得到馈赠，无私地把营养输送给树体、枝叶，生长出醉人的绿来。

这是一片干瘪的荒坡，没有任何绿的色泽，绿化的重任十分艰巨。前人已作了表率，在一镢一锹中积蓄了成绩，把一片、一坡、一山绿化得靓丽宜人。我被玉虚翠柏激励着，生出一股催人的奋发，让手植之株为山增色，给心慰藉。

　　回家时，我没有坐车，逐级而下。隐藏在密密麻麻的侧柏丛林中的水泥台阶，沿山梁一直蜿蜒到山脚下。台阶修建得舒缓而错落有致，每隔一段路，就建造了一座古朴典雅的亭阁，亭台上有座椅，行人在此可以休息。站在最高的亭阁看台，可以鸟瞰全城。小城里行道树的绿勾勒出几道美妙的线条，还有零星点缀的绿，把一座小城装点得更加美丽。行走在浓绿的树林中，暖阳正当头顶，没有一丝风，伴着嗡嗡乱窜的飞虫，都包裹在了沁人心脾的柏香中。浓绿的柏枝又生出许多嫩嫩的新芽，在暖阳中浸出一层薄如蝉翼的油脂，新芽更显得晶莹绿亮了。墨绿的老叶烘托出新绿的圣洁，把整个玉虚山都渲染得翠色秀丽。

　　春迈着轻盈的步伐，深入大山之中，播撒着绿的希望。

　　人勤春来早，耕耘一片田地，种上心的期待。玉虚翠柏，历经艰辛而成林，呈现出春的无限希望，让人思绪飘然、倍感鼓舞。

春天的茶园

　　春天的茶园极具诱惑，几分新奇，更多期许，让人颇不宁静。思绪伴着心儿早已飘荡于碧翠的茶园之间。在此，充满活力的孟春季节，我又能亲临茶园，真切地感受春天的馈赠，茶的芳香了。

　　碧口，这个与水有关，与绿有关，也与茶有关的地方，魅力无穷，富于诱人的神韵。因此，也博得了陇上江南小镇的美誉。这里气候温润，云雾缭绕，适宜种茶。得天独厚的自然优势，好像把季节也提前了似的，春就比别的地方来得更早一些。正当县城垂柳才吐新芽之时，碧口一带的大地，已脱了鹅黄的底子，透出丝丝的绿来，涂得奇山秀水更加清新爽朗了。

　　走进碧口镇的石龙沟，春已把这里装点得如诗如画，翠意盎然。阳光把整个石龙沟都暖了起来，没有一丝风，鸟儿在丛林中婉转鸣叫，沟里显得更加宁静了。路边是茶园，茶园的高处是灌木林。鸟儿深藏在茂密的茶树中，而或从隔了茶园的灌木林里飞来。鸟的鸣叫声忽远忽近，变得缈远而舒缓了，仿佛让人置身于幽僻的境地。

　　茶园是一畦畦的，茶树挨着茶树。参差错落的茶园勾勒出自然圆润的曲线，在茶园图锦上绣织得美丽依然。修剪过的茶树拘束而谨慎，显得彬彬有礼，教养十足，似士兵列队，整齐轩昂。滋养了一冬的茶树，生出宽厚深绿的茶叶，把剪的刀痕遮掩了起来，露出浓郁的绿，沁人的香。枝丫上露出雀舌般的新芽，嫩得腻人，翠得欲滴。还有刚冒尖的苞芽，丰韵而富有情调，似一位怀孕的母亲安详而满足。茶园里有几位采茶工，细心地采摘着茶树的新芽，把雀舌一般的嫩芽，轻轻摘下，虔诚地放在竹篮中。鲜嫩的茶叶如趴伏在竹篮里的绿虫，让人陶醉。

虽然，春早就到了茶园，但几天前的一场春寒，又把早春的孕育摧残，新生的茶芽枯萎了。茶农损失了早春黄金期最为丰厚的收成，他们仅仅采摘了一些春寒之后幸存下来的茶芽，等待茶芽新一茬的希望。

春终于丰满了起来，不再变得轻率随便了，气候变得平稳适度。春天的阳光温暖着大地，把山坡上的茶树催生得愈发生机益然。在暖阳下，茶树重新生出了新芽，起初星星点点，而后生发得愈加旺盛了。采茶姑娘正采摘着属于她们最早的一批新茶，心里充满了新奇和喜悦。茶园一天一个样，春像个魔术师，让茶叶瞬间变化。先一天刚生出的新芽，第二天便张开了小嘴，第三天就长得认不出是前两天的苞芽了。时间的脉动，在此显得如此鲜明，仿佛每一分每一秒都在敲动茶的心弦，触及生命的旋律，催生新的力量。

茶园莽莽，缠绕着一座座山，一道道梁。一片片碧翠浓郁的茶园，从沟底一直延伸到山顶。这是最为壮观的茶园了。茶园如此盛大，山川是多么的美丽啊！山野空旷，清泉潺潺，鸟儿鸣叫得更加悦耳动听了，嗡嗡采花的蜂蝶，采茶姑娘清唱的小曲，飘荡在翠绿的茶园上空，真是如醉如痴如梦一般。

从沟底盘旋而上的一条通村公路，好像茶园的裙边，点缀在这方幽静的浓绿里，充满了现代生活的气息。路的一旁有一片被翠柏古树荫蔽了的天地，从渐绿的树木缝隙里露出村子的一角，才知道这就是水蒿坪村。这里静得出奇，村庄好像熟睡在春天的暖阳里。高支书领我们走进了宁静的村子，房子掩映在树林里，依山而建，因地制宜，户与户之间都隔了一段距离，这些空闲仿佛是为树的生长留下的。房子修建得稀疏，东一家，西一户，错落有致，富有江南民居的韵味。村子里的其他人都去茶园里采茶，有几位老人正坐在院子里，静静地享受着春天的温暖。这里没有围墙，所以院子显得宽敞而自然，好像大家都拥有着无边的春色。

来到高支书家，他家的两层小洋楼修建得气派，楼房的外立面贴着粉白的瓷砖，在暖阳里十分耀眼。屋内布置一新，沙发、茶几、电视、冰箱等设备摆放整齐。墙上张贴着书画，为茶乡的新屋增添了许多书卷气息，显得更加雅致了。我们坐在院子里，享受着茶乡春阳的温暖。高支书从他的茶叶加工房里拿出一袋刚加工好的龙井茶，刚炒出的新茶，还发着热，散发着扑鼻的香。新茶泡在透明玻璃杯里，翠绿而晶亮。茶叶次第浮沉，令人思绪飘然。高支书介绍了水蒿坪村的发展情况："水蒿坪村有 117 户群众，都在发展茶叶种植，每户人家平均都有二三亩茶园，茶叶亩产都能收入 1 万多元，村里农户的年均纯收入都在 3 万元左右，人们生活过得富裕。"听了他的介绍，回想茶园的发展，寄予茶乡更大的期望，让人感到无限快慰。

在茶乡喝一杯新茶，听万籁之声，览春日茶园，使内心清新而爽朗，愉悦之情油然而生。云雾山中的茶园，是茶农热切的希望，给勤劳的人们以慰藉。清明节前后，茶园就迎来了丰收的喜悦。过不了几天，这方茶园将热闹起来，采茶人的歌唱，穿梭的运茶车，喊人吃饭的吆喝声，叽喳鸣叫的小鸟，使整个石龙沟沸腾起来。

冬去春回，茶园春色更美；寒冷过后，春阳溢满茶乡。

带着茶的清香，抚慰心的期许，拂去不安与焦虑，融于静默的心田。

临江春意

晨光微曦，窗外透着春天的明朗。清晨，山鸡在坡上鸣叫，鸟儿穿梭于树林间歌唱。人勤春早，农人们一大早就到田地里忙着春耕。春天早就把温暖带给了这片大地，催生草木发芽，万物复苏。山川大地身着新绿，一派春意盎然的新春景象溢满临江。

临江，自古是陇蜀通道的重要驿站。古时，曾设临江关，地势险要，有"洮蜀咽喉"之称。隋唐以前，临江一带是阴平氏人势力最强盛的地区，三国蜀将姜维在此置葭芦城，南北朝时期，葭芦城为阴平的第一名城，南朝宋元嘉后期，葭芦城成为仇池氏杨氏所建武都国的政治中心。岁月悠悠，多少个冬去春来，把这块丰腴之地欣然彰显。

昔日的临江古道上生长着一片挺拔的白杨林，树叶新发，枝头垂挂着丰满的花絮。春风吹拂，纷纷扬扬的花絮就飘洒开来。放眼眺望，临江坪上的桃花开得正浓，锁定人们的视线。一道迷人的景致深深地吸引着南来北往的人们驻足观望。

临江的春天，比全县其他地方来得早一些。县城一带的迎春花盛开的时候，临江的柳树已经发芽，新发的柳芽鲜嫩欲滴，在春阳里闪着金光。白龙江堤岸边的杨柳满身透绿，柳枝随风飘洒着，舞动着春的旋律。暖阳静静地照在临江大地，农人们都在地里忙碌着作务庄稼。绿油油的麦田，散发着春的清香。隔畦生长着一大片金黄的油菜，花枝招展，一簇簇、一团团，似扎成的朵，微风过处，激起一阵花浪，那厚重的黄，仿佛是流动的酥油，鲜艳而圣洁。成群的蜜蜂穿梭于群花之间，采集着早春第一茬鲜蜜。蝴蝶，时而舞动着羽翅，时而静立在花端，将热烈的油菜地鼓动得更加热闹起来。

临江是一处开阔地，虽然四面大山环绕，但在此显得宽阔有余。白龙江沿川而过，两岸有很多良田。田地里种着各种蔬菜和庄稼。地膜覆盖的洋芋，露出了肥壮的洋芋苗，人们正在一垄垄银白色的地膜里漏苗，让洋芋苗充分吸收阳光，自然生长。一畦畦蒜苗正抽着薹，修长而光洁，让人顿生蒜薹炒腊肉的艳羡。嫩绿的豌豆苗，伸出弯曲的蔓，四面寻找依附的枝干，弹簧似的腰身，一颤一颤的，十分妖柔。主人把豌豆苗中最嫩的部分都摘了下来，做成餐桌上的一道美食，享受幸福的生活。菠菜、花菜、西芹都按照科学种田的方法，采取间作的种植方式，蔬菜品种齐全，生长旺盛。碧绿的蔬菜绿了田野，映绿了临江大坝。政府继续实施产业结构调整，大力发展蔬菜产业，扩大蔬菜种植面积，缩小传统作物种植面积，努力打造临江蔬菜基地，发展农村经济，增加农民收入。

在一处农贸市场建设场地，一群工人正在忙着和浆、砌石、打杆，挖掘机开足了马力深挖地脚，指挥人员吹着哨子，舞动手中的旗子，指挥着机械工有序操作。工程进展很快，护坎在工人们的辛苦劳作中不断加高，场地正在平整。场地侧面立着一块牌子，上面介绍了项目的建设情况。这是临江农贸市场，属灾后重建项目，这项工程要在这个春天完成。从宣传牌的效果图中，让人憧憬未来临江农贸市场的新貌。在临江蒋家湾村，炮声阵阵，汽笛长鸣，临江 20 万 KVA 铁合金项目已开工建设，建设工地现场热闹非凡，十多台挖掘机、推土机齐上阵，几十辆运输车在工地上穿梭，一派繁忙的施工景象。建设者们鼓足干劲，辛勤攻坚，为新厂的早日建成贡献力量。这个 6 亿多元的项目，就在临江落地，并将发展壮大。不难想象，该项目的建成将会带动临江经济的大发展，必将造福一方百姓，这等好事实事让人深感欣慰。

傍晚，天空万里无云，远眺临江的落日，一派平和景象。春阳西斜，临江一带的绵延大山青烟迷蒙，太阳变成了白日，银光灿烂，令人目眩，群山仿佛也眯细了眼睛，张望最后一抹夕阳。落日渐沉，余晖四射。遥望西天，一片金黄。不一会儿，西天的金色化作朱红，继而转为灰白，最后变得青碧一色。春天的落日，幻化着异彩，彰显着临江独特的魅力。

春迈着轻盈的步伐，悄悄地潜入临江腹地，染绿了山野，丰润了江河，装点着秀美河山。

临江春意盎然。

绿染磨碾子坪

　　当沿河的柳树吐出新芽，透出嫩嫩的绿时，这座小城才迎来真正意义上的春天。风柔了，太阳暖和了起来，草木都舒展开身子，迎接春的到来。万物一下子都醒了，抢着阳光、雨露和时节，迎来新的生活。

　　今年，植树的地点在县城北面的磨碾子坪上。我们乘坐一辆小面包车，从所城径直向关家沟前行，经林政站，从砖厂向左拐，驶入去磨碾子坪的一条土路上，路面不宽，只容一辆车通行。路是从山腰中辟出来的，从挖掘而成的坡坎可以看出，修路的方量真不小。山坡陡得惊人，车子走得费劲，让人心生恐惧。后面赶来的车子似甲壳虫，匍匐前进。绕过几道弯，车子就到了平坦的磨碾子坪上。

　　树苗是林业站的专车送来的，一株株放得整齐。树苗有一米多长，根上还带着土，掂一下，沉沉的。我们每人顺手拿上两棵树苗，在划定的区域里栽植。植树坑是工人们提前挖好的，只需要将树苗栽植、培土。植树的人很多，大伙儿说着、唱着、闹着，一片欢腾，欢笑声荡漾在大山之间，磨碾子坪就显得十分热闹。一行人排着队，把树苗向更高的山坡处一个接一个地传递。

人们用洋镐和铁锨重整土坑，把挖好的树坑再挖大挖深，把树苗放在坑里，细心地覆上土，靠实，栽稳。一株新的生命就在荒坡上诞生。工人们手里拽着水管，在栽植好的树苗上浇水。干渴的土地有水的滋润，树苗的成活就有了希望。大伙儿精心栽植的一棵棵侧柏树，瞬间就绿了半面山坡。

磨碾子坪是块黄土地，黄土丰厚，但十分缺水，因此，草木难以生长。在大山之中，能有这么一块平坦的土地，显得尤为难得。站在宽敞坦荡的磨碾子坪上，思绪飘荡，让人在历史的悠远中徜徉。

传说，文王囚禁羑里城的故事，就发生在磨碾子坪的天牢山上。相传，这里是纣王囚禁文王的地方，羑里城和天牢山的遗址尚存。在羑里城文王写就了《周易》一书，堪称象、数、礼、辞各学派的宝典，也是儒家和道家的经典。天牢山旁建有一座文王庙，作为纪念。明代文县知县徐矩赋诗一首："文州古羑里，孤城何巍巍！远居边寨地，万岭环参差。溯当殷未造，未辟西南夷。羑人何时来？竟传文在兹。蒙难以演易，荒服同囚羁。真妄姑不论，景此百世师。下马肃瞻拜，古木鸣黄鹂。"可见古羑里的奇绝了。据《文县志》记载：南宋理宗赵昀之端平三年（1236年），蒙古窝阔台从成都率兵西上攻取文州城。此时，文州太守刘锐，通判赵汝向，二人镇守文州城。蒙兵久攻不下，但城中守东门奸徒陈昱，暗通蒙兵，降于阔端。蒙兵入城，烧杀抢掠，城中血流成河。刘锐、赵汝向誓死相抗。在天牢山，刘太守、赵通判与文州城共存亡，血洗疆场。磨碾子坪的黄土埋了忠骨，磨碾子坪见证了英雄的壮举，让人永远怀念他们的赤胆忠心。

在磨碾子坪的高处，建有一座蓄水池，是集雨节灌工程。蓄水池中有多半池水，碧澄澄的，被蓝天映衬得十分灵动。蓄水池的低处接出许多管道，向四周布开。林业技术员说："这是为了绿化南北山，县上专门修建的供水设施，保证植一棵，活一棵。"在水贵如油的地方，能看到这么一池绿水，不知让人有多感动。这也让每位植树的人都有了信心，坚信劳动不会白费，栽植的树苗有水的浇灌，定会成活，来年将会绿染山川。

　　站在磨碾子坪上，向西张望，在两山相夹的大沟中修建着一处工程。白色垫底，是用塑料铺设而成，在阳光下反射着耀眼的光芒，这就是县城垃圾填埋场工程。清洁工人每天清扫着城内的垃圾，将小城打扮得美丽而光洁。一车又一车的城市垃圾都运到磨碾子坪上的垃圾填埋场，进行销毁、焚烧、净化。填埋场的周围架设了通水的管道。山坡上挖好的育林坑，人们把墨绿的侧柏树苗一棵棵地栽植，把磨碾子坪的山坡织绿，荒坡上的绿色充满了希望。

　　前些年栽植的树苗正在抽芽。新的嫩芽从墨绿中脱颖而出，形成一道分明的线，可以看到它们的生长。虽然，株距与行距还是那般清晰，还没形成林的样子，但亭亭玉立的风姿，已让人感到生命的涌动。站在磨碾子坪上，放眼望去，那栽植的树苗透出的绿，把枯黄的山脊点缀得生机盎然，绿意一片。

泡桐花开

仲春之季，正是山花烂漫时。黄的、白的、粉的、红的，五颜六色的花朵竞相开放。山野一片馨香，花与绿把山川和原野装扮得美丽而清纯。在众花吐秀时，泡桐花也如期开放了，白紫相间的花色有一种独特的魅力，让人一见就会产生爱慕之情。此时，春天显得更加厚重了，仿佛春流动了起来，真是美不胜收。

在我故乡的梁梁峁峁，生长着许多泡桐树。每当春暖花开，泡桐花开得正热烈的时候，我都要抽空回家，目睹这一派春的胜景。

父亲是一位爱栽树的人，在家乡的坡坡坎坎、河边地头，只要有空闲的地方，他就栽上树，让树的绿点染山川。生产到户时，父亲在大河坝沟边栽植的泡桐树，如今已长成了一片泡桐林。高大挺拔的泡桐树，将这条大沟都覆盖了。泡桐树喜水，在水边栽植的泡桐树生长很快，长势茂盛。泡桐树皮水滋滋的，皮上破一点儿，树皮就渗出水来。泡桐树干笔直，树冠很大，显得魁伟而富有生命力。因此，人们非常喜欢它。父亲说，常栽树，就是积德行善，就会有个好人生。父亲的话是有道理的：栽植一棵树，就播撒了一粒生命的种子，让生命存在于天地间，就是一种善行；栽植一棵树，如同培养一代人，有了善行，才能成长。

初春的泡桐树，历经冬的洗礼，还没有生出叶子。它裸露着身子，枝干分明。泡桐树无拘无束的枝丫向四周撒开，一副超凡脱俗潇潇洒洒的样子，让人感到十分舒畅。阳春，周围的树木都发了芽，长出了鲜嫩的叶子，把整棵树都装点得翠绿。花期早的，相继都开花了，花与叶相映成趣，彼此搭配得和谐而融洽。只有泡桐树还裸露着身子，没有生出一片叶子来。因此，在万木吐绿、百花争艳之时，它却不能与之争春，不炫耀、不自诩。其实，当我们留意泡桐树的率真时，很快就会发现，在四散的枝丫间已经冒出了一串串含苞欲放的花骨朵，铃铛一样，被高大的树枝举着，在春风里，随风摇曳。在暖阳和春风的催生下，那一串串形如珍珠的朵儿很快便开放了，好像泡桐花是一下子开放的，瞬间，树上开满了紫白相间的泡桐花。

泡桐花形如漏斗，花冠上均匀排列着 5 个齿痕，真像一串悬挂着的小喇叭。洋洋洒洒的泡桐花朵，没有叶子的衬托，显得特别厚重，十分惹眼。整个泡桐树仿佛是由泡桐花堆砌而成，远远望去，花海一片。泡桐花在暖阳中幻化出迷人的色彩，紫色、白色、蓝色、靛色，相间而成的混合色调，把喇叭形的花朵装点得色彩绚烂。蝴蝶和蜜蜂在泡桐花间翩翩起舞，精心采花。泡桐花开得奔放、热烈、雍容，芬芳的花香就更浓了，整个村子都沉浸在浓烈的泡桐花香里。

在月明星稀的晚上，我会打开老屋的窗子，让月光和泡桐花香一并进入屋子。月光照进室内，绵绵的思绪让人难眠。月光里的泡桐花香别有一番滋味，这熟悉的味道把我带进梦乡，在我的梦里开满了泡桐花，花色鲜艳迷人。

泡桐花的花期不长，大约一个星期左右。花期一过，泡桐花就开始凋谢了。泡桐花好像都商量好了似的，说凋零，就一齐纷纷凋零了。

　　泡桐花的凋零又何其壮观哩！雨点般纷纷凋落，不到半天的工夫，满树的泡桐花就凋落殆尽。树下静躺着枯萎的花瓣，使人心生悲悯。村里的老年人将凋落的泡桐花扫在一起，装进背篓，倒进圈里积肥。山坡上的泡桐花掉下来，花也变成了泥土，催生泡桐树苗壮成长。泡桐花凋谢之时，泡桐叶子就随之长了出来。圆圆的、嫩嫩的泡桐叶子，一天一个样。瞬间，泡桐树就变绿了，浓绿的泡桐树越发秀丽挺拔。

　　那鲜活的绿，是花的延续，是花的传承。

山花烂漫美玉垒

　　玉垒，因玉垒关而闻名。玉垒关为古阴平四大名关之一，其险峻可与四川剑门关齐名，故有"巴蜀咽喉"之称。

　　玉垒关地势险要，是文县通往四川的交通要塞，自古为历代兵家必争之地。据《文县志》记载：魏国伐蜀，诸葛绪入玉垒关桥头，断姜维后路，邓艾之子邓忠率精兵 5000 余人度玉垒关，入让水河，达摩天岭，与邓艾会合，以毡自裹，直取成都。江边的古栈道尚在，山花点缀其间，为沧桑古史的陈设平添了许多色彩。

　　如今，国道 212 线过境玉垒，关头坝大桥横跨白龙江上，天堑变通途。结束了"栈道险复险，客怀愁更愁；万山俱绝壁，一水不通舟"的交通闭塞历史。高峻挺拔的山峰，郁郁葱葱的灌木丛，芬芳烂漫的山花，碧波荡漾的碧口水库，湖面上飘荡的轻舟……玉垒的美景让人目不暇接，真有"亭上江山画不如"的优美风光。

　　玉垒的山仿佛是站立着的，高耸而逼仄。山上石头居多，土地瘠薄。石缝间长出的灌木丛郁郁葱葱，显得坚强不屈。树木傲然屹立，有着力争向上的勇气。树枝上生长的新芽，透出淡淡的绿，远望去像披了一身薄薄的绿纱，如梦如幻。

正值春暖花开的季节，春阳照得温暖，气温催促着百花争奇斗艳。灌木丛周围的野葛藤芊芊莽莽，在贫瘠的土地上生发得茂盛，它们还在扩充自己的领地，大有燎原之势。才几天，满山满坡几乎都被野葛藤覆盖了。在野葛藤生长延伸的同时，枝条上已孕育出珍珠般大小的花骨朵。流云，暖阳，山风，旷野静谧而温馨。大自然孕育的野葛藤花竞相开放，淡蓝、浅紫色的花朵晶莹透亮。在茫茫荒野，这花不受一丝污染，保持着原生态的纯美。蓝紫色的葛藤花散发着香，流着蜜，蜜蜂正忙碌着采花酿蜜，彩蝶追花逐粉。山雀在葛藤蔓上跳来跳去，叽叽喳喳叫个不停。野蔷薇花也开放了，星星点点，深紫的色调，点缀得山川更加绚丽多姿。野山桃花开得正艳，粉红的色调为大山旷野增色不少。马莲吐出了淡蓝的雀舌，花开得芬芳妖娆。山野，百花齐放，争奇斗艳，将玉垒装点得如诗如画。

玉垒汉坪嘴电站库区，迎来了一年中最绚丽多彩的季节，高峡平湖、蓝天白云、秀峰翠岭，倒映在库区的水面。水面上岩影摇曳，波光粼粼，一派春潮涌动的气象。碧绿的山坡上，盛开着白的、红的、黄的、紫的山花，这些奔放的花朵仿佛绣织在一张绿毯上，美丽极了。碧蓝的水库绿山倒映，烂漫的山花好像都浮在了水面上，让人浮想联翩。几只小船在水库中滑行，穿行在库区水产养殖的网箱之间，这是润兆渔业公司的工人们正忙着给鱼喂食。库区水面布满了一排排、一行行的网箱，宛若散落的珍珠，一串串联在湖面上，美不胜收。这是县里最大的冷水鱼养殖基地。在汉坪嘴电站库区已经投放了450多个网箱，投放鲟鱼、鲑鳟鱼、裂腹鱼等各类鱼苗180万尾，各类鱼苗和成鱼长势良好。一条优势特色产业之路铺就，玉垒发展水面养殖前景广阔。在这山花烂漫的时节，库区就更加流光溢彩了。

　　何家坪村，坐落在玉垒乡的河谷地带，是玉垒少有的一处开阔地。村落树木繁茂，竹子和柿子树掩映村庄。田地就在村子的周围，种庄稼也不需要走太远的路，人们在门口就可耕种收获。山上正是山花烂漫，河谷地带的麦子已拔节很高，有的已开始抽穗。田地里间作的油菜籽已挂满枝头，吮吸着阳光和雨露，渐渐由微黄变得成熟。农作物都在为成熟做好准备。

　　时令告诉我们，夏季已经来临。村里的壮劳力都外出打工挣钱去了，家里只剩老人、妇女和孩子们，看管着自家的庄稼，按季节播种收获。夏收快到了，村民们商议，收割完麦子和油菜后，将要在责任田里规划种植魔芋，发展魔芋经济，增加村民收入。玉垒气候温润，雨量充沛，正适合魔芋生长。在山坡上生长的野生魔芋，已生发出竹笋般的嫩芽。野魔芋生长很快，一年不挖，生长到第二年到处都是。魔芋好种、而且产量高，更不愁销路，是该村适宜发展种植的产业。家里的老人和妇女都能栽植魔芋，也可以充分发挥这些闲散劳力的作用。有的农户已到山坡上挖野魔芋种子了，先移植在闲地里，待夏收后栽植。人们穿梭在山花烂漫的山野，挖魔芋种子的妇女们穿着五颜六色的衣衫，好像飘忽的云彩，浮动在壮美的山野里，为秀丽的山川增添了许多美丽。他们做着如同山花般的美梦，幸福的日子充满了光彩。

　　微风过处，山花摇曳。从山坡上飘来的缕缕清香，沁人心脾。山花烂漫的玉垒啊！醉了古关，醉了农人。

第二辑 NO.2

挚爱真情

————

母亲花白的头发，在多少个春夏之交，洋槐花盛开的时节渐变苍白。她微微缩起的纂儿，酷似一串五月的洋槐花，在我心中永久开放。

母亲的黑丝帕

　　母亲头上扎着一条黑丝帕。她说，这是生我的那年造的病。每逢天气变化的时候，头就疼得厉害。自从那年以后，母亲头上的黑丝帕就成了她生命的一部分。

　　记得我 10 岁那年的夏天，气候异常多变，三天两头暴雨就下了起来。白水江大涨，各河道的水都涨满，江水汹涌，气势磅礴。上游的村庄早已撑不住连日的降雨，院子里的木板、柴薪、果树都被冲走。下游的人们拿着捞杆和网兜，在河岸边捞柴，抓板。放学后，趁大人们不在，小五子带着我们几个小伙伴，偷偷地来到照壁潭下捞苹果。照壁潭是白水江的一个大漩涡，这里水很深。从江水中飘来的东西，大多都要在这儿打旋，旋转很长时间。不一会儿，就有两个红苹果旋了进来，在潭中旋转。看着诱人的苹果，我毫不犹豫地跃入潭中，朝那鲜红的影子游过去。几招"狗刨式"就被湍急的漩涡袭击了，身体已把握不住，心跳得厉害，幼小的身躯被层层洪流裹挟。我拼命挣扎，试图游向岸边。因体力不支，身体被洪流侵吞了。岸上的伙伴吓得目瞪口呆、惊慌失措，哭喊起来。在迷迷糊糊中，恍惚觉得洪水不停地往口里灌，耳边轰隆隆地爆响。凭借求生的本能，我极力想抓根救命的稻草，隐约听见一个熟悉的声音在喊："抓、抓、抓……"慌乱中一只手死死地抓住了一样东西，再也没有松开。三天后，我清醒过来。母亲守候在我身边，她三天三夜都没有合眼。我的清醒，打破了全家的沉闷，母亲把我抱在怀里，口里喃喃地念着："夭娃醒了，我的夭娃醒了……"后来母亲告诉我，是她用头上的黑丝帕将我从洪水中救出，用丝帕把我背回家。

母亲请来阴阳先生占卦，要为我承办三样事情方可消除溺水的惊悸——祭水神、送鬼、叫魂。我的身体渐渐康复，母亲择一吉日，领着我来到照壁潭边。上香，磕头，烧纸祭水神，泼洒粮浆水饭送鬼。母亲解下头上的黑丝帕，一圈一圈地套在手上，将套成圈的丝帕迅速甩向潭水中。黑丝帕犹如一条跃出的黑蛇，一头扎在潭水的漩涡里打转，一会儿，就将丝帕扭成了"麻花"。母亲迈开弓箭步，使劲拉动那根好像很沉的黑丝帕，口里喊着："夭娃回来，夭娃回来了……"我按照母亲的吩咐，只答应"回来了，回来了……"当我再次见到这般汹涌的洪水，心里非常害怕，全身都发软，身体好像就要散架了似的。汹涌的波浪，令人胆战心惊，毛骨悚然。母亲的双眼死死地盯着潭中的那一截黑丝帕，从她惊恐而又坚定的眼神中可以看出，母亲承受的悲伤和惊吓。她不仅拖着我的魂魄，还有身体和心灵。她不停地喊，不停地拉，生怕魂魄从叫喊声的间隙溜走。黑丝帕出水的一端，母亲让我拽上，她走在前面拉着，一边喊一边叫，一直拉我回家。

是母亲的黑丝帕把我从洪魔中救了回来，是这条黑丝帕使我幸免劫难。母亲将这条黑丝帕缝缝补补数十年，她一直扎在头上没有更换，因为这条丝帕在她心中有着非同寻常的意义。

后来，我要到县城读书。父亲送我去学校，母亲来到村口的大柳树下为我们送行，黑丝帕下母亲那双熬得通红的眼睛噙满泪花。她不停地用丝帕角擦拭着泪水，叮嘱我要照顾好自己，丝帕撩起的一角，白发已悄悄爬满了她的鬓角，我感到母亲又老了许多。母亲久久地伫立在那棵大柳树下张望，直到我们消失在她的视线里。

在县城读书，一切都新鲜。在学校住惯了，还真有点乐不思蜀。母亲经常惦念我，期盼着我考完期中后回家一次，顺便带些吃食。然而，我以课程紧为由，一再推脱。其实，母亲只是想念我，看看儿子在外瘦了还是胖了。母亲经常托村里进城的人，顺路给我往学校捎带些伙食。

一次，母亲找到了我们学校，来到我们上自习课的教室。她像在村子里喊叫我一样，扯开嗓门，喊我乳名，惹得全班同学哄堂大笑。此刻，我的脸红透了，恨不得钻进地缝里，逃避羞人的难堪。我躲开无数双讥笑的眼睛，偷偷地从教室后门溜出。我狠狠地向母亲使了眼色，气愤地责怪她大呼小叫。她意识到给儿子丢脸了，一声不吭，一动不动地站在陌生的楼廊角。她头上还扎着那条旧丝帕，缝补的针线分明可见。看着母亲这身装扮，又觉得她很土，刺痛了我的虚荣心。我匆忙叫上母亲离开教室的走廊，带母亲来到宿舍。

母亲给我带来了许多家乡的土特产，摆满了整整一桌子。当天，没有回家的班车。晚上，母亲就在同学小梅的宿舍里住了一晚。第二天，她早起，洗完了我的床单、被褥后就走了。中午，我们放学回来，母亲已把宿舍打扫得干干净净，一切收拾得整整齐齐。宿舍的门虚掩着，却不见母亲。我意识到母亲已经走了，我直奔车站，发往家乡的班车已经走远。站在车站，向母亲回家的方向望去，顿时，愧疚之情涌上心头，我怅然若失，泪水夺眶而出……

放假后，我从县城的商店买了二丈黑丝帕带回家，母亲在村口的柳树下早早地等候我归来。这次见到母亲，她已不再扎黑丝帕了，而是戴上了一顶线织帽。我拿出买回的丝帕，她流下了泪水，她说，只要有这份孝心就够了！她把丝帕藏在了箱底。我把黑丝帕珍藏在了心里。

参加工作后，一次我到省城出差，从省城的一家商场买回二丈真丝丝帕，孝敬母亲。我极力说服母亲，扎丝帕比戴线织帽暖和、好看。她总是说："线织帽戴习惯了，缠丝帕不方便，也不习惯了……"她多次说我，花这么多钱买一条丝帕，太贵了，教导我要把钱用在正事上。母亲细致地叠好丝帕，把它放在箱子里，嘱托我："等我老了，把那条旧丝帕和这两条新丝帕一同扎在我的头上，在那个世界里也感到暖和。"母亲的话同我的泪水一起滑落，泪花儿溅在丝帕上，泪水流进心田里……

马　叔

马叔，是新关村人。他脾气很倔，因此，村里人都叫他"马
犟汉"。一辈子没成家，都因他的怪脾气。

马叔常戴着一顶火车头的帽子，春夏秋冬都这样。他身穿短
褂，套穿一件涤卡长衫；花白的长胡须，有剪刀剪过的痕迹。马
叔从不让人给他理发。常常自己拿起剪刀给自己理发、刮胡须。
因此，他的头发和胡须上总会留下或深或浅的剪痕，让人见了就
想笑。当戴上他那顶火车头棉帽时，头上的剪痕就看不见了，只
能从参差不齐的胡须上看出他是理了发的。人们见到他如此模
样，就只是对他微笑，算作打招呼了，似乎这是最好的问候方
式。他常常板着脸，不轻易与人搭话，除非和他的酒友们在一
起。他常坐在村子大街的石条上与人闲谝，古今趣事，无所不
聊。常常为一个不同的见解，争得面红耳赤。马叔的固执与倔强
在这样的场合显得就更突出，他总要犟赢别人不可。人们都知道
他的臭脾气，所以也不与他计较。

马叔读过私塾，念过古书，在他们那一代人中也算得上是位
文化人。他尊崇古训，看到别人不合适的行为，就会当即制止。
因此，也得罪了不少人。他清高固执，常常显得不合时宜。过年

时，他总要穿上一身长衫短卦在街上逛悠，还吟诵几句《论语》和《孟子》里的话。当我和父亲赶着毛驴到他家里驮用酒换下的粮食时，他见到我们的第一句话就是："有朋自远方来，不亦乐乎！"逗得大家哈哈大笑。当父亲给毛驴搭上驮子，用鞍绳捆绑驮子时，他又说："举简而行简，无奈再简乎！"父亲绑上驴驮，与他欢笑而别。他便是村里一位特殊的人，一位让人难以忘怀的人。

生产到户后，父亲办起了一座烤酒作坊，做酿酒的小生意。马叔是个好酒的人，每天都要喝上几盅酒才过瘾，对他来说一天不吃饭可以，但少了酒就不行。他经常提一只酒壶来我们家灌白酒。时间长了，他就成了我们家的好朋友。父亲赶着牲口驮足烤酒的柴，当窖缸里发酵的粮食等待上甑酿酒的时候，马叔就如期而至，一边在酒坊架柴烧火，一边盛上半缸子才烤出的粮食酒，有滋有味地喝个够。父亲总是把头茬好酒祭献毕灶神后，就盛在马叔的酒壶里。盛满满的一壶，足足有10多斤，把壶放在酒缸的阴凉处，待酒冷却后，他就背上酒壶，趁着酒劲，跟跟跄跄往家走。星期天，我和父亲赶上毛驴，驮两桶酒，父亲再背上一桶，来到新关村卖酒，也可以用粮食交换。当酒卖不完时，就把酒寄存在马叔家，他就在村里替我们慢慢卖。马叔酒友很多，只要走村串户一圈，酒友们很快就能把寄存下来的那些酒全部售完。他给父亲捎话，让我们赶上毛驴到他家驮酒换的粮食。换来的粮食，又成为烤下一甑酒的原料。

后来，林业局严禁上山砍柴，没有了烤酒的柴，父亲不得不放弃烤酒的行当，到山上作务起党参。从此，我们家再也没有烤酒了。虽然，酒没有烤了，但马叔和我们的关系依然很好。逢年过节，父母都要让我带上东西看望他。马叔待我很热情，常给我煎鸡蛋吃，嫩黄色的煎鸡蛋散发着诱人的香味，当吃下这满满一碗煎鸡蛋时，我寡淡的胃就得到了满足。这种诱人的香，至今让我记忆犹新。他取出一捧干核桃，砸开，剥出瓣来，递给我吃。吃饱喝足，我才往家走。马叔赶场的时候就来我们家，他经常给我买些饼干和糖果，还给我买了一床电褥子，伴我度过寒冷的冬天。

马叔养过羊，羊是生产队分给他的。每天早上，他都要把羊赶到村东的草嘴坪吃草，那里青草丰美，羊群都能吃个饱肚。不管天气如何，他都要把羊群赶到山坡上放养。村里其他几户人家的羊，顾不上放养时，也经常把羊带给他去放。每天早上，村子的街道上就传来他的吆羊声。人们听见他赶羊的吼声，就打开自家的羊圈，赶着羊与马叔的羊群会合。人们目送着羊群出了村，上了道，就放心地回家各自忙活去了。马叔跟在羊群后面，高扬手中的羊鞭，吼一阵山歌，山鸣谷应……

开春后，要给羊剪毛、染红，马叔一个人忙着给羊群剪毛理发，清除羊一冬的疲惫。羊很听他的话，他一手摸着羊的身体，一手拿着剪刀，顺着毛根轻轻剪下羊毛。羊一动不动，仿佛享受着初春的暖阳。剪完羊毛，马叔顺手从身边的碗里摸一把红膏子，涂抹在羊身上，表示打了春，避了瘟疫。春后，母羊繁殖很快，经常在山坡上产仔，马叔就脱下棉裉子，包住小羊羔暖在怀里，晚归时，他抱着出生的小羊羔赶着羊群回家。每晚牧归时，马叔都要在羊圈门口一只一只地数，倘若少了羊，无论天有多晚，他都要沿着山路上坡去找羊，直到找到羊才肯回家。羊圈就在他隔壁，羊的咩叫声、相互对角打架声、扑鼻声，这些熟悉的声音，让他感到亲切。有时，夜深人静，睡不着的时候，他就起床跟羊说阵心里话。偌大的院子就他一个人住，不与羊说几句心里话，又能与谁说呢？马叔放羊，已融入羊群，也乐在羊群中。

古稀之年的马叔，上山放羊已很吃力。他决定把羊卖了，在村头的牛子坪上栽植花椒树，将来靠花椒维持生计。他在牛子坪坡上挖了一片荒地，栽植了100多株花椒树。从培苗到栽植都是他亲手作务，除草、施肥、剪枝。功夫不负有心人，花椒树长势很好，三五年就结椒挂果了。花椒林苍翠一片，点染得牛子坪满坡郁郁葱葱，生机盎然。马叔把椒树看成自己的儿子，昵称椒树是他的"椒树儿"，靠它创收，靠它生活。他在牛子坪修起了两间小平房，几乎把半个家都搬了来，置办了锅碗瓢盆，一年中大多时间都在这里度过。

古历六月，花椒熟了，鲜红的花椒缀满枝头，红红的颜色撩拨得人心都软了，轻风拂过，飘来缕缕花椒诱人的香味。这是牛子坪最热闹的时候了，村里的妇女和孩子们都来给他摘花椒。马叔早就把工钱提前支付给有难处的村民，或给困难的村民买上几双胶鞋，给他们救急。花椒成熟的时候，人们就来给他摘花椒。当花椒成熟得一片火红，牛子坪上就热闹了，妇女和孩子们采摘着鲜红的花椒。悬挂在椒树上的竹笼，很快就摘满了，沉甸甸的花椒倒在大背篓里，放在椒树的阴凉处。花椒林里有说有笑，阵阵欢笑在山谷中回荡，整个牛子坪都热闹了。马叔提高嗓门喊："拉枝条的时候轻柔些，不要损坏我的椒树儿哦！""椒树儿好着哩！"人们嬉笑着回答。随之，椒树林里传出一阵哈哈大笑。摘花椒的这段时间，他一个人忙上忙下，站在椒树周围，不时提醒大家爬花椒树时要注意安全，椒枝高的地方，他还要挪动摘花椒的凳子，避免折断树枝。晚上收工后，人们把摘下的花椒背回马叔家。马叔走在大家身后，看到丰收的成果，抑制不住心中的喜悦，他严肃的脸上，好像绽放了一朵幸福的花。

马叔懂得爱，懂得生活。

"人生总怕老来路"，儿孙满堂尚且如此，更何况一个孤寡老人呢？马叔没有儿女，他就从亲戚家过继了一个儿子，因他的犟脾气，也难与养子相处，仅维持一个虚名而已。他患有严重的风湿病，几乎下不了床，痛苦难受。不知在痛苦中煎熬了多少个日夜，终于在一个平静的夜晚，他喝下了珍藏已久的大烟膏子，结束了自己的生命。他孤独倔强的一生就这样结束了。

因他的犟，也成为人们记起他的缘由了。每当别人提起他的时候，都先说起他的臭脾气和死犟，然后才说起他的好。

他的勤劳、善良、热心，乡亲们至今都没有忘记。

母亲的针线活

　　母亲的针线活做得不错，这是村里人都知道的。她扎鞋垫、绣枕头、补衣裤、做布鞋，这些针线活儿样样在行。母亲几乎每天都没有闲空，她的针线活大多都是抽空儿干的。即使在白天干活的空隙，在田边休息时，她也要抓紧时间做些针线活。晚上，一个人在昏暗的煤油灯下做半夜针线活才睡觉。下雨天，地里干不成活，她就做起了针线活。她亲手为我们缝补穿戴的那些艰难日子，至今让我难以忘怀。在忙碌中，母亲绣织着她艰辛的生活。

　　在我的记忆里，母亲经常随身带着一只小竹篮，篮子里装着针线。在干活的空隙里，她也不让自己闲着，从篮子里拿出针线，做一阵针线活。我最喜欢看母亲穿针线的神情。母亲一手拿针，一手拿线，把线放在嘴里，用牙齿轻轻一咬线头，用嘴抿一抿，在手指间拧一拧，线头就变得又尖又细了。然后，左手竖起花针，右手拿住线头，眼睛瞄准针眼，屏住呼吸，把线头从透过针孔的一束光线中穿过。此时，母亲的心仿佛也被送了过去，脸上露出了欣慰的喜悦。

　　穿针线要有功夫，也需要平心静气的定力。母亲练就了一身本领，即使在艰难的日子里，她也有着不气馁的定力。

在那些过得十分艰难的日子里，大人和小孩一年到头都很难穿上一件新衣服。人们都穿着打补丁的衣裤，谁也不会笑话谁。我们平时都穿着补了又补的衣服，衣服缝了多次，但还是脱不下身。我们衣服上的补丁都是母亲亲手缝补的，她用艺术的针线，补一块颜色搭配的布料，一针一线，密密匝匝地缝在衣裤上。母亲缝补的针脚很小，疏密均匀，让人很难发现有针线的痕迹。衣裤补丁打得贴切，也很顺眼，像是粘上去的。同学们都很羡慕母亲为我缝补的补丁，我以母亲的针线活而自豪。母亲做针线非常细心，每当看到我们的衣裤破损时，她就穿针引线缝补起来，即使是父亲穿的大裆裤，也缝补得十分细致。

母亲在缝补之余，将剩布片一点点积攒起来。当攒满一竹篮时，她就搅一锅白面糨糊，把这些零碎的布片一层层地粘在一起，做成一双双鞋垫。母亲在粘好的鞋垫上用铅笔细心地描画，勾勒出一幅生动活泼的图画来，然后她就穿上针线绣鞋垫。针线在母亲的手指间穿梭，在顶针上飞蹿。母亲一丝不苟地将五彩缤纷的花线刺绣在鞋垫上。那绣织的花儿、鸟儿活灵活现，栩栩如生；那描摹的山川河流，苍茫而邈远，像母亲宽广的胸怀。一双双鞋垫，是母亲心血和汗水的结晶，伴我长大成人。

我到外地求学时，母亲熬了几个晚上，为我赶绣出两双鞋垫。一双绣着梅花图案，是一树盛开的蜡梅，粉红的花朵争奇吐艳，傲立严寒，透出一种不屈的力量。母亲说："梅花是有骨气的，在寒冷中也很精神，这样的气节真好啊！"另一双绣着几只自由飞翔的燕子，母亲说："燕子是吉祥鸟，冬去春回，来年还会归巢，它从不嫌弃低矮的屋梁，是感恩的鸟。"我没有辜负母亲的期望，完成学业后，像一只南飞的燕子，又回到了故地，在这片土地上工作生活。我舍不得穿这两双母亲用心绣成的鞋垫，把它珍藏在箱底，惦记在心里。

我结婚的时候，母亲为我们绣了一对花枕头。枕头上绣着一对鸳鸯和一双喜鹊，鸳鸯在湖中戏水，自由自在地游荡，看起来很幸福；喜鹊在树枝上鸣叫，唱着欢快的歌，显得十分祥和。我枕着母亲绣的花枕头进入甜蜜的梦乡，在梦中，慈祥的母亲用针线为我们绣织着幸福生活。

母亲老了，眼花手拙起来，针线活也做不动了。偶尔，在晒太阳的时候，母亲让我帮她穿上针线，我学着母亲专注的神情，一手竖起花针，一手拿着线头，屏住呼吸，稳定两手，目光极力从针孔射入，线头也随着目光穿过。这一瞬间的过程，仿佛穿透了时光的隧道，呈现了母亲的一生。母亲孜孜不倦地做着针线活，用辛勤和汗水为家庭奉献一生。

我常给妻子说起母亲的针线活，把珍藏的鞋垫拿给她看。我让她闲时也学着做些针线活，为儿子绣双鞋垫。妻子不曾做过针线，她不会有那般耐心。她说："如今谁还做这些，商场里刺绣成品很多，买几双现成的就是了，何必那样劳神呢？"我没有强求的意思，只是想让妻子和儿子知道母亲一生的辛劳。我要模仿母亲绣成的鞋垫给儿子绣一双花鞋垫，妻子投来不解的目光，儿子附和着要一双绣花的新鞋垫穿。星期天，我从衣柜里翻出旧衣服，剪下布料，粘鞋垫，晾干，描线，刺绣。花费了很多工夫，一双鞋垫才算绣好。虽然，花色的搭配和针脚的疏密与母亲的手艺没法相比，大抵也做成个样子来。儿子把鞋垫垫在鞋里，高兴地活蹦乱跳起来，给同学们夸耀他的绣花鞋垫，高兴之情难以形容。此时，我深深地触摸到母亲做针线活的心情，真切地感受到长辈对子女的挚爱之情。

母亲钟情于针线活，这艺术的活计，悦人性灵，使人快慰。她用真诚和坚守播撒着挚爱亲情，如此情怀，让我们度过了那些艰难岁月。生活在继续，我们接过母亲手中的针线，绣织自己美好的人生画卷。

挤牙膏

　　妻子经常数落我浪费太大，不够节约，我只是表面答应要改掉浪费的毛病，但坏习惯还时不时地发生。要彻底改掉坏习气，就得有更大的勇气和坚强的毅力，从内心深处改过自新。

　　妻子叫我从小事做起，从小处而为。她常常会拾起我扔掉的牙膏壳，当面责备："牙膏还没挤完就扔了，你看有多浪费啊！"为此，我经常和她争得面红耳赤。心想牙膏能值多少钱，节约牙膏又能攒多少钱呢？我说，如今还需要节约一支牙膏吗？妻子越发不肯罢休，总要据理力争，直至把我说服。出生在农村的我，知道生活的艰辛，懂得节约的道理。面对妻子的细心，让我自愧不如。

　　妻子从小在城里长大，知道过日子要精打细算。她从小就养成了节约的习惯，对任何东西都很珍惜。平时，我们在谈论节约的话题时，妻子常说："成家了，责任在肩，生活就该节约些。"仔细想来，确实是这个道理。

　　妻子买回两支牙膏，她一支，我一支。我们同时开启的牙膏，我总是先她用完。我用心留意，仔细观察她是怎样挤牙膏的。她将一支崭新的牙膏很耐心地从尾部慢慢地挤，先把膏管内的空气排出，随之豌豆般大小的牙膏就滑了出来，再把那干瘪了的膏壳尾部卷起来，一圈、两圈、三圈……第二天，继续从卷起的地方用力一挤，毫不费力，牙膏便很听话地流了出来。随着膏壳一天天地卷缩，牙膏也就完全奉献了自己。妻子把用完牙膏的膏壳放在收藏袋里，收废品的人来时，她将收藏袋里的东西全都处理掉。妻子的细心节俭使我感动。

在家务事上，我向来不大注意细节，大而化之。一支新牙膏在我手里，不管三七二十一，从牙膏壳上一捏，牙膏就迅猛地淌了出来。用过两三次后，牙膏就不那么好挤了。不成章法地挤压，往往就把膏壳尾部充盈得丰满，而管嘴处却空空儿的，在膏壳上留下两把手指印。而后，每天我都要费好大的劲才能挤出牙膏来。我学妻子那样小心翼翼地去挤，却收效甚微。于是，我不得不请教她。妻子接过我反复挤压过的牙膏壳，不慌不忙地从尾部一点一点地挤。妻子那双纤细的手，游走在被捏皱的如同松树皮一样的膏壳上，手在娴熟地左右移动，徐徐上升。不大一会儿工夫，牙膏就从管口里爬了上来。妻子从这支我认为用完了的牙膏壳里，挤出了够用 3 天的牙膏……望着满脸洋溢着欢笑的妻子，我不知说什么好。一股暖流涌上心头，这是幸福的味道。

有人说，从挤牙膏可以看出一个人的生活和命运。把牙膏从牙膏壳的前端往后端挤的人，他的生活是先甜后苦的，属福薄之人。反之，把牙膏从牙膏壳的后端往前端依次挤出的人，生活先苦后甜，属福厚之人。可见，妻子是福厚之人。

节约是传统，节约是美德。古人云："一粥一饭，当思来之不易；半丝半缕，恒念物力维艰。"喝每碗粥、吃每碗饭时，要想想这粥饭里有多少人的付出；生活中所需的每半根丝、半缕线，都要想到其中包含了多少人的心血，应该很好地珍惜。生活就在这一思一念之间，思来之不易，念物力维艰，才能有幸福的人生。俭与奢是事物发展的两个对立面。自古由俭入奢易,由奢入俭难，无数事实证明了这一颠扑不破的真理。

面对生活，让我想起了挤牙膏。生活与挤牙膏何其相似呢？牙膏要一点一点地挤，才能完全挤空。生活得一点点地积累，才会有意义。学会挤牙膏，就会懂得生活。

节约是一种生活的责任。节约应从我做起，从身边的小事做起。正如妻子所说："大家小家，生活都应该节约些。"可不是吗，时代呼唤着我们要树立节约的观念。

千层底布鞋

千层底布鞋，因鞋底是由多层布料粘贴，手工纳制而得名。手工做成的千层底布鞋，柔软透气，穿起来很舒适。因此，人们都喜欢穿。

小时候，母亲常给我们做千层底布鞋。穿上盛满母爱的千层底布鞋，我就会高兴很长一段时间，那种舒畅快乐的心情至今让我难忘。

我已记不清穿过多少双母亲做的千层底布鞋。准确地说，我穿母亲做的布鞋一直穿到了高中毕业。千层底布鞋伴我度过了成长的岁月。母亲做的布鞋有好几种：宽口鞋、毛底子、襻襻鞋，这些不同款式的布鞋她都做过。母亲做的布鞋，穿上暖和，一直温暖到心底。

做布鞋不是那么容易的一件事，要花费很多工夫。从用绳车子打麻绳子开始，用糨糊层层粘制鞋底样，经过切边、缅鞋、楦型等环节，直到用鞋楦子楦好新鞋，要经过十几道工序，一双布鞋才能做好。

父亲收割了山里种植的亚麻，背回，晒干，剥下麻片，把麻片砸柔软。母亲在干农活时也不忘随身带上竹笼子，笼子里放着麻片和绳车子。在干活间隙，她就坐在地坎上摇着绳车子打起绳子来。她一手摇着绳车子，一手分开麻片，把麻片放在嘴里抿一抿，然后搭在绳车子上，转动的绳车子迅速将麻片拧成了绳子。麻绳子缠在绳车子上，一圈圈绕成了一把绳棒子，把绳子从绳车子上取下来，扎好存起来。母亲要用很长时间，才能把所有的麻片都打成绳子。打好许多盘绳子后，才能动手做鞋。

母亲从家里搜罗些破衣烂布，浆洗，晒干。打一锅白面糨糊，她把每块布片都恰如其分地粘在鞋样子上。按照鞋样子的大小，一层层加厚，粘到足有三四公分厚时，就开始收边子了。最后，在鞋底上面粘上一整块白布，鞋底子就粘好了。放在太阳底下晒几天，把那些粘鞋样时留在鞋底里的糨糊晾干，然后就开始纳鞋底了。

纳鞋底是做布鞋最艰苦的活，每一针一拉都要使出很大的气力。每天晚上，母亲在昏暗的煤油灯下纳鞋底，一直纳到深夜。绳子的哧溜声，悠响在微暗的煤油灯光里。半夜，我常常从梦中醒来，看见她还坐在低矮的板凳上不停地一倾一仰地拉着鞋底。灯光下，母亲被夸张放大了的身影在屋墙上不停地晃动。那身影，如同一双硕大的手，紧紧地拽着我的心，让人备受煎熬。柴火熏黑的老屋好像黑洞一样，昏暗的灯光显得越加稀薄微弱了，母亲在为我们赶制过年的布鞋。

鞋底拉好后，就要做鞋帮了。母亲扯上两尺新条绒布做鞋面，在鞋口处缝两片儿松紧，把鞋帮绱在鞋底上，一双新布鞋就做成了。母亲找来木楦子，把楦子放在布鞋里，再往鞋里加上木楔子，鞋帮就撑得鼓鼓的，鞋面直挺起来。母亲常说："新布鞋楦不好,穿上就会夹脚，加上几个木楔子就松活了。"新布鞋做好后，头一次穿，是不那么容易的，往往要花很大的气力。母亲做的布鞋，总是窄边，鞋还没穿进一半，脚就勒得生痛。母亲在旁边扶着帮我穿鞋，不停地说："脚踩实了往进穿，鞋越穿越大，穿两天就宽松了。"我双手抓住鞋口，脚使劲往里蹬。脸憋得通红，汗都出来了，脚也勒麻木了。踮起脚继续朝地上踩，脚趾抵达鞋尖，鞋里挤得满满当当，没有一丝儿空隙。鞋跟贴在脚底，伸一只手勾住鞋跟，另一只手抓住鞋口上的松紧，脚再发力。一阵折腾后，鞋便紧紧地箍在了脚上。穿上新布鞋的那一刻，心里竟有种胜利的喜悦，这时脚的疼痛也像被赶走了似的，心情十分舒畅。

母亲做的千层底布鞋，鞋底平整，针脚匀称，线条圆滑，鞋形饱满，让人赏心悦目。穿上母亲做的新布鞋，走在坚实的土地上，心里充满了自信和对生活的期望。我深知母亲的不易，她把汗水和爱都倾注在了那一双双千层底布鞋上，给我们温暖，让我们走得踏实安心。

好多年过去了，现在我穿的都是从商店里买来的皮鞋，但在内心深处，总感到好像缺少点什么，——少了千层底布鞋的温暖和舒适。

永远怀念母亲做的千层底布鞋！

父亲与读书

父亲是位农民，一生都和土地打交道。他上过私塾，读过"四书""五经"，与他的同龄人相比，算得上是个文化人。父亲喜欢在农闲时看书，经常爱读那些我上学时的课本。现在，也看侄儿的小学读物。读书是他多年的习惯，一直保持着。

我很欣赏父亲读书时的姿态，他右手捧书，左手握书，拇指顺着书面滑动，口里还不停地念着，很专心、很努力的样子。他一字一句地读，带着浓厚的乡土音，让我真切地感到他的勤奋和执着了。

小时候，我经常会听到父亲大声背读古诗文，读得十分流利，滔滔不绝，村里人很羡慕他的学问。我也跟着学，以至影响得我也能熟背《大学》中的一段来："大学之道，在明明德，在亲民，在止于至善。知止而后有定，定而后能静，静而后能安，安而后能虑，虑而后能得。物有本末，事有终始，知所先后，则近道矣……"当初我只是跟着父亲记些，不理解其意。长大后，仔细思索，才发现其意深刻，对人的教化大有裨益。

父亲背诵的诗中，有一首无题诗，至今珍藏于心："书是黄土笔是牛，不耕不种自来收。白天不怕人来借，夜晚不怕贼来偷。"这首诗表达了书与知识是世间至高无上的财富，赞扬了读书人笔耕不辍的奋斗精神和知识永恒的价值取向，这使我在多年的求学生涯和工作中深受启发。父亲能背诵很多诗文，可见他读书很用功。他又将背诵诗文的方法传授给我，教我背诵，让我幼小的心灵感受古文化的神韵。一度，我曾为父亲布置背诵的这些陈文旧章懊恼过，心里很不情愿。父亲不厌其烦地教我诵读，直到我能背诵下来。上了初中，学校作业很多，父亲不再给我教那些诗文了。暑假，父亲和我在山上务药材、拔党参草时，才给我教几首古诗。父亲和我一起诵读诗文，在诵读的快乐中，度过了那些辛苦而忙碌的时光。父亲教我诵读的这些诗文，都是教化之作，对我影响至深。我从父亲那里学到了书本上没有的知识，使我终身受益。

父亲还喜欢读课本上的文章。我上学的时候，他常常和我一起读课文。父亲一遍又一遍不知疲倦地读，他总要完整地将文章背下来；而我在背诵课文时，总是半途而废。父亲教导我："背书要用心，年少时就得多背些文章，老了就没那么好的记性了！"我常常以学校作业多为由，躲避背书，以致没能完整地背下几篇课文。至今，想到这些，感到十分惭愧。

父亲年龄大了，身体已不如从前，稍不注意就感冒。一次受了春寒，他卧床不起。根据父亲的病情，我问了大夫，买了药，回老家看望父亲。我知道父亲最爱读书，于是，我就特意带回了一本单位刚出版的画册。父亲听说我回来了，挣扎着起床，坐在火塘边，与我攀谈。他询问我的工作和生活，也谈到村里的农活和农人们。他聊得高兴，气色也好了许多。他一再激励我干好工作，不要牵挂家里。我向他介绍了这本画册，逐个解释了每张图片，包括每个人物、每处工程、每个单位、每项成就，我大声朗读图片下面的文字。他听得仔细，静静地看着我，若有所思。我又完整地把画册朗读了一遍，效仿父亲读书时的认真，为生病的父亲诵读。父亲拿起画册，仔细翻阅，他憔悴的脸上露出了笑容。他咳嗽起来，一阵比一阵紧，我给他捶背，让咳嗽和气喘缓解些。父亲指着画册上我的名字，高兴得又一阵咳嗽。我被父亲孩子般天真的微笑感动，一句话也说不出，眼眶里溢满了泪水，双手不停地捶着父亲干瘦的背。此刻，我真想追回旧日的时光，弥补父亲的思念，陪伴父亲……

吃过几服中药后，父亲的病有了明显好转，咳嗽平缓了些。其间，我也拜访过村子里的几位赤脚医生，他们推荐了几种治疗咳嗽的药方子，都是治疗咳嗽的好办法。这几天，父亲的精神好多了，脸上洋溢着微笑，很满足很幸福的样子，病也渐渐好了。他又干起日日想着的农活了，扛着锄头到田里干活，提上猪食喂猪，手捧书本读书学习……这也让我明白了一个道理：只要老人心情舒畅，身体就会很快康复，胜过一切良药。我时刻告诉自己，要抽时间常回家看看，与父亲交谈，谈一切使他高兴的话题，让父亲安度晚年。

父亲老了，但读书是他不可或缺的一部分。只要忙完农活，他就拿上书慢慢地阅读。他说："现在孩子们读的书太好了，知识很丰富，天南海北都能知晓。"好像他要抓住有限的时光，了解世间更多的知识，丰富平淡的人生。我被父亲的执着而触动，心灵又一次受到洗礼和鼓励。

父亲的坚忍和执着，时刻修正着我的思想和灵魂，让我奋发。我要像父亲读书那样地认真做事,在人生的道路上稳健前行。

两条小金鱼

儿子从地摊上套了两条小金鱼，如获至宝，高兴得不得了。还没回家就打电话给我报喜，让我把小鱼缸找出来，洗净，他要养这两条小金鱼。我从阳台角找出了那只被丢弃了的小鱼缸，冲洗，擦净，等待儿子的到来。他刚走进院子，就在楼下喊："爸爸快开门，小金鱼来了！"我透过窗户看到儿子背着书包，手里提着装着小金鱼的塑料袋，急匆匆地往楼上赶。我出门迎接他，儿子高兴地说："爸爸，今天我的运气真好，只套了一次圈，就套了两条小金鱼，你看它们真可爱啊！"说着又凑近塑料袋瞧瞧，给小金鱼以微笑。儿子将袋子里的小金鱼小心翼翼地放入鱼缸，鱼儿就快乐地游在一片新天地里。

两条小金鱼，一条是金色的，另一条是黑色的，它们在鱼缸里悠然自得。鱼缸光洁而透亮，小金鱼在缸里一览无余。金鱼睁开圆圆的突起的大眼睛，向四周张望，好像在寻找突破玻璃的方向，意欲远游。鱼鳍有节奏地呼动着，为鱼儿的游动增加了动力。金鱼的尾巴像一把伞，在鱼缸里飘动得十分好看。两条小金鱼只能沿着玻璃缸旋转游荡，圆圆的嘴巴一张一合，吐出一串串水泡，好像在呼吸，又像在饮食。它们在小鱼缸里自由自在地游动，忽而疾速快行，时而静止不动。儿子对小金鱼十分喜爱，做完作业就围在鱼缸前仔细观察。因玻璃缸的散光效应，一对小巧玲珑的金鱼，从玻璃缸的外面看，就变成了两条硕大的金鱼。儿子特别好奇，晃着脑袋瞧瞧看看，感受有趣的自然现象。

儿子对金鱼似乎比我了解得多。他说，给金鱼喂食、换水都要有方法，金鱼的胃很小，一次给食不宜太多，每只小金鱼只能投放一粒金鱼饲料，给多了反而会把鱼胀死；也不能天天喂食，隔两天喂一次；鱼缸里的水要定期更换，一般三天换一次水，时间长了，缸里的水就会变质，鱼粪、缺氧都会导致鱼儿窒息。儿子按时给鱼喂食，往缸里放入一粒鱼饲料，两条小金鱼就争抢起来。黑金鱼行动迅速，一口吞住饲料，转身往深处游去。再投入一粒饲料，金色的小金鱼便不慌不忙地将食吞住，口里吐出一粒水泡，便吃了下去。吃饱后，小金鱼愈发显得精神了，摆动着身子，在水中舞蹈。每天放学回家儿子就去看那两条小金鱼。小金鱼摆动着轻盈的身子，静静地在水中悠游。儿子敲动一下玻璃缸，小金鱼就惊恐地四处乱窜。

儿子精心饲养小金鱼，把它们照料得如同宝贝一样。但是一星期后，那只黑色小金鱼翻起了肚皮，艰难地在水中挣扎。我意识到这条小金鱼已到了生命的尽头。当着儿子的面，我又不能说它将会死掉，我怕他伤心。儿子似乎也感到小金鱼不行了，他悲伤地说："爸爸你看黑金鱼不行了，肚子都翻起了，可能死了！"儿子的双眼含满泪水。我还没说几句安慰的话，他的泪水就夺眶而出，号啕大哭起来。让泪水宣泄心中的悲伤吧！我能理解他此时的心情。儿子用网兜捞出金鱼的尸体，小心地放在一个纸盒里。他说要把黑金鱼埋在小区的花园里，我们找来铲子，一起去埋葬这条小金鱼。儿子有一颗真诚的爱心，让我十分感动。

　　我安慰儿子，也许黑金鱼不适应小鱼缸的生活环境，于是，它去得这么快。的确，环境影响生存。何况是一条小金鱼呢，整个人类也避免不了环境的制约，适者生存，不适者淘汰，这是自然法则，怎能违背呢！

　　过了几天，儿子说要把另一条小金鱼放生。我非常高兴，赞扬他有爱心。儿子端上小鱼缸，我们来到白水江边，把小金鱼放归白水江。一瞬间，小金鱼就不见了，它回到了河流的怀抱，回归到大自然。我对儿子说，小金鱼将会从白水江游到嘉陵江、长江、大海，它会游到适宜自己的环境中，自由自在地幸福生活。儿子的心里充满了纯真的遐想和无限的希望，仿佛小金鱼的美好生活已经展现在他的眼前。

五月洋槐花

　　五月的陇南，多姿多彩，如梦如幻。春天才把绿与希望播撒在大地，夏天又将这派生机张扬得精彩纷呈。

　　洋槐花是春与夏的承接者，在初夏就流光溢彩。洋槐花把洋槐打扮得丰润而高洁，洋槐又将洋槐花奉献给守望这方热土的人们。洋槐花在勤劳者的双手里创造出更高的价值，让人生出几分敬意和几缕情思。

　　在陇南的崇山峻岭之间，在故乡的梁梁峁峁，在房前屋后，在我的窗前，到处都生长着洋槐树。洋槐树高挑张扬，足能撑起一片浓荫让乡亲们纳凉，不时会听见从洋槐树的浓荫里传来的阵阵欢声笑语。圆圆细嫩的叶子，柔柔的，富有浪漫者的温情。叶子抚摸着它下面一串串晶莹剔透的玉坠儿。叶子与叶子之间隐藏着洋槐树的秘密，一串将开未开挂满白丁丁的枝条若隐若现。初夏的风撩拨着叶子和花，催生深藏在叶间的洋槐花尽情怒放。向阳的枝头已挂满了晶莹发亮的银串儿，花开得热烈，透着微微的香，洋槐花随风摇曳。一群蜂蝶巧弄花端，小鸟跳跃在树枝上唱着欢快的歌，蚂蚁成群结队地往树上赶，向洒满清香的洋槐花追逐……热闹从这里沸腾开来，我不禁陶醉其中。

　　五月的洋槐花把小山村装扮得迷人而幽香。一夜之间，大大小小的洋槐树林不约而同变得粉白，纤纤莽莽的洋槐花延绵在山的尽头，整个村子都被芬芳的洋槐花包裹了。洋槐树枝伸过老屋的窗前，正斜插在木格子窗顶上，给年久的老屋增添了许多生机。洋槐树枝上挂满了耀眼的洋槐花，蜂窝状洁白发亮的洋槐花，张开甜蜜的嘴巴，将最隐秘的花蕊悄悄绽放。盛开的洋槐花，流淌着沁人的香，充盈着整个山寨旷野。这厚重的白，那沁人心脾的香，让人难以忘怀。

　　小时候，在田野割草，每当肚子饿得难受，小伙伴们就围在洋槐树下，打落洋槐花，争抢着吃洋槐花。洋槐花有一种生涩的、带着甜丝丝的味道，吃在口里，满嘴都充满了生涩、甜腻的感觉。少吃些，可以充饥，但吃多了就有些腻人的反胃，就不是那么好受的。多少次的饥饿，多少次狼吞虎咽地吃洋槐花，洋槐花在胃里翻江倒海，让我疼痛难忍。因此，我对洋槐花的记忆刻骨铭心。

　　每逢洋槐花盛开的季节，母亲就为洋槐花而忙。她采摘盛开的洋槐花，为年猪准备足够的饲料。洋槐花是村里人养猪的好饲料，从洋槐花盛开开始，人们就忙着采摘洋槐花，直至洋槐花凋谢，足足积攒够一年的喂猪饲料。母亲为了采摘洋槐花，准备了一套摘洋槐花的工具，一根长竹竿上套一把锋利的镰刀，用来采摘更高处更多更好的洋槐花。母亲经常背一只背篓，提上竹笼，扛着一根摘洋槐花的竹竿，向洋槐树林走去。母亲总是选最鲜、最嫩、最大朵的洋槐花采摘。每当摘下一串串似鬓髻重重叠叠的洋槐花时，心里就充满了无限的快慰和希冀。母亲拾起沉甸甸的洋槐花串，细心地从花串上将下绽放的洋槐花，一颗颗、一粒粒闪着亮光的花朵，让人心醉。母亲背回满背篓洋槐花，倒在院子里晾晒，洋槐花散发着浓郁的花香，溢满了整个庭院。坐在院子里歇息的母亲，沉浸在丰收的喜悦中，仿佛陶醉在这熟悉的花香里，若有所思。洋槐花一堆堆摞起，晒场、晾干、储藏，供养年猪食用。年猪宰杀后，母亲总要先带给住在县城的我们，品尝这溢满洋槐花香的心情。母亲花白的头发，在多少个春夏之交，洋槐花盛开的时节渐变苍白。她微微绾起的纂儿，酷似一串五月的洋槐花，在我心中永久开放。

古稀之年的母亲，采摘洋槐花已不灵便，常常被槐刺刮伤手脸。我很担心她的身体，多次叮嘱她不要再采摘洋槐花，要保重身体。可她总是割舍不下，一到洋槐花盛开的时候，就背上背篓，提起竹笼，挂着摘杆，向洋槐树林走去。去年，哥哥打电话告诉我，母亲的手被洋槐刺扎得厉害，已经化脓，还在感染。担心终于让我不安起来，从县城买些药，回家看望年迈的母亲。我轻轻地在母亲粗糙而皲裂的右手伤口上涂药，疼痛直刺心头。她依然挂念着五月的洋槐花，惦记着那头年猪的饲料。她给我讲了许多采摘洋槐花的趣事，全然不顾还未愈合的伤口。

今年五月，洋槐花依然开得灿烂夺目，琼花玉叶般的洋槐花点缀着挺拔的树体，在初夏的艳阳里流香。养蜂的师傅早就相准了这里的洋槐花蜜源，将满车子的蜜蜂从外地运来，停放在纤纤莽莽的洋槐花林里，在这儿酿造收成。蜜蜂没有辜负养蜂人的期望，他们忙碌在众花之间，创造新的财富。母亲背着背篓，挂着摘杆，慢慢地向洋槐树林走去，走走停停，她昂着头，张望勤劳采花的蜜蜂，伫立良久，思绪放飞在五月的洋槐花里……

五月的洋槐花热情奔放，开遍陇南的山川大地，装点了我的故乡。洋槐花盛开在勤劳者的心里，让情感传递，感恩传承。

油菜花里觅真情

孟春之季，气温回暖，沿河一带就暖意融融。

柳树绽开了新芽，山间的草牙儿也探出了头。暖阳里，蜂蝶成群结队，寻觅着新春鲜花的信息。大地一下子就热闹了起来。郁郁葱葱的油菜苗拔节生长，长势茂盛。仿佛是在一夜之间，沿河一带的油菜花全部绽放。远在家乡的父亲，在电话里说，家乡的油菜花开了，开得很好！顿时，油菜花那沁人心脾的清香和绚烂的色彩萦绕脑际。在这绝佳的季节，我回到了家乡，欣赏这美丽的景色了。

父亲种植的半亩油菜，在村头的一个叫"柿子树底下"的地里。这里地势较高，距离灌溉的水渠较远，所以只能依靠水磨沟的山溪水浇灌庄稼了。这块地是生产到户时村里分配给我们家的。这是一块先前就能插秧种稻的田地，于是人们称之为"老稻畦"。所说的"石鸡坝的稻子"，指的就是出产于这"老稻畦"的稻子，用水磨沟的山溪水浇灌而成的稻米，为故乡的土地赢得了无上荣光。先前，水磨沟的水很大，从来也不为浇灌庄稼而愁，插秧、种田从不缺水。后来，人们在水磨沟山上大面积开荒，植被破坏严重，致使许多水源枯竭。水磨沟的水越来越小，这一带的"老稻畦"就成了缺水的田地。每逢天旱，水磨沟的水就小得可怜，水流也是时断时续，很难满足这一带田地的浇灌。加之上游水磨沟的人们也要浇灌庄稼，原本很小的溪流，浇灌下游村子的庄稼就不那么容易了。于是，为了浇灌"老稻畦"的庄稼，常常要到水磨沟加夜守水，才会有一股孱弱的溪流，将庄稼滋润。

村里好多人都把这片地撂荒了。只有父亲依然舍不得他那日日作务的土地，每年安根、播种、收获庄稼。今年，他在地里又种了油菜，油菜长得不错。父亲为了这块庄稼，不知熬了多少夜，花了多少心血，他无怨无悔。

今年春旱，沟水很小，父亲守了几个晚上的水，才浇灌了这畦油菜地。油菜苗长得很好，拔节很高，父亲劳作在油菜地里，整个儿让厚重的油菜林遮住了。父亲在油菜林里锄草、施肥、间苗，辛勤的汗水浇灌着他手植的庄稼。他非常爱护庄稼，每个劳作的细节都是那样认真执着，不曾有一丝懈怠。

在春暖花开的季节，油菜花开得热烈奔放。花朵金黄耀眼，粉嘟嘟的油菜花艳而不腻，似金子一样泼洒一地。转念一想，我怎么能用金子来比喻油菜花呢？金子哪有这般的黄呢？即使非常纯的金子，也无法与油菜花相比，这是我坚信的。因为，金子缺少油菜花的鲜亮和清香。那厚重的、黄灿灿的油菜花，仿佛是压过来的，铺展着，让人平添了几分激动和喜悦。多么绚丽的景色啊！我甘愿做一朵盛开的油菜花，将那纯正的、耀眼的黄呈现给大家，为大地增添一份美丽；让青春在季节里歌唱，让人生更加幸福美满。

父亲和我站在地边，一起欣赏这片油菜花。这是他精心作务的庄稼，地里的草锄得很干净，庄稼地里的粪上得足，也没有让油菜苗缺水。因此，父亲作务的这畦油菜比别人家长得茂盛而高大。这怎么能像一位老年人作务的庄稼呢？即使年轻人也比不上他作务的庄稼，邻居都这样赞叹着年迈的父亲。父亲做事一向认真，每件事都做得十分用心，对庄稼更是关爱有加。庄稼丰收，就是对他劳作的见证。我们沿着地埂到油菜花深处去，感受油菜花的芬芳。我推开拥进怀里的油菜花，轻轻抖动油菜花粉，那黏状的粉已沾在了我的身上，衣服就染上了淡黄的色，抖之不去。我看见父亲破旧的衣服上，已留下了许多油菜花粉的颜色，粉黄的印痕，是他在油菜地里劳作的结果。花粉带着庄稼的气息，让人感到生活的真实。父亲慈祥的笑脸，如同盛开的油菜花，享受着劳动的喜悦。

　　父亲依然坚持劳动，作务庄稼毫不懈怠。我不止一次地劝他，年龄大了，不要再为庄稼而劳累。可是，他固执地坚守着责任田，直到他与土地作别的那一天。这依依不舍的土地情，让人感动至深。他经常叮嘱我，一定要做好自己的工作。我理解父亲，他让我勤奋敬业、踏踏实实地做好自己的工作，像他亲手种植的这片油菜花一样。油菜花开过后，花落处，枝上就结满了丰硕的油菜籽。时间不长，油菜籽就会挂满枝头，丰收在望。父亲陶醉在这片油菜花里，他的梦想和憧憬也随着浓烈的油菜花而延伸。

　　我想用一首小诗来表达父亲一生的勤劳和他为生活付出的艰辛：半亩耕田绿绕行，父犁锄禾四时勤；金黄铺地欣容笑，油菜花里觅真情。是否达意呢？

铺展而至的金黄

　　时至仲春，天气暖和了起来。白水江沿岸的绿柳飘拂，山坡上已生发出许多绿意来。沿河一带的油菜也开出了金黄的花朵，把田地点染得像画儿一般。

　　星期天，儿子让我带他去郊外春游。我们一起步行来到城郊的西园村，郊外的空气十分清新。天空像洗过一般，天蓝得洁净。

　　行走在大自然中，心情顿时豁然开朗，有一种难以言表的舒畅。在暖暖的春阳下，伸伸手，弯弯腰，身子舒展开了，全身生发出无尽的力量。

　　儿子奔着、跳着、闹着，向一片铺展而至的油菜花发出一阵惊叫。我寻声望去，果然是一处绝胜的美景。平铺着的一片金黄，把整个田野装点得富丽堂皇，一种对美好季节的艳羡油然而生。儿子迫不及待地将一株油菜花揽入胸前，用鼻子贴近花朵，深深地呼吸，吮吸着油菜花香。他惊喜地喊叫："油菜花真香啊！"我也将脸贴近一丛油菜花间，闻着这沁人心脾的花香。儿子的脸上、鼻子上都沾满了油菜花的金黄，他指着我鼻尖上的花粉哈哈大笑起来，快乐的笑声播撒在油菜花的花香里。

在一处醒目的地方，矗立着一面西园油菜种植基地的大牌子，这是县上统一规划的油菜种植基地。西园村的整块田地都种植了油菜。铺展了整个田地的油菜花，整齐而细腻，花开得明朗而热烈。那黄灿灿、金亮亮的油菜花，宛如一幅灵动的油画，平铺在这块田地里。这片金黄仿佛是从田地的尽头压过来的，凝固在人们的眼前。

油菜是一畦一畦点种的，生长到开花的时候，油菜已经长得十分茂盛了，伸展的枝条将田埂遮掩着。儿子寻着地埂朝油菜花深处走去，他的身影淹没在了这片花海中，从那晃动的花枝中可以判断他已到达油菜花的深处。他俏皮地喊着，让我寻找他。从花丛中传出的声音，温暖而甜蜜，仿佛儿子的话语都浸透了油菜花的芳香，让人舒畅而欣慰。蝴蝶在花间翩跹起舞，时而跃空翻飞，时而巧伫花端，忽上忽下，忽左忽右，为这美丽的春天而舞蹈。蜜蜂也赶趟儿似的，一群才飞走，另一群又飞来了，它们停驻在粉嘟嘟的花蕊上，用勤劳的躯体采集着流淌的花蜜。儿子和这些小生灵一样无忧无虑地快乐着，天真而烂漫。

站在田埂边，放眼眺望这片金黄，厚重而艳丽的颜色让人陶醉。儿子凝望的眼神，充满了无限的喜悦与幸福。

油菜花的花期较短，大约只有五六天的时间，再过几天油菜花将会凋零，这铺天盖地的金黄将不复存在。还好，我们庆幸赶上了好时光，在这美丽的季节里，恰逢油菜花盛开的时候，我们有幸欣赏了油菜花的绽放，内心感到无限的喜悦。

油菜花以其绚丽的金黄装点了大好河山，把一身的美丽奉献给了哺育它的土地。虽然它的美丽是短暂的，但真切地彰显了它自身的价值和意义，已足矣！

油菜花开得绚烂，但最终也会凋零。这难道不像我们的人生吗？我们曾经拥有过绚烂的青春年华，在那短暂而又美好的韶光里，青春一去不返，但留在生命中的记忆是不会被抹去的，这是走向成熟的必经之路。

我对儿子充满了期望，但愿他能够努力创造，珍惜时光，珍爱人生，像铺展而至的油菜花的金黄一样，将美好人生尽情展现。

布谷鸣叫的季节

夏天，将万物催生得蓬勃茂盛。物壮则老，麦子即将成熟。

当杏子泛黄之时，沿河一带的麦子也黄了。布谷鸟也赶着季节的趟儿，不停地在山谷中鸣叫。那时远时近、隐隐约约的鸣叫，预示着一年之中的刀耕火种即将开始。

人们磨利了镰刀，等待收割。

我在布谷鸟的鸣叫声里赶回家，加入乡亲们火热的劳动中。天刚蒙蒙亮，布谷鸟就鸣叫起来："布——谷——"舒缓而清脆的叫声，在旷野中显得婉转悠扬。布谷鸟的鸣叫惊醒了梦中人，催促着夏收的人们快快早起。一日之际在于晨，赶快抓紧时间劳作。父亲早早地拿上镰刀和背绳，到田里割麦去了。随后，我才往麦田里走。清晨，凉爽的风带来麦子成熟的气息扑鼻而来，令大脑顿时清醒。一路都是忙碌的人们，路两边的麦地里都是加早干活的人，正割着麦子。乡亲们见面都热情地打招呼。我远远地就看见父亲一个人在地里割着麦子，他佝偻着腰，在金黄的麦穗间晃动。我来到地边，父亲关爱地说："还不再睡一会儿，这么早起来还不习惯吧！"父亲的关怀让我感到愧疚。本是农家子弟，劳动有什么不习惯的呢！我赶忙加入父亲的忙碌中，我们一边割麦，一边听他讲述村里村外的事情。

布谷鸟经受不住盛夏骄阳的暴晒，躲在对面的山崖上鸣叫，似唱着一曲悠扬的歌，歌声回荡在麦田的旷野之中。父亲的听力下降，即使闲聊，也要大声说话才能听到。我问他："布谷鸟在鸣叫，您听得见吗？"父亲说："布谷鸟儿是逢时的，布谷鸟在我心里。麦黄的时候，布谷鸟就在我心里唱歌，就到了该割麦的时候了。我知道，一到割麦的时候，你就会回来的。"父亲的话语间充满了对我的关爱。父亲顺手从地边割了一把青草，给我编了一顶凉草帽，让我戴在头上。我戴上父亲为我编织的凉草帽，凉草帽透着丝丝凉意，散发着草的清香，一丝暖意萦绕心间。这种凉草帽，在儿时和父亲上山拔党参草的时候，他给我编过；在田里插秧的时候，父亲给我编过；在收割玉米的时候，父亲给我编过……一顶青草编制的凉草帽，让我沉浸在父亲关切的爱意之中。在父亲的眼里，我始终是个孩子。

太阳照在父亲古铜色的脸上，汗水流过的痕迹依稀可见。镰刀在麦秆间穿梭，噼里啪啦的割麦声在我心头滑过，让人从心底里感受到劳动的艰辛。父亲的身后摆放着割倒的麦把，麦把放得整整齐齐，不带一点儿麦秸。坐惯了办公室，就经不住这五黄六月太阳的炙烤，干不了一阵活，就已气喘吁吁。我的身后稀稀疏疏地放着割倒的麦把，显得松散而凌乱。看着偌大一块麦田，割呀割，总是割不完，焦急的心情如同正午的骄阳一般火辣。对面山崖上的布谷鸟儿鸣叫得脆响，仿佛在为农人鼓劲加油。我望着山崖上的布谷鸟，听着它悠闲的叫声，站在地里呆呆出神。父亲埋头干活，他又拿着草绳去绑割下的麦把儿，锋利的麦芒在他手里变得柔顺，一会儿，一捆麦垛就绑好了。站着的麦垛儿，真像蹲在地里的父亲，思考着丰收的生活。那沉甸甸的麦穗，诉说着父亲的勤劳。

　　傍晚，收割麦子的人都背着麦子回家吃饭去了。父亲收拾好背子，帮我铺了绳，打背三个麦垛子，我们背上麦子往家走，一路想着父亲，他一年四季作务庄稼，为生活忙碌。不知他的肩上让生活的重担压出了多少道血痕！

　　"我的老父亲啊，你是我最亲爱的人！"在布谷鸟鸣叫的季节，我的心里，涌动着对父亲的无限感激。

　　"布——谷——，布——谷——"布谷鸟在季节里鸣叫，在旷野里歌唱，歌唱收获，歌唱幸福，歌唱挚爱真情……

风 铃

在老屋的一角悬挂着一串风铃，这是秀为我编制的。10 多年了吧，风铃一直挂在那里，默默地、静静地独守空房。

当我回到老家的时候，就敞开屋门，让阳光和风洒进屋子，驱散屋子里的潮气。风吹进屋子，吹响了风铃，也吹醒了久违的思绪。

秀和我同岁，我们是邻居，她叫我哥哥，我把她当成妹妹。我们从小一起玩耍，一起割草、拾粪、做游戏。那快乐的童年趣事，让人记忆犹新。

记得，我叫上秀去村头的大柳树上掏鸟窝。掏一窝小鸟，我们就烧着吃。秀高兴地连蹦带跳，哥哥长哥哥短地叫。我们跑到大柳树下，两只刚孵出不久的小麻雀，探出头来，叽叽喳喳叫个不停。我脱掉鞋子，像一只猴子，迅速地爬上树杈。秀在树下提着我的破布鞋，高兴地大叫着，指着嗷嗷待哺的麻雀，让我赶紧抓住它。那几只呆头呆脑的小麻雀，才长出短短的绒毛，大张着粉黄的小嘴，朝我伸出的手叫唤着。我迅速地连鸟带窝一起抓在掌心，举起鸟窝给秀示意，她就高兴地跳起来。我抓着小鸟急忙下树，秀已捡好了一堆干柴，她又去和泥巴了。我点燃了火，用泥巴把小鸟裹住，放在了火堆里烧。秀的脸上沾满了泥巴和灰墨，像花猫一样。她不停地往火堆里添柴，嘴里唱着："猫拾柴，狗生火，老鼠擀面笑死我……"一阵阵清脆的笑声洒满山坡。秀从火堆里抛出那两块包裹着小鸟的坚硬泥巴，放在地上散热，我们都沉浸在对美食的向往中。

忽然，牛娃如一支离弦的箭，从树林后跑过来，抓起那两块泥巴就跑。我拔腿就撵，因为牛娃是个大孩子，他个子比我们大，一阵风似的就不见了踪影。看着就要到口的美食被人抢走，秀伤心地大哭起来。我回到秀的身边，大骂那该死的牛娃，哄着她不要哭，我承诺要给她再掏一窝小鸟来，比牛娃抢走的还要好，她才止住了哭。后来，秀的母亲知道了这件事，把我狠狠地教训了一顿，说我把好好的一个娃给带不了，此后，再也不让秀和我玩了。秀偷偷地从家里拿出两兜核桃给我，她说："我不听妈妈的，我要和哥哥玩。"我们一起玩的时候，秀如同拴在我身后的一只小铃铛，我走到哪里，她就跟到哪里。我们如同一对亲兄妹，形影不离。

我们同一年上学，又在同一间教室里读书。学校就在村口，每天早晨，秀就来叫我，我们背上书包一起去上学。她母亲做的馍馍很香，秀经常把她母亲为她准备的馍馍分给我一半，我狼吞虎咽地就吃掉了。在学校里，秀依然把我叫哥哥，当然我有责任关心她。如果有同学欺负她，我就会挺身而出，极力保护。

上小学的日子过得真快，转眼就小学毕业了。我们同时又上了初中，初中上学要走一段路程，我们得走读。初中的同学都是从不同村里来的，人数增多了，全年级分了两个班，我和秀分在了不同的班上。也许长大了，在学校里秀不再把我叫哥哥，我们相处得不像以前那样自然，有些羞羞答答。但秀经常会偷偷地往我书包里塞一块馍馍，这让我非常感激。3 年的初中生活，我专心学习，每天起早贪黑，挑灯夜读，功夫不负有心人，我的学习成绩还不错。秀自小学习也认真，但学习成绩一般。她已不再为学习而费心，有一种随遇而安的态度。在初三的最后一学期，秀有意回避我，和我保持着距离，她不想打扰我。虽然，她没说什么，但还是很关心我，在心里，为我默默地祈祷、祝福。

秀正当花季，高挑的身材，柳叶眉下闪动着一双水灵灵的大眼睛，像画儿一样。她虽然学习一般，但舞跳得很好，是学校里的文艺骨干。她舞动的身姿，仿佛是飘飞在校园里的一只花蝴蝶。每当学校举行文艺会演的时候，她就是舞台上的主角。初中生活即将结束，在毕业晚会上，秀跳了一段民族舞，那旋飞的舞裙和飘逸的裙带，至今让人难忘。

当秀得知我中专预选考试顺利过关，她特意到家里给我鼓劲加油。我怀着对美好人生的憧憬，满怀信心来到县城参加中专考试。因发挥不好与中专学校失之交臂，辜负了大家的热切期望。此时，我的心都碎了。人生的第一次失败把我击垮，失意占据了整个身心。一气之下，我爬上山，住在老爷庙湾，帮父亲拔党参草。眼看新的一学期开始，被录取的同学，已收拾好行李，踏上求学的路。而我仍住在山上不肯下来，尽管父亲苦口婆心地说尽了好话。

一天，我正在烈日下疯狂地拔着党参草。忽然，秀来到了地边，喊着叫哥哥，朝我走来。她一边帮我拔杂草，一边安慰鼓励我。她说："哥哥，你是块念书的料，这些活不是你干的。马上快上学了，你得决定初中补习呢，还是去上高中呢？听说上高中还能考大学哩，考大学比上中专好多了，到那时，还是会扬眉吐气的！"上高中！我顿时觉得，秀为我指了一条明路。第二天，我就回到家，收拾了课本，买了锅碗瓢盆，决定到县城去上高中。

在我去县一中报名的前一晚上，秀来到我家，手里拿着一串风铃，对我说："哥，这串风铃是我为你做的，希望它带给你快乐、好运！"我接过这串色彩斑斓的风铃，心里十分感动。我用报纸包好，把它放在木箱里，随身带在身边。这只木箱一直放在我的宿舍，风铃陪伴我度过了艰辛的高中求学生活。每当心情烦躁的时候，我就会取出这串风铃，看看它，轻轻摇动，听风铃的脆响，一切烦恼便随风而去。

秀初中毕业后再没有念书，帮家里干农活。秀常帮年迈的母亲干些家务，母亲也把秀当成了自己的女儿。母亲常和她一起说话，打发时光，母亲说秀是个好孩子。秀隔段时间就给我炒一罐头盒酸菜，让进城的人带给我。秀还给我绣了一双精美的鞋垫，我没舍得穿。秀对我的关心是认真的，她没有奢望，只默默地祝福。

在农村，像秀这样年龄的女孩就得谈婚论嫁了。听说媒人给她介绍了几个本村和邻近村子里的年轻人，条件都不错，但她就是不愿意，这让全家人都无可奈何。我参加工作了，秀依然单身。这年，她已经27岁，在村里算大姑娘了，但她还是没有找对象的打算。我劝过她，是该考虑自己的终身大事了，她也不说什么，只是笑一笑，仿佛这些与她无关。过了一段时间，我回老家，听说秀已外出打工了，是一个人出去的，她没有给任何人说她去哪里。一年后，我收到一封远方的来信，是秀寄来的。信上说她在山东找了个对象，对象是一位水产个体老板，丈夫对她很好，让我们不要牵挂，并祝福我们幸福美满。不知她的生活真如她所说，好多年了，我都没有见她回过家。愿她一生平安！

从箱底翻出秀送给我的那串风铃，把它挂在老屋的卧室里。风铃是用彩纸编制的，做工细致，秀是费了心思的。编制的莲花花瓣，一个粘接着一个，组成一个大圆圈，下面吊着六角形的小缀。六角形的小缀像盛开的花朵，用彩线串着。螺旋式旋转排列的花缀下，挂着 12 个小铃铛，风轻轻吹动，铃声脆响。风铃在风中舞蹈，彩色的飘带似飞舞的彩裙，仿佛秀在舞蹈，让人心动。

每当看到风铃时，我就想起了秀，想起了那段美好的童年，想起了在我最艰难的时候秀给我的鼓励，想起了那份纯真的情谊。是这串风铃激励我上进，让我实现生命的价值。

阳光照进屋子，风呼呼地吹着。风铃在风里摇摆，奏着和谐的旋律。铃声震颤着心扉，呼唤起回忆。

风铃在风中舞蹈……

匠人脸谱

张木匠

农村对能够修建房子的木匠叫大木匠，村里的大大木匠是一位姓张的我叫三爷的长者，人们都叫他张木匠。每到冬天的时候，他就非常繁忙，带上一帮木匠徒弟为修新房子的人家奔忙。

农村人对修新房子是十分重视的，他们修建的是土木结构木架子房。在修建新房前，人们事先要请阴阳先生看个吉日。修新房的人家把吉日单和酒拿上，来到张木匠家留"掌墨师"，这是正式请木匠的礼仪。无论修新房子的人家家庭境况如何，即使是最贫困的家庭，他都会非常乐意地答应。他按照阴阳看的日子，做好一切安排，及时通知徒弟们为修房子的东家帮忙。吉单上的日子就是修房架马的日子，日子有具体时辰，大多在子时、丑时、寅时或卯时，架马的时间通常都在凌晨。即使在深更半夜，他都准时来到修房子的场地，摆两只木马，在木马上搭一根檩梁，前面支一张八仙桌，放上香炉，点上蜡烛，上了香，化几叠烧纸，祈祷天地，修房大吉。用斧子在檩梁上砍几斧子，念一阵经文，就算完成了修新房的开工程序。

村子里修房，村里人都要互相帮忙，这已经是约定俗成的习惯了。东家不需要请人帮工，帮忙的人都是自愿来的，只需要为他们准备好生活就行。张木匠早就给徒弟们提前打了招呼，给他们通知了东家修房的日期。开工后，徒弟们就早早地来到修房场子里挑选木料。张木匠在地基上细心丈量，心里思索着新房的规划。在一张木板上用墨笔计算着柱子和檩子的尺寸，做到心中有数。他拿上墨斗，对徒弟选好的木料进行调整，反复挑选，直到自己满意为止。在选好的木料上写上柱或梁的字号和排数，分出类来，帮工的人看了一目了然。他将分出类来的柱、檩、梁和楼梓上面按尺寸画上穿孔，标出前后左右，让徒弟们在标记上凿出孔来。

张木匠仿佛是一位大总管，在场子里安排着人们的活路，不时吩咐大家要用心干好。老年人用镰刀刮掉木头上的污垢，年轻人用锯子截木头，木匠们用抓斧凿着穿孔，人们忙碌地干着各自的活计。只要张木匠在场，东家就很放心，帮忙干活的人也没有敢偷懒的。

张木匠是没有其他嗜好，他不抽烟、不喝酒，也不喝茶，这样的匠人还真少见。于是，东家都不知如何表达他们的感激之情，人们把这份情义记在心里，永远地感激他。张木匠修的房子端庄、挺拔、亮堂、向阳，让人住着很舒服。他的木匠手艺是出了名的，周围村民都很赞赏。

张木匠不仅房子修得好，而且合木也是他的拿手活。人们把板木准备好，一定要等张木匠给他们合木。人们说，活着的房子是张木匠修的，死了的房子也由他修，这样才放心。无论大板的材料如何零碎，张木匠像一位魔术师，很快就将这些零碎的木料用牛胶黏结起来，成为一张张严丝合缝的大板。用刨子把板子的两边推光刨平，再用细推刨打磨平整，直到他眯着一只眼睛仔细地瞄看，觉得平整了，才取来煮好的牛胶涂在上面，用刷子来回刷几遍，把两片板子粘在一起。在板子粘接口打上木卡，死死地固定在地上。待晾干后，刨光板子，板子像镜子一样光滑平整，看不出一丝黏接的痕迹。有的柏木板子虫蛀严重，到处是蛀眼，如马蜂窝那般糟。遇到这等材料，张木匠就用牛胶和滑石粉进行填补。经过他的精心加工，就成了一副上好的棺木。张木匠在棺木的前档上雕刻一个大大的福字，福字外圆内方，十分庄重。张木匠对他的木匠活是认真的，时刻坚守自己对职业的执着，使人肃然起敬。

张木匠老了，徒弟们继承了他的手艺，后来，他信了佛教。潜心念佛的他，生活过得平淡而清静。与佛结缘，一心向善，积善成德，修得正果，达到了德善的境界。在他83岁高龄时，驾鹤极乐了。全村人为他忙了几昼夜，虔诚地为他守灵，为他祈福，为这位尊敬的大木匠尽一份感激之情。张木匠走了，好像他还活在人们的心里。他豁达质朴的品格，激励着后人们。他那副热心肠，让人难忘。

张阴阳

村子里主要有刘、张、赵三大姓氏。赵姓祖先来得最早，后来才是刘姓和张姓的先人们。在村里落户的张姓祖先是一位阴阳先生，他看到这个村子依山傍水，又向阳通风，是一处好风水的地方，于是，张家就落户在了这里。

张阴阳的手艺是祖传的，从他祖先算起，阴阳的手艺已传了好几代了。历代张氏阴阳的绝活常常是人们茶余饭后的谈资，诸如捉鬼抬轿、迎神驱鬼的故事，摆冰山阵，下阴阵能使亡者灵魂超度，老人们讲得神乎其神，仿佛张氏阴阳真是个活神仙了。虽然说张阴阳的手艺不及他的祖先那般能使神鬼听话，但在邻近周边村庄也是出了名的。人们如有红白喜事，或家里要动阴阳，都要请他看日子、动法事。

每逢冬天，张阴阳就忙得不亦乐乎。乡里乡亲有为儿女嫁娶的，有为杀猪宰羊的，有为择日祭祀的，都找张阴阳，请他看日子、相吉期，以图吉利。张阴阳是学过《易经》的，他把"天地雷风水火山泽，乾坤震巽坎离艮兑"阴阳八卦背得滚瓜烂熟。也对阴阳五行有较深的研究，金生水、水生木、木生火、火生土、土生金；火克金、金克木、木克土、土克水、水克火，五行相生相克他熟记于心。张阴阳给人们相起吉日来，一般不用翻书，按照阴阳八卦和相生相克五行歌诀来确定。只需要告诉他主事人的生辰八字，就能推算出哪一日相合，哪一日不合，哪一日犯什么煞，犯什么星宿，通过缜密地推算，最终会确定某一日为良辰吉日。把吉期写在一张纸上，写得清清楚楚，某时某刻，什么星宿主事，方向朝哪一方吉利。如有相冲或相克的事项，就会在吉单上写明所犯之事，并开些诸如朱砂、神砂之类的中成药，作为禳改解冲。

记得，哥哥结婚的时候，是父亲请张阴阳看的吉期。在吉单上写有婚姻双方主人的名字、属相、生辰八字，根据天干、地支、五行相合的婚配歌诀，确定吉日良时。也有禳改的事项，如在新房门顶上立一块椿木或桃木制成的牌子，上面写上"九天门大开"的字样挂在门头上，以示百无禁忌。结婚前一天，找一个属相相生的成年人，在先天晚上要上头（梳头，禳改的一种仪式），上头时间一般都在凌晨的丑时或寅时。提前还要准备好一个马鞍，新人要跨过马鞍才能进入新房。新房里准备好一只木斗（是一种盛粮食的工具）；在木斗里装上粮食，上边插一杆秤，再放一面镜子，点燃一盏清油灯，昼夜不息地亮着，预示"长命百岁，幸福吉祥"。这些禳改事项，张阴阳要千叮咛万嘱咐地给东家详细交代清楚。这是婚姻大事，主人都很虔诚地按吉单办事，不敢有丝毫马虎。

听说张阴阳有冰山阵的绝技，据说这是他祖父的看家本领。不知是真是假，我没有经历过。冰山阵是人去世在五黄六月时，阴阳师为收敛尸体使用的一种法术，目的是让尸体不腐烂、不生气味。即使有了气味，也能将臭气架到外面去，房子里是闻不到气味的，这就是架冰山阵的妙处。五黄六月，天气炎热，尸体放在灵柩里，在家停放一两天，尸体就会腐烂。在这种情况下，就必须请个技艺高超的阴阳师傅下阵，使尸体不出现意外。

邻居张大妈去世在古历六月，正逢三伏天，气温高得如火炉。当时，请了张阴阳收敛丧事。张大妈有 5 个儿子，在村里个个都是响当当的人物，弟兄 5 人商定将灵柩在家停放 5 日，以表孝心。张阴阳想，这么热的天气，在伏天停灵 5 天，这是一件棘手的事，他心里也没底。虽然有难度，但也不能因这出就毁了张氏阴阳的名声。他不得不使用张氏阴阳的传家本领——冰山阵。于是，他仔细查了阴阳书籍《斗书》上的记载，犯了煞，就用相应的方法来禳改。让东家准备了十二药金（十二种中成药），把朱砂、神砂、人参、狼毒、白朴、杜仲、远志、鬼见头等药物放在棺木内，面对棺木念一阵咒语，挽几把法，把手指拧得啪啪作响，嘴里一边念咒，一边不时向挽发的手指吹气，大喝一声，双手猛击一下，这就算下了冰山阵。在棺木上放一只水碗，对着水碗念一阵咒语，再挽几把发。吩咐几句后，用柏树枝蘸碗里的水，在棺木周围点洒，每隔两个时辰点洒一次。果然还有些效应，这么热的天，还没有生出气味来。到第三天的下午，就有了变化，有一股淡淡的怪味飘散在屋子里。他不停地每隔一个时辰点洒一次，气味还是越来越浓。晚上，不知谁不小心碰倒了水碗，连碗带水掉在了地上。第二天一大早，屋子里气味就扩散到了周围。看到这种情况，张阴阳再也没有办法，他决定让东家准备，早上即刻发葬。5个儿子也无可奈何，不得不按张阴阳的安排操办。村子里有人在背地里议论，如果张阴阳的祖父还在，他的冰山阵的法术肯定不会有事。至于冰山阵的手艺，张阴阳也只是听别人说他爷爷有如此绝活，在他的记忆里他爷爷也没给他传授这般手艺。收敛人的方法，是严格按照他爷爷教给他的办法来做的。后来他查阅了好多书籍，研究了朱砂、神砂等十二药金的药性，他顿时明白，这些药物都有防腐降温效应，那只神秘的水碗，起到了局部降温的作用。

架冰山阵仅仅是人们的一种想象，现实中难得其法。先前真难为了阴阳们，那么炎热的天气，停柩几天，让尸体还不能发生问题，这不得不说是个难题。如今有了冰棺，无论天气如何炎热，只要把尸体装在冰棺里，都不会出现意外，再也不为炎夏而犯愁。

张阴阳是个好学的人，他其实没读过多少书，只是听他爷爷言传身教识了些字。在他不足 10 岁时，他爷爷便去世了。张阴阳仅凭坚持和毅力，通过一本旧字典来识字，阴阳书籍里的字古僻难懂，他就自己摸索着查字典，在不认识的字后面写上同音认识的字，便可以读出它的字音来。张阴阳的毛笔字写得不错，他喜欢抄些经书自己保存，也为村里人写对联。大凡见到阴阳们用的书籍，他都要认真地抄写下来，存在自己的书房里。这种坚守，即使在"文革"那个年代，也没有放弃过。

一次，父亲要为祖父立碑，请了张阴阳相吉、写祭文、祭祀。张阴阳欣然答应，他用心写了一篇感情真挚的立碑祭文。他写道：严父生辰秉公勋，两袖清风拂长空；德高望重求名远，不料一命归西程；生子有四为耕读，一身廉洁垢不侵；幼子尚小恩未报，今鉴金碑表忠心！立碑祭文写得情真意切，父亲泪流满面，感动至深。祖父是一位清末秀才，德厚才高，深受人们的爱戴，他的事迹至今让我们感到自豪。张阴阳对祖父敬佩有加，因此，撰文情深意长。张阴阳的文才可见一斑，让人佩服！

张阴阳是村里离不开的人，这是大家的认同。时间在前行，人在渐渐变老，张阴阳已年逾古稀。至今，在张氏门中没有一个愿意学他手艺的人，张阴阳感到一种莫名的惆怅，难道这门手艺就要在他手里断送吗？可喜的是，村子里有个刘氏后生想学阴阳，拜他为师。张阴阳的心结总算解开了，终于有人继承他的事业。他说，等他老了，归西后，好向祖先师傅们有个交代，将这门手艺传了下来，他没有辜负先辈们的遗志。

王瓦匠

瓦匠姓王，祖籍四川，他操一口纯正的四川腔，村里人都叫他王瓦匠，他在村里已做了 20 多年的泥瓦坯了。初到村里时，王瓦匠只不过是个 20 出头的小伙子，他身材矮小，胡子拉碴，老实巴交。朱家看不上他那派头，怀疑他做瓦的技能不精，担心按期完不成瓦坯任务。王瓦匠解下悬挂在肩上的瓦桶，放下背袋里的杈子、铲子、抿子等做瓦工具，当场和泥做坯。拌泥、打拍、刮抿、转桶，一会儿两行瓦坯整整齐齐地排在瓦场上。王瓦匠的干练、利落赢得了老朱的赞许，他马上做出留下王瓦匠的决定。从此，王瓦匠就在这儿做瓦，一干就是 20 多年。

王瓦匠见人总是羞答答地笑，两只手不停地抓耳挠腮。村里人都说王瓦匠是个假女子、肯害羞，傻乎乎的。孩子们经常去瓦场玩耍，抓泥巴、捏泥人、打泥仗。王瓦匠不嫌孩子们打扰，只顾忙着自己手里的活，不时还朝孩子们乐呵呵地喊"娃儿——"。泥是先一天用水浸泡成的黄土搅和的，再用脚采泥。和泥要起得早，加早班和泥。王瓦匠的裤管沾满了串串泥土，采泥的腿涨得鼓圆，血管暴凸着，两只脚不停地上下踩动，手拄着一根长铁杈，边踩边用杈子收拾边缘的生土，极力使泥和得均匀。一般要在太阳初升前和好泥，再将泥踏实，自动黏合。瓦场的住房是一间睡房和厨房连为一体的屋子，房子里散发着土腥味。灶台是用泥土垒制而成的，柴火熏得墙壁黑得发亮。

早饭做得简单，他很快就吃完了。王瓦匠就开始忙碌起来，把和好的泥整成泥条，垒至半人高。用铁铲剪成整齐的长方状泥方，拿弓弦揭取一厘米左右厚的泥皮，双手撩起泥皮，中间用腰一撑，泥皮听话似的贴在瓦桶上。摇动手中的转盘，上面的瓦桶随盘旋转。另一只手拿瓦抿，溅水撩泥。瓦坯越抿越光滑，制成一只喇叭形的瓦坯，他就赤着脚，小跑到瓦场上脱瓦桶。一排排瓦坯在不断重复中完成，制坯、晾坯、收坯、上架，晾干的瓦坯等待烧制。

农村的孩子喜欢玩泥，身上弄得像泥猪样，脸也成花猫。我经常在瓦场玩耍，没少挨母亲的打。王瓦匠一个人做瓦坯的时候，也唱几句家乡的民歌："太阳出来了喂，喜洋洋喽，挑起扁担嘟嘟才、嘟才……"每当王瓦匠唱歌的时候，他的手脚如踏鼓点子似的，步子迈得更快，更轻盈了，小跑在瓦场里。瓦坯很快就做满了一场。午饭，王瓦匠做得充足，时常喊玩泥的孩子和他一起吃饭，大家争抢着、嬉笑着，孩子们吃得那样香，那么甜。

秋凉了，和泥是件很苦、很累、很艰难的事。凌晨的天气很冷，人们都愿绻在被窝里，不想早些起床。学生们每天都得按日程作息，六点钟就往学校赶。当我从瓦场旁的公路上经过时，王瓦匠就已经开始踩泥了。昏暗的煤油灯光从塑料薄膜糊成的窗子缝里透出来，亮光孱弱得几乎被黑暗吞噬了。虽然，王瓦匠距公路还有一段距离，我还是能从微暗中辨出一个影子来。浮动的黑影就是王瓦匠，他正在侍弄着做瓦坯的泥巴。有时我也和他打个招呼，他乐呵呵地只答应，声音是从几乎和他融为一体的泥巴堆里传出。我穿上母亲缝好的棉衣，双手裹在袖筒里，急匆匆地往学校走。

王瓦匠是个性格固执的人，从不接受别人的东西。天冷了，父亲将一件还未穿的新棉衣送给他穿，可是王瓦匠硬是推着不要。一年四季他总穿着那身黄布上衫和灰布裤子，衣服让土染得也分不清是啥颜色，纯属一个土色。我常想，这么冷的天，他是怎么熬过来的，经常还要与泥土打交道。这个问题我也问过他好几次，他说："习惯了。"

王瓦匠每天重复着他的制瓦活计，疲倦和辛劳对他没有丝毫阻挡。一排排成品的瓦坯就是他的希望和收获。王瓦匠粗糙的双手裂开了道道伤痕，土里的盐分侵蚀着伤口，渗出一丝丝鲜血，也被泥土吸收了。新的皮肤裂缝又产生了，手上正酝酿着一层厚厚的茧，催促着双手变老。王瓦匠也在一天天变老。

我到外地上学，因此，很少再见到王瓦匠。只在每次归校时，把行李放在瓦场边等车，才能跟他交谈一会儿。他依旧那副神态，手里的活一刻也不停，还是满场地跑。他那样卖力、执着地干活，给人一种巨大的力量。我感到如释重负地超脱，心不再为离别而沉重。我思量，王瓦匠不也是外乡人嘛，在异地生活了20多个春秋，始终那么乐观，我被老王的坚强而感动。

转眼几年过去，我参加了工作。听父亲说，王瓦匠到另外一个村做瓦去了，离我们村也不远。几次我都想专门去看望老王，可是始终没能成行。我的脑海中常浮现他的影子，他依然是乐呵呵、勤快的样子。

一次，我们在县城巧遇。他没有多大变化，只是额上增添了道道皱纹，两只手还是那样粗糙，手指上还包着几张创可贴，分明是做瓦留下的伤痕，有一种说不出的沧桑感。我邀请他到饭馆吃饭，他执拗着不去，抓耳挠腮，难为情的样子。王瓦匠说："我正等个熟人，帮我往家里汇点钱，这正好遇上了你。"我们一起向邮局走去。我按照他所说的地址填好汇款单，将 500 元钱汇给了他父亲。他说要到菜市场去一下，让我在这儿等他一会儿。很快他就回来了，他从一条发黄的塑料编制袋中，取出刚从市场上买来的一袋香蕉和几盒脆饼干，说是特意给我买的。我再三推让，可他硬把东西塞进我的怀里。憨憨一笑，便消失在了人群之中。我拿着老王送的果品，心里沉甸甸的……

板　匠

板匠，又叫板板匠，是用大刀锯改板子的匠人。村里有两个板匠，他们都是从四川上来的，一个姓杨，一个姓唐。他们经常在村里干改板子的活计，日子长了，有人就在村里给他俩介绍了对象，做了上门女婿，成了名副其实的村里人。

杨板匠和唐板匠从四川老家来到村里的时候，每人肩上都挎着一把高过头顶的大刀锯子。挨家挨户叫喊着："改锯了，有板子改不？"那些年，家家户户都有积攒下来的木料，装修房子、制作家具的板子，都需要板匠来改。因此，村里需要改板子的人家也很多，他们经常是一家完工，另一家就接着请他们去改木料。

动工改板子前，必须先搭好一个改板子的木架。木架是用几根木头搭制而成的，前后左右各用两根木头交叉成支架，再用铁丝或绳子固定，在支架上横竖放 4 根木头，用铁爪钉将其固定，相互牵制，改板子的木架就支好了。杨师和唐师在东家地协助下，把需要改锯的木料一头竖起来，搭载在木架上；另一头拴上绳子，几个人拉木料的另一端，木头就上了架。杨师在架上固定好木料，唐师调拨好锯口，他们便改起了木料来。杨师身材矮小，但黝黑结实，他在架上敏捷而轻快，行动如猿猴，拉起锯来轻松自如。杨师和唐师配合得十分默契，一推一拉，一仰一俯，一挺一躬，仿佛在舞蹈。围观的人也感到他们干活的愉悦，都称赞两位板匠能干。大刀锯一上一下，均匀前进，游刃于木料之间。锯末顺着锯齿纷纷下落，飘洒在地上，踩在脚下软绵绵的，有一种舒服而温暖的感觉。

改板子是个技术活，看起来容易，做起来难，如果没有两三年的功夫是改不好板子的。改板子差不得分毫，改跑线（是木匠按板子尺寸画下的墨线），板子就改偏了，板子上下薄厚不一，板面中间凹凸不平。不但损坏了板子，而且浪费了东家的木料，自己也挣不到工钱。改板时，像杨师这样的大板匠也不敢马虎，他们做得都很认真，也十分用心。特别是遇到桦木、柳木等木质坚硬又柔韧的木料，他们就特别小心，通常拉短锯，一点一点地改，以免跑线。如核桃木、柏木等木质即硬又脆，稍不注意木料就会被磕掉半块，甚至还会碰掉锯牙，让人倍感紧张。这两位板匠改板子的经验丰富，任何木料在他们手里就变成了听话的，一般不会出现意外。村子里的木料都等他俩来改，这是大家共同的认可。

改板拉锯是个吃苦活，全凭体力支撑。没有吃苦的精神和坚强的意志，是干不了这等活计的。无论酷暑还是寒冬，只要有活干，他们都毫不懈怠。

烈日当头，太阳火辣辣地炙烤着大地，蝉不鸣了，鸟儿也躲藏在绿荫里一动不动，村子懒洋洋地沐浴在骄阳下，一片寂静。只有他们改板的刀锯声飘荡在旷野，单调而寂寞。板匠师傅早已挥汗如雨，辛勤的汗水在黝黑的肌肤上流淌，滴落在锯木堆里。刀锯忙碌着，挥舞着，在阳光里闪着耀眼的光，那壮观的景象，让人震撼。改板无聊的时候，他们就吼上几声改板号子："改板板呀儿好嗨！攒把劲呀么儿好嗨！唉吆吆……好嗨！"号子里融合了川腔小调的韵律，听起来别有一番滋味。为了生活，他们付出了艰苦的劳动。

平时他们很少休息，即使下雨天他们也没有闲着。把大刀锯卡在两条木板间，用拨子拨动锯口，那些发刃的锯牙子依次排列，两列锋利的锯牙，形成锃亮整齐的锯口。再用钢锉打磨锯牙，顺刀口的方向狠狠地搓磨，铁末儿就纷纷地落下，新搓磨的刀口银光闪闪，铮铮发亮，有一种刀发于刃的威严。

他们成为村里的上门女婿后，也不必成天到处奔波。没有改板子的时候，就帮着妻子作务庄稼。他们都是能吃苦的人，务起庄稼来也不赖。耕地、播种、施肥、浇水，农活样样在行，庄稼收成也不错，人们都夸他们是村里的能人。日子一天一天地好了起来，家里也殷实富裕了。但他们还是放不下自己的力气活，偶尔有人请他们改板子，便欣然答应。帮人家干活，也不收工钱，就算给东家帮工，人们都很感激他们。

退耕还林后，林区封山育林，木料成了紧缺货。人们都用压缩的三合板代替木板做家具，大刀锯无用武之地。杨师把那把伴随他半生的大刀锯封装起来，挂在他新修楼房的一角。闲时他就上楼看看，想想以前艰苦的生活，回忆过去的时光。时光催人老，杨师到村里时才是20出头的小伙子，如今，已成60多岁的老头了。一晃40多年了，他有许多感慨，有许多回味。修起了新房，膝下有一儿一女，儿女生活得很幸福。老两口自得其乐，有时还会跟村里的年轻人在村子周边打些零工，打发些时日。他打工的目的，当然不是为了养家糊口，而是通过这种劳作，慰藉心灵。

听村里人说，唐板匠得了病，前年就去世了。他的儿子说，他是积劳成疾所致。常年干那么累的活，身体怎么会吃得消？

大概如此吧。

笺 匠

笺匠姓米，村里人都叫米笺匠娃。米笺匠是生产到户那年从四川老家而来，落户在村里的。笺匠娃以缯笺为业。

笺匠的生意勉强能使一家人度日。笺匠娃身体瘦弱，干不了务农的重活，长年累月背一只大背篓，奔波于邻近村社叫卖缯笺、缯笼幢（蒸笼）。背篓里装着缯笺的工具，笺圈挂在背篓角上，冒堂堂的一背篓，似一座小山。他矮小的个头，被大背篓罩得几乎看不见身体，仿佛成了笨拙的甲壳虫，在崎岖的山路上爬行。

他经常去水磨沟和陶家湾等周边临近村社缯笺。水磨沟一连有好几个村子，这里有几十座水磨房，邻村的人都要到水磨沟去磨面。在水磨沟村缯笺、缯笼幢总会有些生意。有换笺圈的，有换笺底的，有让他缯新笺的，活路忙个不停。笺匠娃取出锯子、拉钻、刀子、铆钉、皮绳、木笺圈。他系上围裙，量好笺的尺寸，用锯子截断木笺圈，用刀子划好笺纱，备好一切材料，便缯起笺来。笺匠的拉钻很特别，是一种很古老的工具。拉钻主要是靠轴杆上系着的绳子，通过推拉横杆使轴杆旋转，安装在轴杆上的钻头随之转动，钻头便可以钻木了。笺匠娃用肩膀挺住拉钻的轴杆，钻头放在木笺圈上，右手使劲推拉，不一会儿，就钻通了笺孔，接连打上好几个孔。再用皮绳沿打成的孔扎起来，笺圈便缯成了。接着在笺圈底边打眼，把笺纱铺在底边。沿笺圈底边的眼孔穿上皮绳，勒紧，牢牢地固定住笺纱。通过打磨、修整后，一张新笺便做成了。

铺笺纱、缝笺底是缯笺工序中最重要的一个环节，也是检验笺匠师傅手艺好坏的标尺。好笺匠缝出来的笺底既平整又紧凑，有一种舒展刚劲的感觉。功夫不精的箩匠，缝制的箩底纱要么眼孔忽高忽低，要么箩底纱褶皱不展，纱面松坠，难以箩面。箩匠娃做的箩，做工细，箩底纱绷得平直，箩起面来顺手好用。人们都要等着箩匠娃来修换箩底，箩匠娃缯箩也就有了些生意。

人们靠水磨磨面的时代，农村里每户人家都要准备几张箩，以便磨面时箩面。箩有粗细之分，主要由箩底纱眼孔的大小决定。箩玉米、荞面时就用粗箩，箩出的面原汁原味。箩小麦、黄豆面时就用细箩，箩出的面粉才精细可口。人口多的家庭，不到两月就要磨一次面，因此，磨面、箩面是一个家庭中一年的重要活。面磨得多，箩就费，箩底、箩圈烂了，是常有的事。箩匠娃就穿梭于邻近村社缯箩，生意也红火。

箩圈和笼幢圈都是用极富韧性的榻松板制成的。空闲时，箩匠娃将榻松用刀劈成薄板。薄板经水浸泡两天后，变得柔韧些，再把榻松板的一端绑扎在一根大柱子上，下边放一盆木炭火，柔柔地炙烤板面。手抓住榻松板的另一端，用力绕着柱子屈成圆形，用绳子绑紧固定住。几天后取下来，榻板便成了圆形的箩圈和笼幢圈了。

箩匠娃除了缯箩，他还会缯笼幢。笼幢的做法与缯箩的方法如出一辙，用锯子、刀子、拉钻、竹篾丝等工具制作。做笼幢不像缯箩那么简单，笼幢的取材特别重要。箩匠娃在做新笼幢时，总要精挑细选上好的笼圈板子。他将选好的笼圈用拉钻、竹篾丝缝成圆筒状，中间镶上笼幢的楼栓，伸出把手。一连缯几层，有三层的、五层的，也有七层的。箩匠一般不会制作双数层的蒸笼，这是自古流传下来的习俗，大概图个吉利吧。箩匠娃缯的笼幢严丝合缝，很揽气，蒸的馒头个个都张着大口，很喜庆的样子，主人也感到很喜悦，都称赞他的手艺好。箩匠娃干活麻利手快，吃苦耐劳。缯箩、缯笼幢，都按照主人的要求去做，他经常起早贪黑，总要按时赶制完成，从来没有误事。

电磨悄然兴起，人们磨面都用电磨。电磨不需要箩面，箩便成了历史的陈迹，冷落在寂寞处。木笼幢也很少有人用，现在都被铁皮笼代替了。箩匠娃的手艺没有了用处，他深深地感到时代在变，一切变得那么迅速，变得那么猝不及防。儿子也长大了，已成了家，箩匠娃也该享享清福了。他每天领着孙子在村子里东游西逛，日子过得很惬意，享受着天伦之乐。但他依然没有忘记过去的时光,常给儿子讲他缯箩的事——忆苦思甜。

朱铁匠

铁匠姓朱，村里人都叫他朱铁匠。朱铁匠不是家传的手艺，他打铁的手艺是从邻村一个姓朱的铁匠那儿学来的。因是同姓，追本溯源他们还是亲戚，于是师傅对待朱铁匠就像对待自己儿子一样，把手艺毫不保留地传给了他。朱铁匠十分好学，又能吃苦，打铁时那四溅的铁火星子也不怕。师傅交给他烧铁、造型、淬火等工序的方法，当朱铁匠可以独立打造家什了，师傅就送他回到了村子里，为村里人打铁。

朱铁匠把一间敞圈改造成了打铁铺，用砖石砌成一个长炉，旁边安装一副用圆木制成的风箱，横卧在铁炉旁。风箱轻轻一拉，风摆子就一张一合，风就从炉眼里送了出来。炉身旁边放了一块用木桩固定的铁砧子，砧子两边伸出一对长长的铁耳。靠墙放着两方硕大的水槽，是用来淬火和降温的。铁锤、铁钳、铁钩摆在工具箱前，严阵以待。铁匠铺前面有个大场子，小伙伴们经常在这里玩耍，看打铁，看热闹。

每逢下雨天，朱铁匠就忙个不停。需要打铁的农户早早地就把炭渣子背来两背篓，倒在炉膛里，点燃炉火，提前预热。他安排人在炉边不停地拉风箱，吩咐拉风箱的人用力使劲。朱铁匠把生铁放在炉火上，用铁钩子抛动炭渣盖在生铁上，在炉火中煅烧。一切安排妥当后，他才到主人家吃早饭。炉火不停地燃烧，生铁在烈火中烧红。朱铁匠吃完饭又回到打铁铺，系上一件帆布围裙，用铁钳拨弄炉膛中的生铁。膛中的火苗直往上蹿，火舌飞舞着，火星儿四处飞溅，屋子里金光四射，每个人的脸上都映着灿烂的红。朱铁匠一手用铁钳夹出烧红的铁块，放在铁砧上，另一手攥起一柄大锤，拢起大锤朝铁块猛砸。那四溅的火花，满屋乱飞，让人惊恐而又害怕。毛铁在朱铁匠的钳夹和重锤下，显得十分听话，形状随他的手法在变化。朱铁匠如同一位战斗的勇士，挥刀操剑左右突击，情形激烈而壮观。风箱拉得轰隆隆响，火苗升得老高。朱铁匠把铁钳放在水槽里浸泡。帮忙的人们讲些故事和笑话，铺子里不时漾出一阵阵笑声，飘荡在微雨的上空，为村子增添了几分热闹。

　　炉火燃得正旺，炉膛中的毛铁烧得赤红。朱铁匠吩咐帮忙的年轻人拿上大铁锤，站在铁砧的两边准备砸铁。这道工序要出猛劲，把毛铁砸扁砸薄，打出一个模型来，帮忙的人都可以来砸。朱铁匠从水槽里取出一把大铁钳，双手死死地从炉膛里夹出炽热的毛铁，迅速放到铁砧上。他紧握钳把，两边的人就拢起大锤狠劲地砸，绯红的铁星子如流星飞舞，屋里的人们急速地闪身躲避，生怕铁星子落到自己身上。朱铁匠岿然不动，一点也不怕那四溅的火星，他目不转睛地盯着红彤彤的毛铁，神情专注地把握着毛铁的火候。砸打几分钟后，又将毛铁放在炉膛中煅烧。朱铁匠的帆布围裙已被火星烧得如筛子一般，到处都是星星点点的小黑洞。油腻的污渍在炉火边映着火红的光亮，看得出他为打铁付出的艰辛劳动。人们问朱铁匠，为啥不怕乱溅的铁火星子。他说，已经打了多年铁了，都已经习惯了。当初也害怕过，为此，没少被师傅训斥。后来，他坚定了要成为一名铁匠的信念，于是就壮着胆子，全神贯注地投入到打铁的行当中，心中的恐惧和害怕便退却了。他用心做事，最终成了村里有名的铁匠师傅。

砸成雏形的毛铁，朱铁匠要亲自打制。把从炉膛里取出的毛铁放在铁砧的一只角上，顺角弯曲，形成一个圆孔，制出工具的裤来。裤弯得好，工具就耐用结实，否则就会有裂缝，容易断。这道工序是打制家什的重要环节，一定要细致小心，这也是考验铁匠师傅功力的关键。朱铁匠对此有足够的耐心，用铁锤左敲敲右敲敲，上敲敲下敲敲，砸得平平整整、方方正正，才又放回炉膛继续煅烧。接着就是淬火的工序，从炉膛里取出打制成雏形的工具，放在铁砧上仔细修正，打磨刀刃。再用铁钳夹着铁具在木槽里轻轻试水，红彤彤的铁具使水沸腾起来，一股热气蒸腾而上。把铁具放在炉台上，撒上细黄土，用锤子轻轻敲动，又放回炉膛里煅烧。一会儿，取出铁具，放在水槽中试水撒土、焚烧，循环几次，火就淬好了，朱铁匠才把打好的工具放入水槽中冷却。淬火技术是铁匠师傅的绝活，是不轻易传人的。朱铁匠却从不掩饰淬火技术，经常给帮忙打铁的人传授。但还是没有人跟他学打铁，眼看他的打铁手艺就要失传。也难怪，谁叫打铁那么苦呢，缺乏意志的人是做不到的。

近年来，农村的青壮年都外出打工，家里的庄稼都靠老人和妇女耕种，一些土地也撂荒了。农具也成了守门的闲货，人们不需要农具，朱铁匠也没活可干，跟着儿子去外地打工了。铁匠铺便成了历史的陈迹，留给人们太多的回忆。当人们看到屋里的镰刀或锄头时，就怀念起朱铁匠，怀念为生活而付出艰辛劳动的人们。

乞巧在爱的心弦飞翔

一

农历七月，是一个多情的季节。在这个美好的季节里，有一个属于民间的传奇节日——乞巧节。乞巧节也称七夕节，是一个浪漫且充满着爱的节日。乞巧女儿节，这优美的梦幻般的名字，让人的心中生发出许多柔情和爱恋来。

关于女儿，大作家曹雪芹有一段精辟的论述："女儿是水做的骨肉，见了女儿，便觉清爽。"我觉得，这是千百年来描写女儿最好的佳句。世上能有哪种事物配得上用水来比拟呢？唯独赋予山川灵秀的女儿才配得上水的气质、水的精神。因此，女儿节才会如此圣洁。

——乞巧在爱的心弦飞翔。

我们怀着对乞巧女儿节的虔诚，来到秦皇故里礼县，感受女儿们温暖而快乐的节日。礼县、西和一带的乞巧节独具特色，是当地群众自发性的民间活动。在乞巧节上，姑娘们乞巧七天八夜，乞求巧娘娘赐予聪慧灵巧、美满婚姻、幸福生活，彰显了乞巧地域民俗文化的独特魅力。身临其境感受乞巧盛会的想法已久，恰逢第七届中国乞巧女儿节，我才有机会如愿以偿，真切地感受乞巧节这一独具魅力的民俗文化节庆了。

二

大堡子山，一个让人敬仰的地方。它是由层层叠叠的黄土堆积而成的土堡，像一尊浑圆的大钟置于大地，显得雄浑而博大。

震惊世界的大堡子山秦公墓的考古发现，揭开了史学界和考古学界对秦人四大陵园中第一陵园的千古之谜，这就是大秦第一陵园——西垂陵园，从而确立了大堡子山、西汉水流域是秦人发祥地的历史地位。在大堡子山出土了许多文物，秦编钟、秦公鼎、秦公簋等无价之宝，证明了一个时代的辉煌。当我踏进这片厚重的黄土地时，仰慕之情油然而生。

我们沿着一条小路攀爬而上，坡上疯长的野黄蒿和苜蓿草泛着微黄，散发出秋的味道。坡坎上的几棵老柳树寂寞地站着，稀疏的枝叶掩饰不住岁月的沧桑。小路的旁边有一道被岁月、时光和雨水造就的深沟，这是一条只有黄土塬上才有的沟壑，它狭窄陡仄，弯弯曲曲。天上布满了云，阳光淡淡地若隐若现，为这片神奇的土地平添了更神秘的色彩。塬上是"农业学大寨"时修成的梯田，此时地里都长满了蒿草。为保护大堡子山遗址，政府已从农户那里征收了这片土地，土地都弃荒着，山上显得寂寞而荒凉。

大堡子山宽阔而平坦，如同一方静卧的端砚，让人顿感视野开阔。站在大堡子山上，绵延的群山朝拜而来，悠悠西汉水和燕子河绕膝而过，广袤的秦川大地沃野千里，万千气象尽收眼底。这里有气吞万里如虎的雄壮，有千里龙脉归此地的神奇，气韵不凡。一种开阔和爽朗使人感到十分舒适。选择如此风水宝地，彰显了秦人先祖超群的聪明和智慧。从这里孕育出一个强大的大秦帝国，在这里创造了灿烂的中华文明。秦人牧马，开疆拓土，一统六国，开创了中国第一个封建王朝——大秦帝国。历史赋予大堡子山很多辉煌，让人在心里涌现了对历史、自然、生命、天地精神的认同。

　　走进大堡子山，触摸这方温暖的黄土地，倾听秦人遥远的足音，纵观历史风云，感受大堡子山的心跳。我蹑手蹑脚，生怕吵醒沉睡在大堡子山的秦人先祖，打扰一个辉煌帝国的美梦。此时，在大堡子山上除了我们一行，再不见其他人，显得清静而冷寂。在几处已经挖掘的古墓区，搭建着三座考古塑料拱棚。不知从哪儿冒出来的一个戴着凉草帽、面容黝黑的汉子，他说是陕西考古队的，已经在大堡子山考古多年了。他指着坎下地块中的一个塑料棚说："我们正在挖掘考证那座古墓，它是春秋时期的秦人墓葬，考古价值极高，一些珍贵文物即将出土。"我对站在眼前的这位穿着朴素的考古专家，生发出无限的敬意。在这寂寞的荒原上，始终坚守着他的事业，在古墓堆里，孤独一人与古人对话，还原一个让世人惊叹的历史。他是多么了不起啊！他的执着、坚守怎不叫人敬佩呢！

　　他介绍了大堡子山遗址的考古发现：大堡子山是全国规模最大的秦人先祖墓群，规模宏大，价值极高，据勘探，在大堡子山古墓区就有1000多处秦人墓葬。可惜的是大堡子山在20世纪90年代人为破坏严重，95%以上的文物被偷盗、破坏，致使一本再现先秦历史的百科全书几乎毁坏殆尽，太可惜了！此时，我的心仿佛被盗墓贼捅了一刀，全身都在裂肺般的疼痛。这无疑是时代的悲哀，也是大堡子山的悲哀。让我们略感欣慰的是，秦编钟幸免被盗，这是历史的造化，是国人的幸运，大堡子山不该遭此劫难。历史的创伤使人警醒，现实需要我们珍惜和把握。

　　站在大堡子山2号墓坑边，我仿佛听到了秦编钟的音韵。在悠扬的编钟声里，秦人先祖在丰饶的秦川大地上养精蓄锐，休养生息，厉兵秣马；他们骑上雄健的战马，驰骋疆场，创建伟业。秦人先民在这片丰腴的黄土地上辛勤劳作，日出而作，日落而息，过着天人合一的生活。他们在劳动中舞蹈歌唱，诉说着生活的艰辛，再现了悲喜交加的感人场面。火热的劳动场景，展现着原始古朴的农耕文明。他们崇拜天地，敬畏神灵，在编钟声韵里载歌载舞，乞求国泰民安。民间乞求神灵，边舞蹈，边歌唱，唱词唱腔口口相传，延续秦人遗风。历经两千多年的传承和演变，便形成了秦皇故里独具特色的乞巧文化。

我庆幸能与沉睡在大堡子山的秦人先祖进行一次心灵的对话，探究秦人遗风，寻找乞巧民俗文化的渊源。

天上的云散尽，太阳光直射过来，大堡子山也明朗了起来。放眼望去，丰饶的秦川大地一片丰收景象，大堡子山下的村庄沉浸在欢腾的节日中，姑娘们正在欢快地乞巧哩。

三

七夕节是女孩们热切期盼的。在这一天，女儿们有许多悄悄话倾诉。她们把心藏已久的悄悄话说给七仙女听，也听牛郎织女鹊桥相会时的蜜语。

记得儿时，阿婆就讲牛郎织女鹊桥相会的故事，那美好的爱情神话故事一直萦绕心间。秀是我的邻居、儿时的玩伴，她说只有女儿才能听到牛郎和织女的对话。此时，我恨不得自己变成一个女儿。每逢七夕节的晚上，她都会叫上我，端上一盆清水，来到她家后花园的葡萄架下，等待牛郎织女鹊桥相会的情景。

初秋的夜晚，村野一片寂静。一弯新月挂在天空，月光透过繁茂而微黄的葡萄叶缝隙，地上落下斑驳的月影。阵阵晚风，带来丝丝凉意。秋风吹动葡萄架的枝叶，筛下的月色在盆子里幻化出美丽的图案。秀激动地指着盆中的幻影大叫起来："快看！喜鹊都往天上飞，在天空中搭成了天桥，牛郎和织女正在鹊桥相会哩！"我目之所及，真想一睹七仙女的容颜。葡萄叶在风中摇曳，发出清脆的沙沙声。秀说她听见了牛郎和织女正在说悄悄话哩。他们说的啥呢？"牛郎织女一年才见面一次，她们在说一年来的心里话哩"她轻声地说。秀跪在地上，双手合十，默默祈祷，在葡萄架下许下美好的心愿。秀让我也跪在地上，合手、闭目，许下心愿。恕我愚钝，那些和秀共同度过的七夕节，我始终没有看到也没有听到牛郎和织女鹊桥相会的盛景。也许，我不是女儿，或不够虔诚。秀许下的美好心愿不知实现了没有，我不得而知。回想起那段我们一起度过的童话般的七夕趣事，让人难以忘怀。

七夕，每年的这个时节，我甘愿做一位女儿，让心中美好的愿望在爱的心弦飞翔。

四

从礼县县城出发，我们乘车前行。在沿路的村庄都会看到穿着花衣裳的姑娘们，她们手里拿着彩色的大扇子，在坐巧点（乞巧的场所）跳着唱着，非常热闹。

我们在祁山镇何台村下了车，路面上摊着刚收割的胡麻，几位村民拿着长叉翻动着汽车碾过的胡麻草。杨镇长说："这就是有名的礼县胡麻，这里的胡麻油是上等的好油！"我拾起两颗脱了粒的胡麻放在手心，紫红色的胡麻籽油光而滑腻。主人说胡麻可以生嗑着吃，我将一颗胡麻籽放进嘴里，一股醇香直抵心扉，这是一种浸透着人们辛勤劳动的味道。

一位穿着花衣衫的妇女迎面走来，她满面笑容，热情地给我们打招呼，邀请我们到场院去看乞巧。她是村里的巧头，是乞巧活动的组织者。我们远远地就能听见村里歌唱的声音，穿过街道，来到场院里。院子里挤满了看热闹的人们，一群穿着华丽的姑娘正在院子里乞巧，她们一边歌唱，一边舞蹈。我们挤进人群，观看她们的表演。她们唱着迎巧歌：六月三十天门开，我请巧娘下凡来；巧娘娘，下凡来，给我教针教线来；巧娘娘教我绣一针，一绣桃花满树红；巧娘娘教我绣二针，二绣麦子黄成金；巧娘娘教我绣三针，三绣中秋月亮明；巧娘娘教我绣四针，四绣过年挂红灯；去年去了今年来，头顶香盘接你来；巧娘娘，家叶的，我把巧娘娘请下凡。她们集体清唱，不配任何乐器，歌声悦耳动听。她们情感真挚，声音仿佛是从心底流出。

乞巧歌唱腔舒缓、声调平和、音韵柔美，富有浓郁的说唱美。单从乞巧唱词来看，就让人感到乞巧歌十足的文学美了。大多乞巧唱词使用了排比、夸张、对仗等多种修辞手法，形象生动地表达了女儿们的所思所想，抒发了她们真挚的感情，给人留下深刻的印象。乞巧歌唱把淳朴的民俗风情艺术化，逼真地刻画了巧娘娘善良、聪慧、灵巧的美好形象。姑娘们拿着大花扇子，扇子在歌声里舞动，她们像翻飞的彩蝶，翩然起舞。舞步随着歌声而动，没有严格的步调，全凭自己的感悟。有踏十字步的，有走漫步的，随心所欲。队阵在不时变化，一会儿排成方阵，一会儿转成圆形，忽而又成了花瓣形，全然是一朵绽放的花。

巧头带领姑娘们来到坐巧点。这是一家新修的庭院，房屋不高，红瓦雕梁，古色古香，房屋建筑具有秦汉风格。在房屋正厅的供桌上安放着巧娘的神像，巧娘盘腿端坐在莲花台的轿子上，头插鲜花，身披彩衣，脚穿一双绣花鞋。她眉清目秀，樱桃小嘴，慈眉善目，是人们心中的美娘。轿子是用五彩纸糊成的，五颜六色的纸花把花轿装点得富丽堂皇。轿子侧面贴着姑娘们的手工剪纸，图案逼真而精致，真是一双巧手才能做得。窗子的边沿贴着富贵不断头的花边，窗窝里贴着数只欢叫的喜鹊，乞求幸福吉祥。供桌上摆放着苹果、葡萄、橘子、大枣、油炸面花等供果，人们虔诚地敬奉巧娘。那些油炸面花不知要费多少心思和工夫呢。把面油炸成各式各样的花瓣，有菊花形的，有梅花形的，有核桃瓣形的，惟妙惟肖，栩栩如生。它的做工之精妙，真应了一个巧字，大概这就是巧娘的传神杰作吧。

巧头在巧娘神像面前点燃蜡烛，上三炷香，焚烧裱纸，磕头跪拜。妇女们长跪在院子里唱起了搭轿歌：三张黄裱一刀纸，我给巧娘娘搭轿子；三张黄裱一对蜡，手襻的红绳把桥搭；巧娘娘穿的绣花鞋，天桥那边走着来；巧娘娘穿的缎子鞋，仙女把你送着来；巧娘娘穿的云子鞋，腾云驾雾虚空来；巧娘娘，家叶的，我把巧娘娘请下凡。她们发自肺腑的歌唱，从心灵深处乞求巧娘娘赐予巧慧和幸福。我不禁被这虔诚的场面感动，真切地感受到巧娘娘神灵的力量和人们对美好生活的向往。

五

雨后的晴空别有一番景致，碧空高远而深邃。太阳从东山升起，明净的阳光普照大地，山丘、河流、树木都沉浸在祥和的日光里。路边是一望无际的苹果林，红红的苹果挂满枝头，散发着红润而晶莹的光泽，原野呈现出一片成熟的景象。

我们来到祁山镇西汉村，村庄掩映在茂密的苹果林里。我们经过幽静的田间小路，硕大的苹果压弯了树枝，有人正在苹果园里除草、拉枝，他们怀着丰收喜悦的心情，漾着笑脸抬头张望。杨镇长说："祁山镇正在大力发展苹果产业，努力打造苹果产业基地，全镇的苹果产业已成为农民增收的重要经济来源。西汉村有 370 户 1600 多群众，苹果是全村人的主要经济来源，户均都有 3 亩以上的苹果园，苹果每亩收入在 1 万元以上。村里一部分人在作务苹果，一部分人去外地打工，村民们都有好收成。"农村的发展变化，使我们对美好生活充满了希望。

姑娘们都乞巧去了，隐隐约约的歌声从村庄深处传来。村主任说："这是姑娘们正在唱巧哩！这里的乞巧节完全是由姑娘们自发组织的活动，这段时间，她们尽情地乞巧唱巧，过完乞巧节后，她们每天还要跳广场舞，人们生活得都很快乐。"如今，农村面貌日新月异，农民群众精神焕发，让人感到无限的欣慰。

杨镇长对发展全镇农村经济与做好乞巧民俗文化的传承有着自己的思考。他说，在推进苹果产业发展、提升农民经济效益的同时，特别要注重乞巧民俗文化的传承和发扬，把乞巧自发性的民间群众活动，努力打造成为政府引导、群众参与的群众性文化活动，让妇女们充分展示巧慧、传承美德，营造和谐美好的家园。正因为有无数为乞巧文化默默奉献的人们，才使乞巧文化的传承和发展如此兴盛。发扬乞巧民俗文化，共圆乞巧女儿梦想。

六

农历七月七日这天，我们来到永兴镇永兴村。在永兴村乞巧民俗文化传习所正举行着永兴村乞巧文化传承会演，来自全村八个社的乞巧表演队，齐聚在乞巧文化广场。我们挤进人群，与穿着华丽的姑娘们站在一起共度七夕时光。在台上表演的姑娘们迈着轻盈的舞步，一移步，一摆手，一扭腰，一转身，舞蹈动作舒缓而流畅。大花扇子在胸前摆动，她们唱着：青天云里的咕噜雁，巧娘娘给我教针线。一绣锦鸡蹿牡丹，二绣鸳鸯戏水边，三绣天鹅飞青天，四绣鹁鸽绕长安，五绣兔儿草中卧，六绣大雁空中过，七绣鹿儿跑斜山，八绣老鹰打旋旋，九绣猴儿啃西瓜，十绣喜鹊闹梅花；两边绣上两条龙，中间绣上心上人。这是一首乞巧爱情唱词，表达了女儿们追求幸福美满爱情的愿望。

在乞巧表演的队伍中，我遇见了一位名叫静的姑娘。她 20 来岁，身材高挑，体态微丰，一对小辫挂胸前。她身穿粉红色花布对襟衫，腰里系着绣花的花围裙，黑裤子腿边上绣着祥云彩，脚穿黑平绒平底鞋。她脸上洋溢着灿烂的笑容，把一双灵动的大眼睛衬托得越发动情了。她们精彩的表演，博得了大家热烈的掌声。挤出人群，我们向她追问乞巧节的盛况。她讲一口流利的普通话，爽快地向我们做了自我介绍，还谈到她对乞巧节的感受和向往。她性格开朗。她说，她是当地人，从小就喜爱乞巧，年年都盼着过乞巧节，每年都要为乞巧节精心准备，虔诚地乞巧，寄托心中美好的心愿。

她为我们讲述了一段自己的浪漫爱情："作为一位女孩子，心中总有一些难言的心事，于是在每年的乞巧节上，女儿们就会敞开心扉，以虔诚的心乞求巧娘娘赐福。在乞巧节上，女儿们是自由快乐的，大人们也不会管得太紧，这时也是年轻人谈婚姻的好时候。我的婚姻就是在乞巧节上说成的。5 年前的那个乞巧节，我和姐妹们一起乞巧，年轻小伙也殷勤地为我们帮忙，其实，他们也在寻找意中人。我们在乞巧的时候，我遇见了心上人，当时他在外地当兵，在乞巧节时回家探亲，我们相遇，互表忠心，在巧娘娘面前盟誓，许定终身，那年冬天我俩就结婚了。他对我很好，前几天我才从他部队驻地赶回来，他嘱咐我要虔诚地乞巧，乞求巧娘娘赐予我们美满的婚姻和幸福的生活。今天他还给我发了乞巧祝福短信哩！"她递过手机，我看到："七月七日鹊桥会，巧娘给我们教针线。两边绣上两条龙，中间绣上心上人……"这不是刚才唱的乞巧歌词吗？她说，她们就是唱着这首乞巧歌才有了她们的爱情。这段美好的姻缘，让人坚信，有情人终成眷属。

七

下午 4 点，永兴村的街道上人来人往，显得十分繁忙，人们正在准备送巧。巧头组织姑娘们跪在巧娘神像前，点蜡，上香，焚纸，祭拜巧娘，鸣炮后，姑娘们把巧娘的神像抬出门，端上香盘、供果、巧芽儿，排成长长的队列。她们唱着送巧歌：巧娘娘穿的仙家衣，巧娘走嗟我送你。巧娘娘神像出了门，你先走我后行。有心把你留一天，害怕去迟了天门关。有心把你留下来，我把巧娘送上天。她们缓步前行，歌声忧伤，有一种离别的伤感。年长妇女的感受似乎要比年轻姑娘深刻，对巧娘有着刻骨铭心的情感，她们不停地唱着，满眼噙着泪花。鞭炮在后面炸响，街道上挤满了送巧的人群，鞭炮声、唱巧声、叫喊声交织在一起，整个街道都沸腾了。这时，巧娘的花轿映着夕阳的光辉，越发得光彩夺目了，整个村庄显得比过年还热闹。来到西汉水大桥上，姑娘们又唱一段。再鸣炮，起轿，把巧娘娘送到西汉水边。巧头点蜡，上香，化纸，奠茶，姑娘们三叩头，三作揖，鸣炮。由两人将纸做的鹊桥各执一端搭在河上，姑娘们跪在河边唱起送巧歌：烧的香，点的蜡，野鹊哥哥把桥搭。野鹊哥哥搭桥哩，我送巧娘过河哩。一股子青烟升上天，我把巧娘送上天。羊肚子手巾画水仙，再也见不上巧娘娘的面。巧娘娘上云来，我把巧娘送上天。巧头点燃花轿，巧娘娘的神像熊熊燃烧，一缕轻烟飘上天空，姑娘们心中的巧娘乘云归去。她们许下期盼的心愿，憧憬美好的未来，等待下一年巧娘娘的到来。

20 多个乞巧队齐聚在西汉水边，送巧的人们黑压压一片，烟花和鞭炮在旷野里回响，乞巧节达到欢庆的高潮。巧娘娘驾着祥云飞走。天上出现了七彩云，华丽得如同仙女的彩衣，飘飞在浩渺的天空，转瞬间便散开了，给人们留下了许多遐想。大自然就是这么神奇，在一个节点上总会有意想不到的巧合。

八

掩卷长思，激动的心情难以平静。让人惊叹的是，乞巧文化竟如此丰富多彩，乞巧歌谣是那么扣人心弦，乞巧女儿是这样忠贞虔诚，乞巧盛况是那般震撼人心，秦人遗风是多么韵味悠长！这是乞巧的魅力，一个流传在民间的神话力量。放飞期盼的梦想，乞巧在爱的心弦飞翔。

爱是永恒的，它有一种穿透时空的力量，将乞巧美丽的传说，演绎得如此精彩。

一切智慧在民间，民间是文化艺术的沃土。只有扎根在民间的艺术，才是永恒不朽的。正如乞巧节一样，把一个美梦做了千年。

难以忘怀

第三辑　NO.3

在暗黑的夜色里，星月同现，这时，没有纷扰，月光和星光显得格外精神。光与影更为分明，这奇异的光，点燃心灯。小城，震后的夜，又美丽了起来。

大河坝的乌鸦

　　大河坝的乌鸦离我们而去，好多年都没有见到它们的踪影。我只能在残缺的记忆里，感受它快乐飞翔的昨天。这些残存的记忆，让人深深地怀念。

　　乌鸦，平凡的鸟，乌黑的羽毛，山里人称它"寒老鸹"。它们究竟去了何方？

　　每到过年的时候，山上积满了厚厚的雪，山里的鸟兽都往川坝里走。一群群乌鸦也来到了大河坝觅食，黑压压的一片，在大河坝的麦田里寻找食物。小麦刚抽芽，嫩嫩的麦芽和土里的虫蛹是它们的美食。大人吆喝着孩子们去地里撵寒老鸹。我们拿上竹棍和弹弓去赶乌鸦，乌鸦丝毫不害怕，从一块田地飞到另一块田地里，好像在与我们嬉戏，弄得小伙伴们哭笑不得。刚拿起竹棍朝它们打去，它们敏捷地轻轻跳起，撑开两翼，又朝前挪几步，而或从我们的头顶飞过，又反降在了我们身后。我们气急败坏地将棍子乱舞，"哇——"的一声，一群乌鸦又飞到了另一块地里了，懒洋洋地伸着脖子看着我们，另一群乌鸦，又悄悄地落在了我们的身后。大河坝成了乌鸦的世界，田地里黑压压的一大片，"哇——哇——"的叫声响彻旷野，田野都沸腾了。老年人找了几支老土枪驱赶乌鸦。他们的土枪里装上火炮和沙子，来到田地，见乌鸦就开枪。不知打死了多少只，大河坝的乌鸦还在不断地飞来，田地里依然是黑压压的乌鸦。待到冰雪融化，万物复苏，乌鸦就匆忙地离开了大河坝，到一个新天地去谋生。它们就这样"寒暑易节，始一反焉"，把大河坝当成了越冬的家。

乌鸦乌黑的羽毛和略显绿光的翼，成了"墨"的色调，人们把乌鸦当成"不祥"的象征。山里人把乌鸦看成最不吉祥的鸟，对乌鸦的憎恶已深深地刻在了他们的心中。见到乌鸦在村子里鸣叫，人们就会说，村里将有人去世；倘若谁家的屋顶上有只乌鸦，就会怀疑主人会灾难临头。这些说法使人不寒而栗。这些无知而刻薄的议论，使这无辜的鸟儿倍受伤害。

人们常说"天下乌鸦一般黑"，是把乌鸦往丑里说，是偏见。难道一只普通的鸟会给人带来如此晦气吗？为何同是世间的生灵，缘何这样仇恨呢？我想起了乌鸦喝水的故事，故事里的乌鸦聪明、伶俐，是一只充满智慧的鸟。在乌鸦和狐狸的故事中，乌鸦勤劳、忠实，是一只诚实勇敢的鸟。除去偏见，乌鸦也是独具光彩的。

这是我最后一次见到大河坝成群的乌鸦了。在寒冬季节，山上积满了雪，乌鸦都来到大河坝觅食。一些游手好闲的年轻人，拿着小口径气枪到处打乌鸦。一会儿工夫，田地里就躺下许多乌鸦的尸体，惨不忍睹。乌鸦再也不敢与人嬉戏了，看见人来，就远远地躲起来，不时惊觉地四处张望。一声枪响，乌鸦就四散飞逃了。惊恐之至的乌鸦，盘旋在田野的上空，叫声更加凄惨。它们纷纷飞走逃离了……

一天，我在田埂的草垛里发现了一只受伤的乌鸦。它可怜地垂着双眼，眼眶里含着泪水，一动不动，静静地躺在旯旮里。我将它捧出，拨动它光滑而墨绿的羽翼，揭开它乌黑的双翅，它的腋下受了枪伤，一片殷红夹在膀下，惨状让人悲悯。我在田埂上寻找了几种止血的草药，将它砸碎，贴在它受伤的翅膀下，用一条布带扎住伤口，将它放在原处。它蹒跚地向深处移动了几步，又躲在了旮旯里。第二天，我来看它时，乌鸦已经不见了踪影。我望着蔚蓝的天空，祝福它一路走好。

后来，我到了省城读书。寒假回家，真想看到昔日大河坝那些自由飞翔的乌鸦。因人为的残害和自然环境的恶化，那些墨绿闪亮的乌鸦竟不见了。从此，我再也没有见到大河坝的乌鸦了。

大河坝的麦子年复一年地春播秋收，大河坝的山上每年冬天都会下一场厚雪，大河坝的孩子们已长大成人……一切都进行得如此平静自然。可是，大河坝的乌鸦却不见了。它们消失在这片土地上，消失在我们身边。大河坝的乌鸦，它个性十足的"哇——"声和乌黑光亮的羽毛，成为我们对昔日的追念。

希望村里的孩子们还能记得这些平凡的鸟，记得这些平凡的生灵曾经装点过的美丽生活。

屋檐下的空巢儿

今年夏天尤其炎热，火辣辣的骄阳炙烤着大地。小城的水泥墙贪婪地吸足了热，强劲地辐射着每个角落。燥热笼罩大地，一切变得沉闷而烦躁。屋子里，牙牙学语的儿子，光着脚丫在客厅玩耍，像个小天使一样快乐。忽然，儿子朝着阳台大嚷起来。我抬头一看，原来是一只野蜂飞进隔壁的阳台，悠闲地在阳台顶的横梁上嗡嗡旋转。野蜂扇动着橙黄的两翼，扭动颀长的细腰，胯下丰垂，如携带的一枚炸弹。它忽而飞转，忽而停足伫立，舞动出许多生机来。

其实，我对野蜂有着切肤的恐惧。因此，对它也就有了偏见。

初秋时节，山里的核桃成熟了。核桃树上缀满了沉甸甸的核桃，丰收在望。一窝野蜂却在核桃树上安了家。筑巢在树枝上的野蜂，抢占风光，面光临风，煞是荣耀。父亲看着丰收的核桃既喜又忧，他三次上山勘察，决意要除掉树上的野蜂。但消除野蜂并不是一件容易的事，需要勇气和胆略。村里曾经有好多人都因消除野蜂的方法不当，反而受到了野蜂的攻击，教训十分深刻。

提前准备了稻草、棉布、汽油、竹竿、绑腿等必用之物。我们子夜时分出发，趁着月色爬行在山路上。夜深时，我们赶到了核桃树下。父亲早就告诉我，在有野蜂的树下不能大声说话。我们按计划进行，扎好绑腿，戴上手套，捂上眼罩，在竹竿上绑扎稻草，用棉布缠紧，再浇上汽油。我拿手电筒向野蜂窝照去，父亲点燃了竹竿上的稻草。野蜂向亮光袭来，一时间我们的头上、脖子上、手上，针扎似的疼痛，父亲叫唤得厉害，我们匆忙朝坎下的蒿丛中跳去。黑暗中父亲拉着我跌跌撞撞地摸路，好不容易才摸回家。伤口火烧火燎钻心得痛，父亲和我的脸上都肿得圆鼓鼓的。而后的几天里，我和父亲都输液、服药，以致身上留下了永久的伤痕。我领教了野蜂的厉害，从此，再也不敢接近它了。

我怀着忐忑不安的心，打量着这不速之客。看起来，它不是一只凶残的野蜂，对我们也没有什么敌意。在这喧嚣的小城里遇见本属乡村荒野里的生灵，让人惊诧。野蜂绕着阳台上的几盆山间野花翩翩起舞，嗡嗡嗡地唱着欢快的歌，仿佛这就是它的家，没有丝毫生疏感。我同野蜂一样被这几盆平日不屑的山间野花所吸引。浅蓝的花色，把一小朵一小朵的鲜花点缀得朴实而大方。花儿散发着淡淡的香，溢满了阳台。也许，这就是野蜂来到这方阳台的原因吧！

而后的一段日子，我们一家与野蜂和谐相处，很快便成了朋友。天晴的时候，我会特意拉开门窗让它进屋。野蜂好像驯化了似的，在屋子里飞得很规矩，它既不俯冲，也不横冲直撞，乖巧地绕着屋顶盘旋，它的文静，几乎让我忘掉了它的凶悍。也许，它来到了一个新鲜的地方，心存几分羞涩和不自在吧。野蜂嗡嗡地鸣叫声，打破了盛夏沉闷的空气，驱赶着使人窒息的热浪，抚慰着焦躁的人心。这动人的天籁，让人感到大自然的清爽。有了野蜂的陪伴，酷暑也不再那么难熬，心里也清爽了许多。思维也灵动起来，让人感到由衷的快乐。妻子和儿子也被野趣逗得乐不可支，我们愉快地度过了这个酷热的盛夏。

入秋了，天气凉了起来。阳台上的花也渐渐泛黄，花叶相继纷纷凋零。野蜂不停地忙碌着，为自己筑巢。这是一个很小的蜂巢，约有指甲盖般大小，紧紧地贴在屋梁的转角处。秋后时光，野蜂一刻也不懈怠，匆忙地穿梭在楼房之间，精心筑巢。筑造蜂巢，绝对是精工细作的活儿。野蜂如同一位高超的建筑师，修孔、封蜡、建造，蜂孔和蜡扇晶莹剔透，反射出透亮的光。我深深地被这杰作感动，视线久久不能离开。这个小巧玲珑的家，是它毕生的心血。正如平凡之人，一生为了生计和避风的寓所而奔波。

深秋，气温下降得厉害。秋风一个劲地狂吹，树叶漫卷，凋零的树叶散落进我的阳台。阳台上，妻子每天总要打扫半兜败叶，她发现野蜂已经两天没有归巢了，连儿子也指着那个空巢哇哇地闹。我以为，也许它到远处觅食。过了几天，野蜂仍然没有踪影。秋风刮得很猛，天气一天比一天寒冷，孤独的一只蜂儿……忽然，我有一种不祥的预感，那一丝希望犹如飘飞的彩球，被这秋的冰凉挤得粉碎。我的心里空空儿的，让狰狞的茫然占据了。在秋的季节里，有一种莫名的悲伤。

一天天的，空巢儿渐渐地变得暗淡。儿子已经忘记了那只野蜂，已习惯了没有它的生活。而我，时常会望着空巢儿发呆。在城市中，一只流浪的野蜂，漂泊在这个世界上，它无依无靠，来也匆匆，去也匆匆，就这样风雨兼程。生存在自然界的一只野蜂，生命是何其渺小，但它有足够的勇气和毅力，闯荡于天地间，敢于面对生的艰辛。我被这小小生灵的顽强所折服。

中秋节，父亲给我带来几斤家乡的蜂蜜。深紫色的蜜浆散发着山间花香的味道，一缕缕蜜香蹿入鼻管，沁人心脾。我品尝了这山野中的甜蜜。此时，我又想起了那只野蜂，心里涌动着伤

感。如果野蜂还在屋檐下，蜂巢里一定会酿满了蜜，它会舒适而
安稳地越冬。我习惯性地向阳台走去，瞧瞧屋檐下的空巢儿。一
丝挥之不去的思念袭来……

相逢在春天

在一个初春的早晨，我与他相逢在这个春天。

他，高挑身材，面白清瘦，剑眉下闪动着一双灵动的眼睛，动作轻快。他 20 岁出头，一副涉世未深的样子，肩挑两条塑料编织袋，停放在街道的宽敞处，小心翼翼地拿出装在里面的东西，依次向外摊开。我凑近一看，原来是些小树苗。有梨树、桃树、柿子树、苹果树、栗子树等十几种嫁接了的树苗。他一边整着树苗，一边用浓厚的四川口音介绍树种的习性和特点。一会儿，这里就围满了许多人。我本意只是看看，凑凑热闹，不想买树苗的，不料被这位四川小伙子的一番讲解打动了，使我对树苗爱不释手。人们七嘴八舌地讨价还价，从每株两元降到每株一元五角。我从衣兜里掏出仅有的 6 元钱，买了 4 株，分别是桃树、梨树、橘子树和樱桃树。把树苗精心包好，带回家。妻子责问我："买这些树苗往哪儿栽呢？"的确，我欠考虑，我们住在楼房，楼上没有栽花的土地，院子里是水泥硬化的地板，花盆又不是栽树的地方。能栽到啥地方呢？我寻思着。忽然，一个主意涌上心头，何不把它们栽植在老家的园子里呢！我立即带上树苗乘车赶回老家。我和父亲一起栽植，树坑挖得适中，填埋树坑的土是从别处用竹筛筛细运来的，撒在根部，浇上充足的水。四株树苗在老家的园子里安家。

在仲春的一个下午，我接到父亲打来的电话。他激动地说："那4株小树苗全活了，枝上都长出了嫩芽芽，精神得很！"听到消息，我高兴极了。从此，我心中又多了一份牵挂，让我时时想念着园子里的小树苗。

春夏秋冬，只要小树有一丝变化，父亲就会给我打电话，讲述小树苗的发展和变化。我也最爱听这些充满生机的话语。因此，倒忘记了先前与父亲之间的争执，我们的话题也多了起来，交流频繁了许多，沐浴在了久违的父爱中。回想过去那些浮躁的情绪和彷徨的时光，觉得愧疚。那时动不动就冲父亲发脾气，嫌他这没干好那没干好，心里总觉得不舒服。但父亲从不计较，他理解我心绪烦躁的压力。他每天忙碌着干活，独自承受被误解的煎熬。后来，我到新的岗位工作，也渐渐地认识了社会，认识了自我，从此懂得了理解生活。我真想找机会和父亲沟通交流，消除以往的误会和不解。幸好有了这几株小树，为我们架起了一座沟通的桥梁。

后来有了儿子，因忙于照顾孩子，我回家的次数越来越少。只能在"五一"和"十一"长假期间才能回家看望父母。在这个"五一"假期，我带着妻儿回老家。小树苗已披上了绿装，嫩嫩的枝条向外伸张着，极力争抢着园子里的空间，新的枝条又长了许多。苗壮成长的小树苗，让人感到无尽的生机。时令已到秋季，小树的叶子还未泛黄，大大的叶片，坚硬而有力，秋阳下，散发出鲜亮的颜色。看上去好像脱去了幼稚，变得老练和成熟了。"十一"长假期间，父亲领我们来到园子里，他有许多话要说给我们听，我们从树苗谈到庄稼、邻居和一切让人心动的事。

父亲老了，耳朵、眼睛都不灵便。他曾说过，耳朵一度不听使唤，可我没大注意。直到去年的春天，他还在电话里高兴地给我讲述树苗开花的情景，电话筒里声音很大，我几次插话问候，他都没有听见，只顾自个儿讲述。我才明白，他的耳朵真的听不清了。后来，母亲告诉我，父亲的耳朵完全听不见了，说话交流都得打手势。我知道，以后我们在电话里难以聊天，一种伤感涌上心头，让人难过。我托付哥哥多关心父亲，过段时间就拨通家里的电话，让父亲给我讲述他的故事，即使父亲听不见什么，他也会感到欣慰。

思念侵袭着我。我特意请假几天，回家看望父亲。父亲的脸上长出了老年斑，腿脚也不太灵便，行动迟缓，反应也迟钝了。他一大早就领我到园子里看他辛勤劳动的成果，园子里的白菜深绿，菜心抽出许多青苔，韭菜长出寸许长，播撒的芹菜、菠菜都冒出新牙牙，小树绽放开叶子，嫩得鲜脆，我被园子里满满当当的春色迷住了。

父亲还在不停地劳作着，松树皮似的双手，老茧一层敷着一层，手背裂开了很深的纹道，让人心疼。我懂得父亲，很难让他放下手中的锄，很难让他不劳作。

又一个初春的午后，我路过街道的时候，一群人围观着一辆满载的车。我凑近一看，他不是3年前卖树苗的那位四川小伙子吗，他又来了！车上装载着满满一车树苗，树苗品种很多，大约几十种吧，一排排依车拥着，人们争抢着购买。我挤进人群，也挑选了10棵树苗，交给他20元钱。站在一旁的他，好像已注意到我。他说："3年前，你是第一个买我树苗的顾客，感谢你的信任，收你15元吧！按以前付我的价钱算。"我心生感激，与他攀谈起来，他说："3年前我们相遇，那时我高中刚毕业，可惜没考上大学。父亲硬要我再次复读，我执意不去，我们父子间产生了很大分歧。一气之下，我从苗圃园贩了些树苗，做起树苗生意来。前年的那一批就是，去年又贩了一批，收入不错。今年秋，我引进了树苗栽培技术，自己试着作务了些，苗子长势还好，这些都是我苗圃的。"他的言谈之中流露出高兴和满足。他父亲看到他现在的发展很高兴，也非常支持他。他说："我真为父亲的思想解放而高兴。苗圃他在管理，培育一茬树苗，就像培养一代人一样，父亲很花心血，春天是他最忙的时候，也是他寄满希望的时刻。我们父子感情融洽了，我们共同努力着，创造美好的未来。"我也讲了老家园子里的4棵树苗和父亲的故事，我们都被父亲、树苗和我们之间的真情而感动。

我专程带着这些树苗回家。父亲走进园子，提着竹筛和板凳，他一点一点地筛土，然后又一点一点地将土抛起。我按照父亲教的方法栽树，认真细致地栽植。挖坑，整坑，压苗，扶直，埋根，填土，浇水。此刻，我仿佛已摸触到了父亲的心，与他贴得更紧、更深了。

我给父亲讲述了那位四川小伙子卖树苗的故事，他脸上绽放出幸福的笑容。我们，相逢在这美丽的春天。

芒种季节

盛夏，布谷鸟唱响山谷。布谷鸟鸣叫之时，就预示着家乡的麦子将要开镰，一年一度的夏收夏种即将拉开序幕。每逢芒种季节，我都要回老家忙几天农活。

这刀耕火种的农活，让人刻骨铭心……

盛夏，骄阳似火，火一般的太阳晒得麦子一天一个样。前一天还是杏黄的麦子，只晒一天的太阳，麦子就黄了。

人们都忙着抢收麦子。收割麦子如虎口夺食，容不得半点偷懒。清晨，父亲早起，拌上草料，喂饱毛驴；在磨石上磨砺镰刀，在晾干的稻草上喷上水，让它变柔变软，然后首尾绾结起来，系出无数条绑草，捆扎，放好；准备好干粮、口袋、绳等必用之物。母亲做熟了早饭，才敲门叫我起床。父母吃了早饭就往麦地赶。我洗脸、刷牙、吃了饭，锁上门，才往麦地里走。

路旁的麦地里，早来的人们已割完了一大片麦子。他们热情地朝我打招呼，问候我又回来农忙了。我置身于清晨空旷的田野和纯朴的乡音之间，心情感到十分舒畅。当我到达麦地边时，父亲已经割好十几个麦垛了。我麻利地拿上镰刀，在太阳还未完全普照之前，趁着清晨的阴凉，割起麦子来。父亲再三叮嘱我：不要留茬太深，不能连根拔起，把割完的麦子放整齐。我努力地弯腰躬背，挥镰割麦，不一会儿，就汗流浃背，浸透衣衫。母亲叫我歇一会儿，她说，办公室坐惯了干这么紧的活服不住。父亲割一阵麦子之后，又去捆绑割好的麦堆。麦秆拥着麦秆，麦穗挤着麦穗，麦芒相互拥挤着，它们在父亲的手里柔顺地裹得更紧。父亲那双布满老茧、粗糙得近乎干裂的手，麦茬刺中裂纹，血迹斑斑。麦芒粘在他浸满汗水的赤膊上，留下了道道刺痕。父亲和母亲佝偻着腰，不知疲倦地劳作着，一刻也不停。我试图帮父亲绑几个麦垛，可绑草在我手中，便不听使唤了，要么绑草勒断，要么麦垛散乱，没有父亲绑得整齐好看。

太阳从东山顶滚了出来，阳光泼洒在这片土地上，麦穗泛着金黄的麦浪。风住了，地上的水分蒸腾起来，麦秆发出咯咯啪啪的声音，麦芒像一根根钢刺，在烈日下闪闪发亮。心随之焦虑起来。烈日打得人头昏眼花，母亲扯来地坎上长着的草蔓，编成 3 个凉圈，我们每人戴上一个。父亲把麦绑成了许多麦垛子，整齐地放在地埂上。

父亲看我割麦吃力，就让我牵上毛驴往家里驮送麦子。他收拾好鞍件，绑紧毛驴背上的麦垛驮子，架好驴驮。我也背了 4 个麦垛子，牵上毛驴往回走。我想尽力多背几个麦垛子，少走几趟这么远的路，尽快把麦子运完。沉甸甸的麦垛压着我的脊背，我气喘得厉害，吃力难行。麦垛把两肩压得深陷，勒出了红红的绳印。麦垛越背越重，沿路没有停歇的靠台，也没办法歇一下，身后的毛驴还在不停地往前挤。我几乎用尽了全部力气，背着麦垛艰难行走在家乡熟悉的小路上。此刻，仿佛在抗争。

驴是胆小而谨慎的动物，我牵着它要经过一座木桥，走到桥上时，毛驴突然蹬住了前蹄寸步不行。我极力抓住笼头和缰绳使劲往前拉，驴的倔强和我的执着，使木桥晃动得更加厉害，毛驴瞪大双眼，惊恐地四处张望。后面赶来驮麦的骡子也挤了过来，顶住了毛驴的屁股，毛驴惊叫起来，摔掉鞍子，撂翻驮子，疯狂乱奔，从我身边飞驰而去。幸好前面有几位迎面而来的驮麦人，他们抓住了惊慌的驴子。大家一起又重新整理好麦垛，绑上驮子，我小心地牵上毛驴往家赶。

农忙没闲时。刚割回的麦子，要尽快脱粒，放得时间长了，麦子就会返潮、发霉，就很难脱粒了。从邻居家借来一台脱粒机，安装在院子里打麦。我向脱粒机里喂麦，父亲挪草，母亲抛麦。机子里喷出的麦秆灰尘飞扬，雾一样笼罩着院子，尘土钻进鼻管、口腔，让人难受地干咳起来，身上的尘芒，令人发痒难受。脱粒后的毛麦还需要去草，用筛子旋筛，拿簸箕在风地里扬麦，才能成为较干净的麦子。麦草垒成了一座小山，孩子们欢快地在草垛里打草洞、捉迷藏，他们玩得很高兴，我只想躺下来美美地睡一觉。

收拾完麦子后，人已精疲力竭了。但农活没有一丝让人放松的空闲，秧苗催促着人们赶紧拌地，插秧。

父亲从别人家借来耕骡、犁耙、木锨，父亲犁地，我牵耕骡。犁完地，田里放上水，再耙地，用木锨整平，就可以插秧了。父亲头一天就在秧母畦里起好秧苗，第二天就在耙好的田地里开始插秧。我从田块的顶头下地，泥土淹没脚面，壅住了脚腕，让人难以移步。泥面上的一层清水，映出蓝蓝的天，像一面镜子反射着刺目的光。在我缩小的倒影里有一只虫子在游动，欢快得让人羡慕。我仔细掰开嫩绿的秧苗，一窝接着一窝地栽植，播撒绿的希望。腰好像失去了知觉，身子麻木而机械地顺着两腿在挪动。忽然，一只蚂蟥如锥子一般刺进了我的小腿，贪婪地吮吸着我的血，那紫黑的扁肚胀得滚圆。我惊恐而愤懑，从泥里捞出一截麦秆，朝它腹部猛扎，蚂蟥慢慢地从小腿处往外退，疼痛随着蚂蟥的蠕动剧烈起来，至今想起来，我的小腿还在阵痛。不知插了多长时间，我的脚触到了地边一块尖石，才意识到已到了田地的尽头。我长长地躺在地埂的青草上，这时才觉得心又长在了身上。烈日直射脸颊，思绪飘飞在瓦蓝瓦蓝的天空。身心疲惫，让我忘掉一切。此时，更渴望一丝荫凉，但树在远处，阴凉在它们那儿哩，这儿什么也没有，只剩下半畦等待插秧的田地。此刻，我真切地感到土地的博大和生活的艰难。投身在大地母亲的怀里，即使生活艰辛，也觉得踏实、温馨。

父亲又从秧母畦挑来了一扁担秧苗，他行动蹒跚地走在地埂上，把秧苗放在地里。我走进田地，又开始从地的那一头插向地的另一头。每当触摸到那养人的土地时，心里就充满了希望。人们用辛勤的汗水，为深爱着的土地劳作，我深深地感到，劳动就如同一次次冲锋战斗,让人要付出全部的勇气和精力。我又一次感受到生活的艰辛和人生的不易。

我将继续努力地参加繁忙的农活，一如既往地积极劳动，这样会让我时刻保持劳动人民的本色，纯洁自己的心灵，不失一个农家子弟的良心。虽然这些农活曾让我厌恶过，害怕过，恐惧过，但劳动也让我深深地懂得生活。

只有投入轰轰烈烈的劳动之中，生活才会更有意义！

红骡记

　　红骡，是由生产队分配给我们家的两头乳牛换来的，那年它刚满 8 岁。父亲说："这骡子毛色好，个头适中，年龄正当时，是一头硬骡子！"

　　这是生产到户的第二个年头。

　　红骡换到我家时，正逢夏收芒种季节。刚走进我们家，它就一刻不停地投入到农忙生产中。红骡是耕地的一把好手，它耕地十分卖力，一点也不偷懒。架在杠下的两头骡子，红螺扛起一头努力向前拉，与它一起犁地同在一根杠下的同伴总是甘拜下风，跟随其后。村里人都夸赞它，说它是头好牲口，性子乖，又能干。父亲尤其爱护红骡，每天吃饭前总要给它先添加草料，然后自己才肯吃饭。红骡从不挑食，给啥料都能一扫而光，很好养。自从有了红骡，父亲就不再为耕种庄稼而发愁。村里人看红骡能干、应手，在农忙时节，人们都要来借红骡帮忙，父亲总是满口答应。一季庄稼忙下来，红骡就变得明显消瘦了，前胛两边磨光了毛，擦破了皮，留下了劳作的伤痕。再大的伤痛，它都忍受着，从来也不撂挑子，不像其他骡子，受点伤就架不在杠下，乱踢乱蹬，脱缰而逃。红螺从不欺负人，即使是小孩也可以赶着它驮东西。我对红骡有着深厚的感情，每天放学后，我会去田埂上割草，挑选最青最好的草割回一背篓，搭在槽里让红骡享用。放假后，我会骑它上山，到山上的党参地里拔草。我们在地里干活，它在山坡上吃草，与我们相依为伴。我深切地怀念那段火热的生活。

红骡脾气好，不踢也不咬，村里人都喜欢它。每逢冬天，走亲戚的人家，总要央求借用红骡，一床新毛毯搭在鞍上，驮上礼物，十分体面地走亲戚。村里要接新媳妇，红骡就成了新娘子的坐骑。它那一身红毛，是吉祥的象征。红骡头上扎一朵大红花，笼头和腰带都用崭新的红布做成，鞍子上铺了红褥子、红缎面、红毛毯，上面骑着穿红衣、顶红盖头的新娘子，红骡显得更荣耀了。东家准备了蒸好的白面馍和上好的食料给它吃，红骡的诚实赢得了大家的尊重和赏赐。

父亲经常给我们说："红骡创造了这个家，两院新房都是它驮出来的。"我们的房子都是土木结构的木房子，修房的木料都是红骡拉来的。一丈多长的木头拴在红骡的套绳上，红骡走在崎岖的山路上，将修房的柱子、檩子艰难运回。红骡很会拉东西，它胸前的套绳就像安置的方向盘，什么时候需要松一点、紧一点、左一点、右一点，它都把握得很得当，木料就会很安全地运回家。人们都羡慕我们家的红骡子，这让我感到十分自豪。

前些年，村里烤酒盛行，我们家也建了一个烤酒小作坊。红骡从烤酒备料开始，驮柴、买粮、卖酒，全靠它来运输。父亲赶着红骡去卖酒，要走好几天的路程，穿过一村又一寨，直到把一驮酒卖完为止。没钱的农户可用粮食兑换，把换来的粮食又搭在骡鞍上，来回100多里路程，全凭父亲吆着红骡昼夜兼程，一步一步地往家走。父亲说骡有复眼，晚上走夜路和白天一样清楚。骡子是否真有如此功能，我不得而知。但红骡走了那么多夜路，竟没有出过一次差错，我真切地感到它的灵性了。

山上的雪积了一冬，家里储蓄的冬柴已烧完。父亲和我赶着红骡冒着积雪到山上驮柴。我骑在骡鞍上，红骡小心翼翼地行走在布满积雪的山路上，它专心地寻找坚实的路基，不时发出扇响的扑鼻声，好像在叮咛、嘱托我要抓稳鞍座。临近山顶，积雪越来越厚，几乎淹没了骡蹄，我从鞍上跳下来，牵着红骡向前走。翻过山顶，又要经过一处阴湿地，这里白雪茫茫，阴气袭人，身子直打寒战，路面无从寻找，让人心生茫然。父亲接过我手中的缰绳，盘好红骡的缰绳，让红骡走在前面开路。常言道“好畜识途”，父亲相信红骡能找到前行的路。红骡不慌不忙，一会儿就在我们前方踏出一条雪路来，很快就到了柴场。我们手脚麻利地砍好一驮柴，父亲整理了鞍子，绑好驮子，他又背了一背柴，我牵上红骡，往回家赶。父亲走在后面吆喝着：“滑哩吆！红骡！”不停地吆喝着。红骡十分警惕，走得很小心。走到一个石梁处，积雪覆盖的路面，几乎看不清一点路基。红骡忽闪一个趔趄，挣扎了几下，就从石梁上滚了下去。坡很陡，红骡翻了十几个跟头，停在了一块平地里。我们都傻眼了，红骡肯定完了。父亲撂下背上的柴，快速蹿向坡底。红骡正平躺在地里，喘着粗气，竭力挣扎着。父亲解下绳索、鞍件，红骡奇迹般地站了起来，抖了抖身子，扑扑地打一阵响鼻，好像一点儿事也没有。父亲惊喜地摸着红骡的背，眼里含着泪水，激动地说着：“红骡没事就好，没事就好……”父亲收拾了鞍件，再把柴背上山顶，我牵着红骡向山顶向阳的宽处走去。父亲又仔细检查了红骡的全身，确无伤痕，这才又绑上驮子，把柴驮回家。父亲说，红骡真护佑我们！

后来，村里通了公路。拖拉机、旋耕机投入农田耕作，传统的牲畜耕作模式渐渐地退出历史舞台。村里许多农户相继把骡子、马、牛、驴等牲畜都卖了。农忙时节，就使用机械来耕种。

　　红骡也老了，牙齿脱落了几颗，吃草十分费劲。它干瘦如柴，行动也恍惚起来，不由让人感叹它垂暮之年的悲戚。有几次，收骡马的贩子们来我们家要收购红骡，父亲都拒绝了。父亲执意要让红骡颐养天年。一次，红骡忍不住饥饿的煎熬，偷偷跑到别人家的麦地里，偷吃了麦苗充饥。没想到这竟是它不该食的禁果，麦的主人拿一根长木棒打断了红骡的后腿。从此，红骡更难以行动了，成天拖着伤腿，摇晃在窄街僻巷里，远远地躲着人群。村里人都说，红骡太可怜了，与其这样活着，还不如让骡马贩子买去。听说这些贩子把骡马购去都杀了，又卖掉。父亲沉默不语，闷闷不乐，他埋怨那个心毒手狠的家伙把红骡打得那么重。当年，他的媳妇就是红骡接来的，他却干出这等事，让红骡如此悲惨。看着可怜的红骡，父亲凹陷的眼眶噙满了泪水。

　　耄耋之年的父亲已不能割草，也没法打饲料，无力饲养红骡了。我安慰父亲，红骡为我们家所做的一切都让人难忘，如今红骡受了伤，家里也没能力饲养它了，红骡太受罪了，还不如让别人牵去算了。我说服了父亲，他答应了让贩子把红骡牵去。我找出那副尘封已久娶亲时才戴的红笼头，戴在红骡的头上。红骡眸子里闪动着怀疑的目光，扫视着院子里生疏的人群。它好像意识到了什么，只是打响鼻，头向我身上挤。我摸着红骡的头、耳朵和生茧的背，它一动不动，似沉思，好像在回忆过去的一切。父亲不愿看到与红骡作别的情景，早就嘱托我为红骡送行。我牵上红骡，它跟在身后，和往常一样离开了家。我拖着沉重的脚步艰难前行。眼前就是骡马贩子的车，上边已有两头牲口用木棒左右夹着，笼头拴在车架上，牲口呆滞地站着，显得麻木不仁。我真不敢正视那扇生锈的车门。我清楚，红骡一旦进入，便是一堵隔绝的墙，把生与死割裂开来。贩子吆喝着往车上拉红骡，我的思绪还没揽回，一只大手将我推开，3 个贩子在后面一齐推搡，红骡连滚带爬地被拖上了车。红骡没有转身的力气，死死地匍匐在车板上，车门"咔嚓"关上，什么都看不见了。只有红骡的呻吟，让人心碎。此时，我惘然若失，心里空落落的，脑子一片空白。难以抑制的忧伤袭上心头，泪水打湿了我的衣袖。贩子的卡车飞奔而去，消失在扬起的烟尘中……

又是一个芒种节，田地要耕种，我不由得想起了红骡。

地震情愫

"5·12"大地震，让平静的大地惊魂未定，无数鲜活的生命在大地的震颤中伤亡。我亲爱的同胞——在地震中罹难的人们，以血肉之躯诠释了人与自然的联系，让世界铭记这难以忘却的劫难。

这些天来，我一直被笼罩在地震惊恐的阴霾里不能自拔。心仿佛要跳出身体，像脱缰的野马，驰骋于满目疮痍的大地上。废墟中苍白的躯体，医院里呻吟的伤者，断瓦和残垣，街道边显眼的楼房裂口……不禁让人胆战心惊。电视屏幕上惊心动魄的画面，人民子弟兵的勇敢，废墟中与灾难斗争的勇士，让我记住了坚强。

大灾面前，有什么理由躲避这残酷的现实呢？我以坚强意志这把利器，收拢那颗游荡的心，从荒野回到心田。但愿我能成为一名与灾难斗争的勇者，如一束光，照射在灾区黑夜的大地上，为人们带来一丝光明与希望。

5月19日，我奔赴城关镇凡昌村，组织群众抗震救灾。目睹了灾区的现状，现实冲刷了杂念、私欲和儿女情长，让我置身于更为纯洁的圣地，陶冶情操。多少天来，保持着这种敬业的心态，努力地为村民做着力所能及的事情。从村民直率的表达中感知，他们对我工作的认同。在超乎想象的灾情面前，憨厚的村民终于露出了一丝笑容。在此，我看到了他们的坚强，让我感到欣慰！

变得陌生的大地，好像显出了几分生机。苍松郁郁，在盛夏的炎阳里，生发出勃勃生机。街道上恢复了往日的热闹，挤满了行人。燕子和山雀飞舞在小城的上空，唱着欢快的歌，不时绕楼翩跹。那只乱飞的蝴蝶又来探访我的阳台，静静地伫立在盆中的花蕊上，享受多天来难得的宁静。我不想打扰它，蹑手蹑脚地从屋里取了防震衣物，又悄然离开。妻子和儿子还没有走出地震的阴影，心里还在害怕，一直躲在防震棚里，不敢回家。他们宁愿冒着酷暑和潮湿，也要在防震棚里住着。天灾面前，人是多么渺小。我试着回到家中住了几个晚上，一个人在家，空荡荡的，感到很不踏实。几次大余震的惊慌，使我没有勇气在家里继续住下去，不得不又回到防震棚。

余震还在不时发生，轻微晃动已使近乎麻木的人们不再大惊小怪。人们各干各的事情，街头巷尾关于地震的议论少了，他们讨论着别的话题。我也不再神经质地把路上轰隆隆行走的汽车声响以为是地震，渐渐地习惯于晃动中的生活。在防震棚里居住，终究不是个办法，我们鼓起勇气回家住。任凭世界变化，自然之力又有谁能阻挡？

灾难已经发生，生活还在继续。我们要把灾难的创伤压在心底，迎接明天新的生活。

春天的希望

杨柳晃动着流水似的身子，沐浴在和煦的春光里，翠绿得滋润欲滴。

春风轻柔地抚摸着这片绿色，吸满晨雾的露珠儿在柳枝上微微摆动，一闪一闪的，晶莹剔透。儿子高兴地欢呼着，闹着要折一枝垂柳。为了满足儿子的心愿，我踮起脚，伸手折那一串既嫩又柔的柳枝。在手与柳枝的触碰间，抖落了满枝的露珠儿。儿子不悦地大呼小叫起来，怜惜落地的露珠儿，大有憧憬破灭的悲愤。他急忙拽着妈妈说："那些好看的露珠儿，全让爸爸给抖搂了下来。"好像失去了他最珍贵的东西似的，不禁悲伤了起来。我艰难地把这枝既柔又软的柳枝折了下来，嫩绿的新芽美丽动人。我几乎用完了所有赞柳之词，说尽了柳枝的好处，让儿子高兴。最后，儿子很不情愿地接受了这枝不属于他眼中所见的柳枝，随意拿在手里摇动。

妻子默然，凝视着对岸山坡上干活的工人。她好像不是在沐春，俨然一副沉思者才有的忧郁神情。她似乎想起了什么，才表现出如此情形。我没有理她，陪儿子玩耍去了。我们在公园里追逐嬉戏，儿子欢快的笑声在柳枝间荡漾，为初春的景致增添了许多喜气。他玩得多么快乐啊!

妻子说:"地震把南山摇得不稳了,这几天山坡垮塌得厉害,滚石和塌方把山脚下的电厂水渠都掩埋了,山上的石头还在不停地往白水江中滚,如果真有一天这南山都垮下来,白水江就堵截了,我们怎么办呢?这糟糕的地震!"我被妻子的话震住了,脑海中忽然涌现出几分不安来。我们大家,还有沿河的杨柳和挂满露珠儿充满希望的柳枝……我不敢再往深处想。我随着妻子的目光,看到山坡上那群正在干活的人们。头戴安全帽的工人正挥舞着铁镐,从塌方处挖卸,把将坠未坠的土石一块块地剥落。山坡上飞扬的尘土,犹如急躁的恶蜂肆意飞扬,将正在挖掘土石的工人笼罩,让人心里生出几分悲凉来。

大山和生活在这方天地的人们,承受了剧烈的震动和巨大的惊恐,再也经不起丝毫的折腾。虽然,"5·12"地震已过去一年,但那不幸的一幕,好像发生在昨天,创伤永远被铭记,心情难宁。这垮塌着的南山,拖着疲惫的身子,在白水江的呜咽声中呻吟。山的肌肤溃烂不堪,人岂能坐视不理呢?在大灾难面前,人显得又是何等的弱小。"5·12"大地震又一次印证了人是宇宙万物之中渺小的一族。正在山坡上干活的人们,如同战斗的猛士,在飞扬的尘土中为南山除去伤痛。他们真真切切证明了人的力量。我将模糊的眼睛轻轻擦亮,在飘飘忽忽的尘土中辨认那真的猛士。他们用愚公移山的精神刺透山崩地裂的肋骨,驱赶恶魔与阴影,涤荡心悸与胆怯。

河岸的柳脱了鹅黄的底子,枝条布满了清晨的露珠,露出毛茸茸的柳絮,镶嵌在嫩绿的柳叶间,美丽自现。我从河岸柳林的向阳处折下一枝柳,呼唤正在玩耍的儿子。妻子也闻声而来,面对这枝垂柳,倾听着我的见解。

在我们的感染下,儿子终于改变了他原来的想法,爱惜这枝载满种子和希冀的柳了。儿子懂事地说，明年的春天，折些柳枝，背上水壶，到南山坡上栽柳树去，让地震震垮的山上长出绿来。我们也把希望寄托在这明媚的春光之中，为这座小城做点该做的事情。

南山的治理正在按规划进行，塌方处都在施工。工程进展很快，挖好的地方，工人们正在打眼、固定，绑钢筋，焊接工在绑好的钢筋上忙着焊接。一个焊接而成的钢筋网形成，结实的钢筋网死死地卡住坡面，让土地没有松动。这样固定的坡面，再也没有垮塌的可能。城区的一段坡面上，在钢筋网上用水泥隔些空档，隔挡里装上土，再栽植上树，坡面上就绿了起来。

南山经过精心治理，地震摇烂了的坡面，变成了一道城区的风景。坡上的树将会长高，长绿，把小城装点得更富生机和活力。

在这个万物生长的春天，充满希望。

重建纪事

初秋的早晨,天空一片蔚蓝。晨光熹微,山野空旷。刹那间,太阳的光辉照在了众山之巅,映出了明亮而淡淡的红,在山脊上漾出几分希望来。

太阳开始了新一天的轮回,把光和热洒在了山坡、川坝、洼地,普照在大山簇拥下的梁梁峁峁和生活在这里的人们。新的一天就这样铺展开来。

这是地震后的第一个秋天。各村都在轰轰烈烈地搞灾后重建,人们正在忙碌着房屋的重建和维修,重建工作进展得井然有序,到处都呈现出一派热闹忙碌的景象。

我们迎着河谷吹来的凉风,逆白水江而行,去距县城 20 公里的石坊乡督查灾后重建工作。

越野车疾驰在柏油马路上,沿路的景致一闪而过,窗外流动的风敲打着车窗的玻璃,发出呜呜的声响。窗外一排排行道树向后疾退,从树与树之间的空隙中隐约可见沿河两岸的村庄。浓荫掩映下的村庄透出了煞白的一角,点缀在绿树之间。司机老赵不停地赞叹着:"前段时间路过时,这些房子都还是破破烂烂的,墙面被地震震出好多裂缝,墙面的裂口十分显眼,这才几天哩,这里就变成了另一副模样了，整个村庄都粉刷得洁白，可见人的力量是多么了不起啊！"小李接着话茬说："现在多亏党的好政策，房屋重建户国家要给 2 万元的补助资金，还可以在银行贷 3 万元的贴息款；维修户也可以领到 3 千元的维修费。有了国家的支助，农民的干劲足了，农村当然有新变化。瞧！那些干活的人们多卖力啊！"我们顺着小李指的方向看去，前方路边的村庄，人们正粉刷着房屋墙面。

我们的车子紧跟着前面领导的车子，也拐进了另一条岔路，向深藏在公路坎上的邓草坝村驶去。领导决定不到乡镇府去，以免给乡镇的同志增添麻烦，径直深入到村社检查。这种务实的工作作风，既不给基层增加负担，又可以真切地了解村里灾后重建的实情。车子停靠在村边的一家大门口，我们下车来到灾后重建现场。驻村干部坚守岗位，在村子里为村民指导着房屋的修建。在驻村干部和村干部地陪同下，我们逐村逐户看了房屋维修和新房修建的进展情况。

刚进村，就有一种新鲜感，新刷的墙面在太阳光里更加耀眼。天蓝色的檐边勾勒出精美的线条，青瓦盖顶的屋面显出几分厚重和古朴，整个外观都粉饰得洁净而新鲜，没有一点儿地震影响的痕迹。屋内也粉刷了，楼上楼下洁白一体。

我们来到一家维修户的院子里，家里只有一位老太婆在家。老人热情地拿出几把凳子，又去找烟，提水，泡茶。小李挪过庭台上的一张方桌，把泡好的茶水放在桌上。我们详细查看了房屋维修的质量，从不同角度和方位测试了墙面粉刷的硬度。墙面都是用黄土抹面，上面又粉刷了白石灰，强度符合维修标准。领导询问老人，关于身体、家庭、经济、灾后重建等方面的很多问题。老人感动得双眼溢满了泪花，连连称赞："共产党好，国家的政策好！"她说："儿子和儿媳都给别人帮工去了，前几天，别人都来给我们提泥、刷墙，忙了好几天。我们的房子刷好了，他们就去给别的重建户帮工去了。"老人的真诚陈述，让在场的人都深深地感到群众的力量是巨大的，人民是坚强的。他们互帮互助，团结一心，共渡难关。他们对未来充满了信心，勇敢地迎着新一天的生活。

我们又来到一家正在修建地基的重建户家里，在场干活的大约有 20 多人，他们都是来给阿牛的房屋重建帮工的，大家干得热火朝天，不时发出一阵阵爽朗的笑声。看见我们来了，阿牛放下手中的活，忙着给大家装烟、倒水。他满肚子的话要诉说："我最高兴的是，到年底也能住上水泥楼房了，像我这样的贫困家庭，如果没有国家的扶持和村民们的帮助，恐怕一辈子也难以修起新房，感谢党，感谢你们了！"感激之情溢于言表。现在，阿牛的新房已经开始修建，希望很快就会变成现实，他感到无比高兴。村里人说，阿牛有新房子住了，他脸上就常挂着笑。我们相信，有村民倾情帮助，有国家的支持，灾后重建工作一定会取得很大成果。

在路旁的一家院子里，有一群老人和孩子们正聚精会神地看着电视节目，他们正在观看北京奥运会比赛哩，精彩的比赛感染了他们，不时传出他们呐喊加油的欢呼声。猫儿躲在花丛下自娱自乐；一只狗躺在大门的角落，晒着初秋的太阳；蜜蜂赶着最后的花期，为主人采着香甜的蜜浆；蜻蜓飞舞在稻田之上，翩跹在屋院内外；稻花香弥漫着整个村庄，稻穗正悄悄地冒出头，吮吸着大自然的精华，孕育着成熟……一切都显得那么祥和，一切都自然而然，没有一丝娇柔和雕饰。

我们依依不舍地离开这个正在轰轰烈烈灾后重建的村庄。画一样的农村新貌，让人感到高兴和自信，农村的灾后重建新变化，使人满足而充实。我们坐在车上，大家谈论着现在农村的变化和生活。

　　在危难时刻，是伟大的人民将灾难的伤口抚平，是人民创造了生活，并在新的生活中奋勇前进。

星月奇光

　　我诧异于县城的夜了。在南北两山安装的太阳节能灯，拼成了月亮和星星的形状。从远处观望，就像真实的夜空，呈现出绚烂的夜色奇景。这些人造的星星和月亮，把整个县城装点得浪漫而富有诗意。

　　在此，每晚都能看到县城南北两山显现的繁星和一轮散发银辉的月亮了。它们交相辉映的光，让人感到温馨而舒适，小城也显得富有生机和活力了。

　　这是在"5·12"地震之后才有的景致。

　　夜，从远山降临，从模糊的大山轮廓里向这座小城袭来。整座小城都置身于茫茫的夜色之中。街灯亮了，街道上人来人往，小城显得有些拥挤。开夜市的摊主，匆匆忙忙地推着架子车，载着桌椅板凳和做夜宵的煤炉，摆摊经营去了。晚间竞走锻炼的人们，已从城区不远的近郊走了一个来回，徜徉在大街上，欣赏着小城的夜色。夕阳红艺术团的老年朋友们，正在政府小区的广场上跳着广场舞，他们活跃的舞姿，仿佛又回到了他们的年轻时代。县城中最繁华的拱桥上，聚集的一群人，他们正在议论着南北两山闪烁的星月……一切都显得喜庆、祥和，好像都与这优美的夜景相得益彰。

夜在热闹中延伸，人们沉浸在这优美的夜色里。

这轮人造月亮，耸立在北山之巅，自缺自圆，在众星拱月中，越发明亮清丽了。星星也发着耀眼的光。此时，小城的人们都关注这夜晚中的奇景。这充满梦幻的色彩，让人想起了许多事来。

还是那场地震，似恶魔，让山川、大地、河流和我们的家园经受了悲痛，人们心里也蒙上了莫大的阴影。这片暗影，很长时间，深深地挤压着光明和憧憬。经受了灾难的人们，多么希望心中能常驻光明，特别在漆黑的夜里，这种渴求就更为强烈了。明亮了，就不怕了。明亮驱逐黑暗，这时，内心也明净了起来，生出许多力量，恐惧和不安也远去了。

2008 年 11 月，县城一项重大的美化亮化工程启动。县上决定在南北两山安装满天星——太阳节能灯，在北山顶上安装旋转大平面人造月亮，自动圆缺。南北两山共安装 1500 多盏太阳能灯，覆盖了两山的大部分地带。在两山绿化树木间凸显的白而发亮的立杆上，有接收太阳能的平面直板。是这些板面，到晚上就发出皎洁而明亮的光，造化出一轮月亮和众多星星，让这座小城显得十分美丽。

星光是隔了树照过来的，银白的光溢得透亮，所以也看不出被树叶影响的样子。星光一亮一闪，似天上的星星眨巴眼睛，这是建造者特意制作的。秋虫吱吱地叫，它们仿佛也感受到了星光了，在星光灿烂的夜里显得尤其热闹。月亮在较快的频率之间转换，忽半忽圆，圆了又缺，缺了又圆，循环往复。月光很明亮，硕大的一块平板，把小城照得通明。月亮要比星星大好多倍，月亮自然成为花朵，众星就是绿叶了，在众星簇拥下，月亮更显得尊贵富丽了。但是，这样的月亮显不出霸气，它与星星互放光芒，如兄弟一般，配合得如此默契而有韵致。散发出的和谐之光溢满山冈。

自每月初五至二十五日，天气晴朗的晚上，天上的月亮和星星与南北两山的月亮和星星互放异彩，那景致十分壮观。在阴雨天或没有月亮、星星的晚上，人造月亮和星星就显示出它独特的魅力。夜晚的灯光照亮着有限的范围，即使屋子里最亮的灯光，在整个茫茫夜色中，也被消融得清瘦，光影淡化在夜的深邃里。大山在小城暗淡模糊的光照里，更有几分深沉和稳健。从满山满坡射过来的点点星光，穿透昏暗的路灯光，映入眼帘。一种情怀从眼里迅速抵达内心深处，产生一种无法阻挡的力量。

无论阴晴雨雪，山上都有星月奇光的景致。月光和星光是洁净而明亮的，它们发着无私的光、温柔的光。星月奇光如同明亮的眼睛，传递着密语和幸福。多么温馨！

夜归于平静，摊主收拾了摊铺和幌子，街上没有了行人，好像一切都进入梦乡。风，吹着树枝沙沙作响，吹动我那临街的窗。我居住的窗，正对着北山上的月亮和星星。这时，没有纷挠，月光和星光便显得格外精神。光与影更加分明，这奇异的光，几乎把人的心都穿透了，漾出些许异彩来。小城，震后的夜，又美丽了起来。

"生命线"的庆典

在春天即将作别之时，国道 212 线罗旋沟大桥迎来了灾后重建竣工通车典礼。这份厚礼同花的烂漫和绿的色彩一起寄托在初夏的时光里。建设者们经过 180 天的艰苦奋战，终于，提前两个月完成了罗旋沟大桥的重建任务，这是"生命线"重建工程的首战告捷。

罗旋沟大桥位于文县中庙乡余家湾村甘川交界处，是国道 212 线的咽喉要道。它经受了"5·12"地震的严重损坏，在 8 月 5 日的一次 6.1 级强余震中垮塌了。国道 212 线的交通中断，给人们的出行造成了极大困难。建设者们及时修通便道，才使一度中断的公路顺利通行。

春夏之交的天气总是那样变幻莫测，夜晚还是星光闪闪，一片晴空，到了凌晨，天变得阴气沉沉了。浓浓的晨雾，好像要压弯山的脊梁。蜿蜒在白水江边的国道 212 线，吃力地在雾中延伸。我们的车子在改造的路段艰难穿行。天空飘起了细雨，毛毛细雨飘进车窗，带来丝丝凉意。我急忙关紧车窗，透过模糊的车窗玻璃，隐约可见车道两边正在施工的人群。车队的鸣笛在沉静的大山中激起一阵喧嚣，仿佛把雾都驱赶上山了。渐渐消退的晨雾,还原了水的清澈和山的青翠。正在修建的路面清晰可见了。半幅施工、半幅通车的公路建设现场,让人真切地感受到了公路建设者的艰辛。

雨收敛了它的柔情,天空逐渐泛白。空气中夹杂着开挖泥土的气息。前方有一台大型推土机正开足马力,推开一处小山包,将一段既窄又险的路段拓宽。我们的车子暂时不能前行,领导下了车,来到这段正在改造的公路施工现场,亲临目睹这气壮山河的干劲。土石在锋利的铁铲下迅速迁移,小山包在一方方削平,路的雏形呈现了出来,宽敞得如同雾后的心情,豁然开朗。路边身穿黄色马褂的筑路工人,正在砌石筑浆。两个粗壮的汉子抬起一块大石头,往另一个穿着黄色马褂的汉子脊背上放。那一双矗立在碎石堆里的脚,死死地贴在地面,鼓起的青筋暴露在外。沉重的巨石压在背上,他艰难地迈步,向砌墙处挪动。我们屏住了呼吸,生怕惊动移动的脚步。砌石的师傅神情专注地往石缝中镶嵌着合适的石块,将石与石之间的缝隙填补圆满。后边用小抿子勾缝子的工人,把一块块石面突显成了蜘蛛网的形状,把公路的护坡打扮得线条分明。前边的车开始慢慢地移动起来,我们随着前行的车队,走过这让人心动的场面。

山雾完全退去,山净得如刚沐浴过一般。山坡上的灌木丛郁郁葱葱,彰显了初夏的丰润。山间清爽的空气,甜丝丝的,夹杂着山花的芬芳,从半开的车窗里飘来,顿时让人觉得神清气爽。深深地吸一口新鲜空气,饱含缕缕清香的大自然的馈赠,滋润着心田。此刻,心的平静,气的舒畅,让人达到了飘飘欲仙的境界。

又是一段在山石梁上凿出的路,好像骑在白龙江上。两边的筑路工人已清理通了通行的便道。两位头戴橘红色头盔,身着红黄相间马褂的指挥员,正站在路的两端,用专业的手势指挥车辆通行。一群工人转移着钢质模板,在路的另一边捆扎夹板,安装好了长龙卧波似的夹板，等待着混泥土地浇筑。彩旗迎风飘扬，施工队的名称醒目地印在彩旗上，五颜六色的旗子为秀丽的山川平添了几分美丽。

太阳透过云层普照在众山之巅，暖暖的。公路沿线的一小块一小块的坡地上，农民们正忙着收割油菜。人们把油菜一把一把地扎成垛，骑在坡地里，让太阳和风晾晒。坡坎上站立的稻草人，悠闲地挑着梢棍，看管着庄稼，以免鸟雀和野兽糟蹋。

前方回响着音乐的热闹，罗旋沟该到了。

远远就能看见四只飘扬的氢气球，气球下面悬挂着庆祝罗旋沟大桥竣工典礼的标语。罗旋沟附近四处回荡着优美的旋律，道路两旁彩旗招展，现场挤满了围观的群众。身着橘黄色职业装的建设者们列队欢迎，夹道蜂拥的当地群众，高兴地热烈欢呼，脸上绽开了幸福的笑容。四川省广元市的代表也如期赶到，共同庆祝国道 212 线首批灾后重建工程取得的重大胜利。随着省交通厅领导的通车剪彩一声令下，罗旋沟大桥上礼花齐放，鞭炮齐鸣，五彩斑斓的烟花在空中绽放。人们的欢呼声、喝彩声响彻山宇。人们在欢乐祥和的气氛中，热烈庆贺地震后的第一座国道 212 线上的重建大桥正式建成通车。

贯通甘川的要道——罗旋沟大桥正式通车，标志着"生命线"工程建设取得了重大成果。一列车队缓缓驶过大桥，跨过炫目的壕沟，青山、绿水、大桥，一幅充满生机的图画镶嵌在曾经的地震重灾区。

国道 212 线的建设如火如荼，公路建设者披星戴月、艰苦奋战，他们用辛勤的汗水书写着"生命线"的辉煌。

槐树村

　　槐树村，因村里有一棵上百年的槐树而得名。槐树本性喜阳，所以生长槐树的地方，大多是向阳干旱之地，槐树村也不例外。

　　槐树村坐落在高半山，仿佛是挂在凸显的半山腰上。这里阳光充足，太阳从早上一直晒到晚，十分干旱。因此，绿很少显现，隐约可见几抹稀疏的绿，像河中的水藻一般若隐若现，这一点黯淡的绿便是村子里生长的槐了。老祖宗选择的宅基地是有道理的，偌大一块丰厚的黄土地，若砚台一样的地势，向阳避邪。村子边就有一眼泉水，这有山有平地有水的地方，难道不是一处养人的好地方吗？但槐树村的干苦是出了名的，因此，子孙们都埋怨老祖宗把地方选得不好。

　　然而，就这么一处干苦地，在"5·12"地震中也未能幸免，黄土地裂了，黄土夯成的墙也裂开了，房屋多处倒塌，水电中断，难以修复。大槐树的根部也裂了许多口子，槐树好像得了一场大病，虽然是绿的季节，但槐树的绿只是微淡的。槐树村人永远不会忘记这场毁灭性的大灾难。

　　历史更像幻化的魔术师，好与坏的变化都在须臾之间。明明是一场旷世灾难，却给了槐树村人一个从山上搬迁到河谷地带居住的机遇。祖辈们日思夜想要改变居住环境的梦想，就在这场灾难之后变成了现实。如此大的变迁只有槐树村人心里明白，他们非常感激党和政府的关怀。从地震发生的那一刻起，干部就带领群众挺起脊梁与灾难抗争，一件件令人难以忘怀的故事，让槐树村的老人常常讲起。槐树村人庆幸生活在如此伟大的国度。

槐树村就在临近的东峪口村选择了宅基地，征地 20 多亩，50 户 205 人在这里进行集中重建。自 2009 年 9 月动工修建，2010 年 5 月全部竣工，并搬迁入住。村子周围一排排挺拔的白杨树整齐站立，在地埂上的桃树、杏树、核桃树绿绕村堤，这里幽静而恬适，是一处居住的好地方。

阳春三月，一条新铺的水泥路从国道 212 线径直延伸到村中。规划修建的两排灾后重建小洋楼整齐排列，院子的红漆大门敞开着，墙面贴着的白瓷砖在阳光里映得耀眼，新房内摆放着新添置的家具，屋内洁白的墙面使屋子显得格外干净整洁了。院子里留着一块小空地，种着各种蔬菜，点缀得整个院子生机盎然。老人在家看守着庭院，年轻人都到城里打工挣钱去了。老人们安详地坐在院子里，享受着春阳的滋润。

我们的到来，打破了村子的宁静。老人们热情地邀请我们到他们家坐，给我们装烟、泡茶、倒水，像对待亲人一样热情。我们被老人的热情打动。领导关怀地询问他们的家庭和生活，问候老人的身体，也问了还需要解决的事。憨厚纯朴的老人，没有别的话语，只是不断地重复着："感谢党和政府，把我们从山上搬到了河坝，我们很满足，很幸福。"从他们激动的话语中，表达了他们无限的感激之情。从他们溢满泪水的感动中，展现了他们对党和政府的感恩。从他们满脸的笑容中，看到了他们生活得很幸福。

　　村前的一排白杨树高挑挺拔，枝干上缀着一串串白杨花絮，煞是好看。春风轻轻吹拂，那摆动的花絮随风飘落，像鹅毛一样轻轻飘落满地，没有一丝声响。杏花，已过了花期，杏枝上还开着几朵洁白的杏花，是后茬生出的花朵，已淡化在了残留的花瓣中，显得微暗而淡黄。如果前一段时间来，这里肯定是杏花的天下，洁白的世界，真惋惜没有亲眼看到如此胜景。正沉浸在对杏花的遐想中，忽然一股沁人心脾的香迎面扑来。抬眼望去，在村子东头有一块桃园，粉红的桃花开得正艳，蜜蜂嗡嗡飞舞其间，鸟儿也赶热闹似的，穿梭在桃花林里，叽叽喳喳地叫着，大概这里是最热闹的。不曾有任何人打扰它们，它们各自忙碌着，各自享受着，展现着属于自己的幸福。柳枝的长条抽出了嫩绿的柳芽，倒垂在村边的护坎边，柳枝显得越发妖娆了，微风过处，腰肢摆得撩人。村子里的几只鸡在柳树下刨食，咯咯咯地撒欢。村子的周围一天比一天绿了起来，村前绿油油的麦地，村后刚发出新芽长出叶子的核桃树，把整个村庄都包围了。想象的思绪又一次拉开，我想到了这里的夏天，那该是一番多么美丽的景象啊！槐树村一定是一个让绿荫包裹了的村子，那美就不知该怎么来表达了。

　　我们在一家门前驻足，大门锁着，大门两侧印着两幅画，是虎啸图，画很精美，印制在白瓷砖上，清雅美观。虎啸图的下面各摆放一盆迎客松的盆景，一盆大一盆小，盆景侍弄得生机盎然，这等装饰与红漆大门相得益彰，看得出这家人的爱好与情调。听村干部说，户主是一位盆景根雕和奇石爱好者。他每天都要出门去寻找大自然的奇趣，从河里捡些奇石，从山上挖回盆景和根雕，把大自然的美丽都摆设在家里。他的收藏已经有些规模，经常有人到他家里来收购这些奇景，这便成了他的一项致富门路。这高雅的生意在这里远比原来在山上的槐树村发展得更便捷，更有效益。山里最美的盆景也只不过是一件藏于深山中的草木而已，怎能有如今这般抢手。

从村前的另一条街道上返回，一路让人思考良久。一个曾经很干苦的槐树村，在党和政府的关怀下，群众自力更生、艰苦奋斗，积极建造新家园，实现了下山入川的梦想。房子建起了，村子变美了，生活幸福了，一切都发生了翻天覆地的变化。唯有槐树村人的情感没有变，民风依旧是那般纯朴，人心依然平静和满足，情感还是那样真诚。他们永远感念党的好政策，感恩关心和支持他们的人。

槐树村，灾后重建的一个缩影。历史将真实地记载这般宏大的壮举。槐树村将在新的征程中奋勇前进，一个富裕的新农村正在悄悄崛起。

红柳林

在母校后面的山洼里生长着一片红柳林，这是一片自由生长和人工插植而成的林子。一丛丛红柳竞相拔高，长势很旺。这是一处清静地，平时很少有人来，也很少有人注意，红柳便扎根在这里，自由地生根、发芽、繁衍，生长成一片郁郁葱葱的红柳林。

在省城不乏这样的景致，街道两边生长着茂盛的法国梧桐，亭亭如盖的棕榈树，公路两旁布置整齐的滨河小花园，都安排得井然有序、有条不紊，煞是好看。这一点绿，一行绿，一片绿，给这座古老的城市增添了无限生机。这些成果，一定蕴含了不少人的辛勤劳动和汗水吧！但是，这些景致是拘谨的、温顺的、乖巧的，是经过雕琢和修饰过的，不像红柳那般野性十足，飘逸洒脱。

母校坐落在兰州市偏西的一座名叫晏家坪的小山冈上，距市区还有一段路程。因此，母校就显得偏远而清静了。除街道旁的小菜市还显得热闹些，其他地方都很冷清。晏家坪，让人感觉不到城市繁华的气象，却像一个地地道道的村庄。晏家坪周围就是田地，田地里长着青青的麦苗。放学后，我们常常拿上书，在田地边读书，和同学们一起谈论现在和未来……至今，那段美好时光还是让人十分眷恋。

因为离城区较远，交通也不方便，所以进城就不是隔三岔五的事了，总要积攒很多的事情，直到必须要去的时候才去。平时，就在周围的田地里走走。在这幽僻、静谧的地方，再没有好的去处。星期天，我经常去爬山，这片红柳林便成了我经常光顾的地方，大多数时间都在这儿度过，看书、学习，看红柳。

经过校门，绕过一段红砖砌成的校园围墙，来到学校的背面。顺着一条羊肠子山路往上爬，大约走 40 分钟的山路，就到了第一个山丘的顶峰。这里是典型的黄土高原地貌，整个山丘都被这厚重的黄土塑造着。纵横交错的汊壑如同刚洗刷过一样，暴露无遗。这里看不见一丝树的痕迹，就连野草也难以看见。坡上也有深深浅浅的育林坑的痕迹，从残存在土坑里的枯枝可以推测，这里曾不止一次地植树造林。

站在稍显平坦的丘顶，眼前呈现出又一个山包。山包与山丘仿佛成了两个截然不同的自然带，在均匀舒缓的山包上生长着蒿草和低矮的灌木丛，黄土也变得深紫而湿润了。越过山包，就能看见一块硕大的盆地横躺其间，它背靠山包，状如一块倾斜的洮砚，从山顶依次倾斜。在远处很难发觉它的存在，这里便成了安静的乐园，免于打扰的净土。

红柳，最初是在黄河岸边见到的。我一直以为它是水边的特产，没想到能在这塬上见到它，并且生长得如此旺盛，让人感到诧异。落户在这儿的红柳，大概是从山那边河谷地带飘过来的。红柳扎根在这里，起初只有零星的几株，是单薄的、纤弱的，不被人注意的，生长在琐碎的杂草中。它耐心地等待，经历了春夏秋冬的孕育，一天天把根扎进深土里，枝干在变粗，枝条越发得茂盛。春风吹散了红柳枝上棉花包子大的花絮，花絮纷纷扬扬飘荡在树的周围，山的那边，远方的另一个角落。又是一年播种时，红柳自己播种着自己，它们在土地上生根、发芽、繁殖。它从不讲条件，不埋怨，不责怪，也不追问为什么把自己播撒在如此贫瘠的土地。它毅然择机而生，而且铁了心，坚守这方瘠土。热爱生活的人们，期盼光秃的山梁早点长出绿色来，保护土地，保护人类。

我经常在一棵选定的红柳树下歇息，这棵柳树约碗口般粗，也许这是其中扎根最早的一棵吧！它的根一半裸露在地面上，肋骨一样，显得苍劲有力。经常垫在屁股下的一段已被磨得光亮，在其余枝干上就有许多小骨朵长出，有的还是一个个小丁丁，正积蓄着力量，厚积薄发；有的含苞欲放，只待时日，好像手一碰就将完全散开似的；有的绽开了新叶，嫩得发亮，新得喜人；有的已长了寸把长，叶脉红如丝线，叶面光滑反光。茎也是红色的，将这些绿色串起，剪刀般的叶子直刺云天。

红柳似撑开的一把大伞，郁郁葱葱。柳枝舒展开来，争抢着阳光。纤细的枝条显出几分刚性，柳枝上倒悬的叶子做着积极向上的抗争。这与故乡的杨柳大不相同。故乡的柳婀娜得让人有些腻，有些烦，倒垂着腰肢，懒洋洋的，显得轻浮。林子里鸟儿稀少，偶尔能听到一两声鸣叫。柳丛密密麻麻，挡住了我搜寻的视线。小精灵不知躲藏在哪丛树枝上了，让人牵肠挂肚。红柳的根相互交织着，向各自追求的方向自由地延伸，它们在土地里愉快地生长。红柳的根延伸的地方就会冒出一棵又粗又壮的柳芽芽，证明它已达到了很深的程度。红柳凭着它坚忍和刚毅的秉性，越发得旺盛，它占据了这方土地，呈现出向更广阔天地进发的态势。

在我走进这片红柳林的同时，见到了管理这片林子的老张。他是一位建筑工人，退休后自愿承担起看护和栽植这片林子的责任。老张的妻子去世多年，身下无儿女，孤身一人。老张很瘦，且矮，脸红扑扑的，透着红柳的颜色，脸上常挂着笑。很快我们便相识了。他在山包靠北面的一处地方修建了两间土坯房，老张的全部家当都囊入其中，镢头、铁锨、镰刀、护林造林用的工具，睡觉、吃饭、起居也都在这里。老张没有一天不在忙碌，镢头、镰刀、铁锨是他的贴身用具，随时随地形影不离。老张说："红柳是个好树种，不论啥时栽都能成活，还可以插植。红柳的生命力很强，适宜于大西北栽植，它是大西北的骄傲！"那一片老张插植得十分整齐的标杆一样的红柳树，悄悄地发芽、长叶、生长，染绿了山坡。老张把这些红柳树当成自己的孩子一样，十分关爱。老张插植的柳树生了根，根茎延伸开来，发了芽，芽苗苗壮成长。柳絮飘飞，落入土地，来年又生根发芽了。老张有个设想，要把红柳一直栽到山下，延伸到城边。多么壮美的设想啊！顿时觉得，老张十分高大，是一位有坚定信念的人。后来，星期天上山时，我经常从山下买点小吃给他，也帮他干些插植柳树的活。他曾说过，他的胃不好，却很少下山去医院检查。他已经习惯生活在这僻静之地，他热爱这片林子。他放不下栽植红柳的梦想，争分夺秒向预定的目标奋进。他几乎忘记了吃饭、喝药，每天忙碌在这片红柳林中。老张亲手装点着山坡，山坡上长出了红柳，红柳又向山丘下移，他欣慰不已。红柳林在不断地扩大，但老张却在渐渐变老。

　　10年过去了，我有幸又一次来到省城，重温那段红柳情。校园发生了日新月异的变化，校内绿树成荫。一排排红柳绕墙而立，向人致敬。校园后的山上红柳已长出了茂密的红柳丝，山脚下两排侧柏树镶嵌在红柳丛中，长势强劲。我顺着原来的山路向柳林深处的那间土坯房走去，房子已坍塌，只剩下四面残败的土墙。在土坯房的不远处修建着一幢小楼，上面挂着林管站值班房的牌子。听值班师傅说，老张前年患胃癌医治无效已与世长辞了，是政府为他安葬。师傅说得仔细，我深感悲伤。恍惚中我又见到了 10 年前的老张，他消瘦，矮个，脸上常挂着笑。感念他红柳般的面容，红柳般的精神，红柳般令人追忆的根。

——我深深地怀念那片红柳林。

文县一中校庆赋

岁在壬辰，金秋时节。秋高气爽，兰桂飘香。恰逢校庆，盛况当殊，心生壮感，慨然赋之。

文县一中，校运昌隆，七十华诞，伟业鹏程。芬芳桃李满天下，彪秉史册著功勋。以文养德，品学兼优，万千学子，学业有成。硕果累累威名振，环球内外有栋梁。恰逢校庆，千里系情，身居异地，思念倍增。莘莘学子归故里，四海宾朋齐欢腾。众友相聚，执手共话，普天同庆，共祝良时。思流年兮光阴荏苒岁月稠，忆往昔兮同窗挚友手足情。人生况味，友谊长存。

绿草如茵，杨柳婀娜，松柏常青，秀竹婆娑。夹竹桃粉面笑迎，梧桐树亭亭如盖。榴花火红，芍药竞放，佳木秀而繁荫，幽草吐绿葱茏。美哉校园，其乐无穷。生物园，奇花异草香满院；攀登门，学海无涯勤自勉。楼舍俨然，鳞次栉比，楼廊环绕，曲径通幽。教学楼气势恢宏，图书馆美轮美奂。楼台亭阁，圣人塑像，绿茵广场，书声琅琅。格物楼，探究万物之真理；明德楼，真知德政之善举。壮哉校园，雄伟奇观。

金秋十月，硕果累累。红叶喜看山川秀，橙黄橘绿更欣然，一年好景正当时，恰是兰沁菊花香。白云飘飘，岁月悠悠。时光如白驹过隙，去之不还；往事似江水东流，常思流年。同学当年兮风华正茂，青春壮歌兮立志图强。勤恳习文，潜心做学；两耳不闻窗外事，一心只读圣贤书。十年寒窗，持之以恒，四时勤奋，终成大业。铁肩担道义，敢为天下先。志存高远，取义成仁；勤政为民毅坚劲，奉献人生乐无穷。

高等学府，英才云集，名师荟萃，博学广识。学高为师树楷模，行为世范德载物。传道授业，答疑释惑；俯首耕耘甘奉献，铸造丰碑福自多。春蚕丝尽，蜡炬成灰，宁静致远，淡泊名利。广施甘露千株翠，桃李成林下成蹊。尊师重教，天下为先。高风亮节勤奉献，代代师长恩如山。母校一中，五易其名，先贤创业，历经艰辛。继承美德扬光大，运筹帷幄展宏图。革故鼎新，与时俱进；七十年风雨兼程，七十载上下求真。立德求知，自强报国；铿锵校训励壮志，精心育人铸辉煌。祥和盛世，英杰辈出，国教方兴，其道大康！

燕子做窝

　　时令已到春夏之交，北方的天气明显暖和了起来，燕子从南方飞回来了。在小城我租借的住处，有一对燕子正忙着做窝。

　　清晨，还有一丝凉意。燕子很早就飞翔在小城的上空，叽叽喳喳叫个不停，让人觉得在这繁杂的城区有了几分雅致与祥和。我常常在燕子几乎忙完早晨的活计之后，才起床，刷牙，洗脸，走向阳台，懒洋洋地向视线能及的地方看去。阳光泼洒在满山满坡，远处的浅绿，在晨光中变得更加青翠诱人了，视线有试图穿透所有建筑物的欲望。我居住的楼房要比前面的那幢大楼足足矮了四层，周围都是高层商务大楼。远处形如锯齿的群山，连绵起伏，高远而恢宏。在此，我只能仰望了。我的心也随之到达太阳升起的那座山顶，享受那儿的幽僻和空灵了。

　　这是一方敞开的阳台，周围仅此一处，其他楼房的阳台都是封闭的。

　　燕子不嫌这儿零乱，竟然要在这方阳台上筑起巢来。先前几天，两只燕子常在房前的电线上，叽叽喳喳地叫着，左顾右盼，好像在寻找着什么。一会儿飞到阳台屋檐下拴着的那根铁丝上，一会儿又飞出去了。我进进出出，燕子来来往往，好像在试探主人的态度。我非常欢迎它们的到来，十分乐意与它们为邻。这样，我就能日日聆听它们的鸣叫了，让漂泊的心灵得到慰藉。我尽量为这对不速之客营造一个舒适的环境，腾掉阳台上的杂物，把一些没用的东西送给收废品的老头，从市场上买回三盆正在开放的瓜叶菊，把其他东西都摆放整齐，把阳台扫了三遍，又拖了三遍，阳台清新了许多。燕子终于在这儿垒窝了。

天蒙蒙亮，早晨的广播还没有播放，街上的行人还很少。燕子就站在了阳台上欢叫起来，这时我才可以安静地品味它清脆的鸣叫了。悠扬而刚劲的嗓音，戛然而止的一刹那，把我带回到过去的时光里，又让那尘封已久的记忆生出光来。

儿时，我常跟小伙伴们去爬树、掏鸟窝、捣燕子窝。我们每次得手，心里就充满了成功者的喜悦。鸟蛋用油煎炸后喷香，一人分一口，吃得齿间生香。小鸟刚生出绒毛，还不会鸣叫，就把它包在泥巴里，在篝火里猛烧。剥去烧焦的黄土，白白的肉身儿和活的一样，认真地完成了一次烤全鸟。每人分一小块，享受亲手而得的野炊。

燕子不比其他小鸟，大人早就吩咐过："燕子是益鸟，是吉祥鸟，不能打扰它，否则会生病或得燕窝疮。"有时，孩子们还是会偷偷地去檐下捣燕子窝的，才孵出的小燕子随窝掉下来，也不去管它，这些小生灵就成了狗儿猫儿的美餐。母燕不见了它的窝和小燕子，就盘旋在房屋的上空，飞来飞去，撕心裂肺地鸣叫。孩子们从一个屋檐跑到另一个屋檐去寻找燕子窝。一阵疯跑之后，又去玩别的游戏，点兵点将，下老和尚棋，丢手巾……燕子在我们头顶的上空飞着、叫着，自由自在地捕捉空中的蚊虫。它们没有丝毫怨恨，埋头干着自己的活计。已被捣毁了的那些残缺的燕窝，过两天，又让燕子弥补一新，燕子又住进巢里来。眼看它努力的成果没有了，只得又从头开始，捕食，孵蛋，哺育。

又一窝新燕子出生、长大，飞翔在天空，一切进行得自然而然。

然而，孩子们又怎么能够了解燕子做窝的艰辛呢？

母亲热爱燕子，她不许屋檐下的燕子受到伤害，随时在院子里观察，是否有人要伤害它们。于是，我才能一天天地看着屋檐下的燕子长大，从南方飞回家乡，又从家乡飞到南方去。母亲指着那对新来的燕子说："这对燕子就是去年在这儿出生的，它们长得多俊，又回来找老住所了。它们既不嫌贫，也不健忘，一个劲地往家赶，真是好鸟哟！"母亲给我讲了许多关于燕子的故事，于是，我再也不敢去捣燕子窝了。从此，我对燕子拥有一种特别的尊敬。虽然，燕子粪便弄得走廊上满地都是，偶尔还会遇到燕子的粪便滴到身上的尴尬，但我还是期盼着燕子在老屋的檐下垒窝。母亲也常说："燕子是个吉祥鸟，它会给全家带来幸福和安康！"她学着燕子的叫声，填起词来："不吃你的糜子，不吃你的谷子，给你抱窝儿子。"燕子从来不吃晒在房上的粮食，它经常穿梭在老屋的檐下，越过村舍去野外捕食。

老屋的檐上有很多燕子窝，有旧的，有新垒的。也经常会发生麻雀抢占燕子窝的事情。麻雀恶霸似的撑起双翅，做战斗状地把住窝口，吓唬燕子，让燕子离开。燕子飞旋在窝的周围，无可奈何。它也不与麻雀过多地纠缠，又在另一处垒起了一个新窝，与麻雀做了邻居，偶尔也同出同归，和睦相处。燕子的忍耐让人敬佩，麻雀的无赖令人发指。让我心里不由生出对麻雀的憎恶，对燕子的同情来。一批老燕子走了，一群新燕子又出生，它们就这样生生不息地繁殖着。

正如母亲所言，燕子是吉祥的化身，好鸟一生平安。燕子在寻找自己安身之所时，也花费了很多的心血。这勤劳的使者不仅充实了我快乐的童年时光，也给全家带来了不尽的喜悦和生机。

如今，在小城中见到我思念已久的燕子，它要把窝筑垒在我的阳台上，这让我既惊奇又高兴。燕子穿行在楼房中，它要飞到城外的田野里去衔泥，一口新泥要从很远的田里衔来，又悉心将它垒起，这需要多么大的耐心啊！燕子为了一个目标，宁肯过着两点一线的生活，丝毫没有枯燥、乏味之感，它一心一意地干着建筑师的活计，直至巢儿垒出。燕子要把窝垒在了阳台上方突出来的掉着灯泡的挂钩上。起先泥巴顺着灯座依次排开，好像一粒粒铆钉似的密密麻麻，一层层地逐渐垒起来。不多时间，一个纺锤形的泥垒紧贴在了挂钩上，并继续顺着挂钩往上垒，一直牢牢粘住房顶，燕窝主体框架才算完工。燕子又在挂钩的适当位置选择了一处，从这儿起步，一个劲地垒起，自下而上，一个巢形造就。我走近阳台，燕子把我当成熟悉的人，专心垒窝。晚上，我拉开阳台上的灯，燕窝遮住了灯的光线，在屋顶印出一个大灯影，很有些韵味了。两只燕子俯身贴在尚未完工的燕窝里，静静地，一动不动，显出它少有的胆怯。看来它们有些不习惯这般的明亮。我没有关闭阳台上的电灯，有意让它们尽快适应小城的生活。功夫不负有心人，燕子终于将窝垒好。它们可以安然地躺在窝里休息了，终于可以寄宿在这小城的一角了。

又是一个阳光明媚的日子，燕子踩在那根铁丝上欢叫，好像在欣赏它们的杰作。其实，我早就被它们的杰作吸引了，一天天看着它们把燕窝垒大、垒好。这完全算得上是世间精美的建筑了！一粒粒泥土，布置得有条不紊，似若干粒小珠儿黏结而成。燕窝口向外开着，边缘光滑而细腻，只容得一只燕子自由进出。燕子窝显得很丰满，轮廓印出的曲线圆润而自然，多么美妙绝伦的燕窝啊！

仿佛，我也成了一只小城中的燕子，费尽心思，想在小城的一隅做窝。漂泊的我，苦苦寻找一处筑巢的地方，终日为积攒泥土而奔忙着。我希望也有一处未封的阳台，就像那一对幸运的燕子，寻觅到了我租借的那方敞开的阳台，将巢筑就……

第四辑 NO.4

乡野漫歌

油菜归仓，它走完了冬种夏收的历程。这一过程并不简单，历经风霜而后生，有如人的一生……

老爷庙湾

　　老爷庙湾，是村里人种植党参的地方。它静躺在大山的深处，坦荡如砚，一眼望不到边。在这里种植党参，有一种辽阔坦荡的感觉。

　　我难以想象老爷庙湾的原始概貌。听老人们说，20世纪50年代，大片的原始森林被伐。一时间，一片绿色世界变成了光山秃岭。从此，老爷庙湾就裸露了它的脊梁。随后，革命的热情又从老爷庙湾转移到岷堡沟铁厂去了。于是，这里的树木又渐渐地长了起来，这就是我第一次见到的老爷庙湾的景象了。

　　这是一片郁郁葱葱的灌木林，这里有白杨、桦树、寒柳、马尾松，有紫藤、蕨菜、苜蓿、柴胡、野党参；有画眉、布谷、锦鸡、山雀等山间生灵。这些山间精灵是这块沃土上的宝贝，因为它们的存在，才使这山中大湾有了往昔的灵性。

　　生产到户后，大家都放开手脚搞经济。这里，自古盛产纹党，并久负盛名。为发展经济，人们又一次把致富的目光转到了这片灌木林。村民们你一坨他一块地圈占，于是，暴砍、焚烧、开垦，一系列行动进行得轰轰烈烈。

　　父亲选择了老爷庙湾离水泉较近的一片地块。虽说这里的土地有些瘠薄，略显坡陡，但是，这里的地里深埋着一块很大的石板，这块石板既平整又稳当，是个修庵房的好地方。暑假，父亲带着我们三姊妹，来到老爷庙湾，修出一间庵房来。父亲先搭建了一间简易茅草棚，先住下来。为修庵房，全家人都忙碌着，母亲为我们蒸干粮，哥哥和姐姐每天早上上山干活，晚上赶回家，父亲和我住在茅草棚里，驻扎在山上干活。

修房要用的木料，在父亲圈占的这块坡地里就能取材。白杨、桦木都有碗口那么粗。父亲左挑右选，终于找到一棵能做房檩子的白杨树，它足有半尺过心那么粗。哥说，房檩子没必要那么大。父亲接过话茬说："造房靠梁，檩子不大能靠得住吗？"伐倒的这棵白杨树，树干光滑而细腻；剥了皮后，洁白滋润，散发着扑鼻的香气。木头伐倒后，就得扛回房阔子去。父亲和哥哥攒足劲，从坡底扛起伐倒的房檩子。我帮不上忙，只能走在前边，扯扯藤蔓，清理一下毛路，关键处也用麻绳拉一把。他们艰难地把这根房檩子从荆棘丛生的灌木林里扛出来。当卸下肩上的木头时，他们的肩上都勒出了深深的血印。

找椽子和其他修房的木料就容易些，只要端正，不论木质。在离修房不远的地方，我砍倒了一棵长得很直的树，我以为遇上了一块上好的修房料，谁知这是一棵漆木树，当我扛回沾满漆液的树干时，脸上、耳朵上、脖子上、手上，凡是沾了漆液的地方都在发痒，随之浮肿，后来溃疡成疮。每每想起那可怕的漆树，就让我心里直发毛。

盖庵房的草是父亲一个人割的，他到阳坡上去割又长又丰的尖草。在草坡上，父亲用镰刀割下和人一样高的尖草，一把把地摊开，晾柔，然后背到房阔子里。一切准备好后，就在墙上架上檩子，绑上椽子，骑上尖草，一座新庵房就修好了。

在开学的前几天，我恢复了健康。星期天，跟着父亲上山。

　　刚踏进老爷庙湾，就让眼前的变化惊呆了。30多座庵房如雨后春笋般修建起来，遍布在整个老爷庙湾。苍翠如濯的灌木林已荡然无存，残留的稀稀疏疏的林木，显出几分悲凉与无助，在锋镰利刃之下，也难逃生的希望。暗黑色的土地，散发着烟熏的焦味。大多数人家的地里都安了根，栽植党参的居多，也有种油菜的，地里一片空旷。

　　我爱老爷庙湾的夜。白天的砍砍烧烧，已觉得单调、疲倦。晚上，躺在绵软的草垫上，透过庵房破裂的支架缝，能看到蔚蓝的天空和天上的繁星。星星在空中眨巴眨巴眼，偶尔，会出现一道红光，那是流星滑过天空，一道短暂的光芒，寄托着遥远的希望……大山在悲伤，它只能在夜里抚平白天的伤痛。大山的夜并不寂寞，山鸡的嘎嗒声、山雀的叽叽喳喳、野猪的吼叫声、野兔的吱吱声、狗的吠叫声，还有山上看号人的"哦——吼——"声，组成了一曲和谐的鸣奏。这天籁萦绕耳际。

　　老爷庙湾的夏天，天高气爽，蜂蝶飞舞。党参抽出的新蔓，鲜嫩吐绿，喇叭形的党参花招蜂引蝶，花蕊分泌的香味沁人心脾，整个大湾都沉浸在了药香里。虽然，老爷庙湾失去了往日的苍翠，然而，这里能生长党参，让人对它有了新的价值认同。3年后，栽植的党参就可以出土出售了。

　　秋天是党参收获的季节，一驮驮硕大的中药材源源不断地运往市场，一沓沓钞票鼓起了山里人的腰包。花红柳绿的穿戴，洋溢着人们喜悦的心情。人们不会忘记大山给予他们的财富，老爷庙湾是创造财富的源泉。每逢中秋节，人们都要给山神杀鸡、烧纸祭奠，以求神灵保佑。

　　大山不可能无限度地赐福于人们，如同世上没有永远的救世主。人们过分地掠夺、践踏着大地，大地同样也会惩罚他们。老爷庙湾曾不止一次地出现泥石流、山体滑坡等自然灾害，让原本完美的山湾变得满目疮痍、遍体鳞伤。面对大自然的警告，人们终于想出了办法，才使这粗暴式的经营有了尽头。县上规划村社进行农业产业结构调整，在村里建造日光温室和大棚，发展蔬菜产业。不到两年时间，全村日光温室和大棚发展到 100 多座，经济效益不错。随着人们经营观念的转变，经营作物从山上转移到山下，人们逐渐作别了老爷庙湾。

去年，父亲让我去驮拆掉庵房的柴。我有幸又一次看到老爷庙湾的景象了。如今，老爷庙湾已长满了蒿草和小灌木，藤蔓正悄悄地将小路封锁。野兔、山鸡、林鸟活蹦乱跳，白杨、桦树、寒柳青翠。老爷庙湾恢复了山的沉寂和雄伟。许多座庵房已破败不堪，只剩下残垣断壁，证明老爷庙湾过去的历史。山很沉，风轻轻地掠过，一人高的树苗不时地亲吻大地，老爷庙湾又有了生机……

昔日的无知和野蛮，终究受到了大自然的惩罚，但愿这些都已过去。望着无垠的老爷庙湾，和寄寓在蓝天下的这片土地，一丝安慰涌上心头。虔诚地祈祷这里的花儿、草儿、鸟儿、林儿快快长大，让饱经沧桑的老爷庙湾变得美丽、殷实。

浪　花

　　在滨河路的一旁，有一段巨石镶嵌的河床。彪悍的白水江从石缝间挤了出来，越过参差错落的石坎，掀起阵阵波浪，形成了串串浪花。散碎的水珠儿，晶莹而剔透。浪花泛起的气泡，像天空中的七彩球，点缀在蔚蓝的河面上，呈现出彩虹似的梦。

　　这是我每天都要经过的一段必经之路。每次走到这里，与浪花相遇，就感到亲切，心情也非常愉快。于是这片浪花，便成为我生活中的乐趣了。

　　早晨，迎着晨风上班，我总要在公路的栏杆旁伫立片刻，欣赏那清新自然的浪花。江水奔涌而过，浟涛翻滚，浪花一串接着一串。它们欢呼着、跳跃着，沐浴在新一天的晨光中。仿佛浪花也把思想带进了一个崭新的世界。

　　浪花作别昔日的旧梦，迎接新一天的到来。

　　太阳从东山顶露出笑脸，光芒四射。阳光泼洒在它能到达的每一个角落，照亮了阴暗，驱逐了阴森。阳光照在河面上，河面泛起了片片金鳞。仿佛浪花也多了几分精神，显得更加美丽动人了。此时，大脑清醒极了，一切都有条理，有分寸。一股积极向上的豪情油然而生，催人上进，让人自信。

回家的途中，公路上穿梭着来来往往的车辆和奔忙的人群。重型汽车高扬的喇叭声震耳欲聋，让绷紧的心更加颤抖了起来。来来往往的人群，拥挤在人行道上，让人难以前行。杂乱无章的秩序，让人心情烦躁。我索性逐级而下，坐在白水江边的一块大石头上，观赏这片浪花。

白水江是一条被大山枷锁着的河，它总有一种想挣脱的欲望。因此，这也为白水江赋予了外柔内刚的性格。上游的江水缓缓流动，显得平静而悠闲，江水顺流而下，江面渐渐舒展起来。而后，江水变得十分匆忙，忽然，又被撕成千万缕，形成了一串串洁白的浪花。浪花装点的江面如梦如幻。穿过这段参差的巨石，江水好像被加工了似的，又汇成了一片碧蓝舒缓的河面。浪的轰鸣被城市的喧嚣淹没，人们只能用视觉感受它生机勃勃的激情。浪花如同少女一般，舒展着她特有的青春魅力。

回头张望岸上，路上依然车水马龙，人头攒动。我厌恶如此的噪音与慌乱，但又能怎么样呢？人生活在天地间，也就如此。正如浪花，倘若没有江水的奔流，又怎能激起朵朵如花的美丽呢？

然而，时时被纠缠着的忙碌，像一把大手，紧紧地抓扯着我的整个儿身心，让人难以自拔。一朵浪花，一个极普通的自然现象，让我感动。浪花在匆忙中显得很从容，它洋洋洒洒，唱着属于自己的歌。

还会有几人能注意身边溜走的景致呢？在这热闹的小城……

我喜欢在夜深人静的时候，独自到外面走走。穿过一条被垂柳锁定的林荫小道，向白水江边走去。这是一条幽僻的小路，很少有人走动，小路因此杂草丛生。晚上，从河岸射来的灯光，透过柳林的空隙，投下斑驳的灯影。柳林里的小路显得阴森森的，有些怕人。我已习惯经常来到这里，心里也就不觉得有什么害怕。

　　走过这条柳林小路，便到了白水江边，来到了这片浪花前。一个人呆呆地坐在大石头上，静静地聆听自然天趣，仰望茫茫夜空，凝视街灯掩映下的闪烁浪花。很早就听说，有人曾经从这里跳江自杀。白天这儿也很少有人来，晚上就更没人来了。但我喜欢来这儿，因为，这里有不被人打扰的清静，还有令人陶醉的浪花。于是，这里便成为我独自享受的去处了。道旁的几盏路灯，无精打采地亮着，静静地照在这片河面上。在幽暗的灯光下，浪花闪动着倩影，像无数颗闪烁的明星，一浪接着一浪地闪亮，扣动心扉，赐予我光明和希望。

　　四周秋虫低吟。江水拍打着岸边的岩石，发出清脆的声响。浪花下江水击石的沉重轰鸣声，深沉而稳健。这一鸣一响的组合，是白水江跳动的音符，谱就一首浪花歌，日夜欢唱在这条美丽的河流上。我陶醉于天籁的绝响和富于变幻的浪花中。

　　不觉间，已到了深夜。凉风吹动着岸边的垂柳，树梢拂动水面，河水溅起了浪花。扬起的点点水沫儿，溅在我的身上，禁不住让人打了个寒战。我裹紧衣服，径直向家里走去。

　　浪花，如同一个美梦，让平凡的生活充满异彩。

好大一场雪

冬天，故乡很少下雪，所以难得雪景可观。

今年，天气格外的冷，大地干得厉害，人们期盼着老天能下场大雪，滋润干涸的田地，拯救干枯的庄稼，满足人们瑞雪兆丰年的希望。

整整一个冬天，也没有下一场雪。田地里的麦苗渐渐发黄，纤细萎蔫的生命，如同病床上的婴儿，可怜、无助。凛冽的寒风，席卷着山坡上的尘土，漫天飞扬。在寒风的肆虐里，这一畦畦泛黄的浅绿哆哆嗦嗦。人们虔诚地祈祷，快快下场雪，滋养干坏了的麦苗，留住忙碌的尘土，守护绿色生命的根。他们望穿秋水，不见雪来。

终于在冬末的一个晚上，下起了一场大雪。熟睡的人们还没有觉察到雪的到来，他们还在梦中期盼着。雪如同期盼的儿子已回到家。起初，他蹑手蹑脚悄悄步入，生怕惊动期盼中的亲娘。他来到了山川、河流，来到了田园、地头。轻柔的身躯抚慰着赢弱的麦苗，探问久别的亲人，别来无恙……

雪越下越大，洋洋洒洒在群山和旷野之中。清晨的朝雾夹杂在鹅毛般大雪中，灰蒙蒙一片。看不见远处巍峨的高山，看不见坝子里的粮田。村舍，静静地接受雪的洗礼，却听不见雪的脚步。我的心在激烈地跳动，激动得不能自已，一个箭步跳到院子里。棉花包子般大的雪片，落在头上，滑落在脚下。雪花飘在灼热的脸颊，伸出热烈的舌头，将飘在嘴边的雪揽住，甜丝丝的，一股清爽透人心肺。一会儿，我便成了个大雪人，带着满身的雪，走进屋子，将它抖落在干燥的屋里，掺和在书香之中，糅合成醉人的味道。街上，有人喊："下雪了，好大的一场雪啊！"人们都起床了，迫不及待地去看日日期盼的大雪。

担心了一个冬天的人们，心里终于踏实了许多。走出院子，看着庄稼地里积满了厚厚的雪，看着千里冰封的景象，人们激动地露出了久违的笑容。随之，婴儿的啼哭声，孩子们的打闹声，狗的吠叫声，鸡的啼鸣声……整个村子沸腾了起来。

雪默默地下着，人们的热情高涨。

晨雾渐渐退去，天空露出一瓣儿的光亮。雪还在时断时续地下着，我披上一件衣衫，来到园子里转悠。园子里的树枝上挑着毛茸茸的雪球，好像满树盛开的梨花，白得晶莹、纯净透亮。一群鸟儿飞蹿在园子里，叽叽喳喳地在地上觅食。白雪给大地穿上了银装，把大地裹得严实，白茫茫一片，没有一隙儿疏漏。鸟儿失望地在树枝间跳跃，不停地从这一枝跳到那一枝，又跳到了墙脚下，无可奈何地四处张望，盼着冰雪早早融化，能在地里觅到食物。平日里挺拔的白杨和傲立的松柏，也不见它们的风姿了，都悄悄地躲藏在一片洁白之中。我的心灵也随着雪的颜色进入了一个圣洁的世界，受到纯洁的洗礼。

一个梦，紧紧地萦绕在我的心头。那是中考前的一个晚上，我梦见一场大雪。我孑然一人徜徉在冰天雪地里，周围没有一丝响动，死一般的沉寂。雪大把大把地洒着，封了山，封了路，我揪心般得茫然。雪粘住了脚，让我难以挪动。大雪将我重重包裹，锁定在了渺无人烟的荒野里，一种极度的恐慌和害怕将我惊醒。我把这个奇怪的梦说给了送我到县城考试的父亲，从他微妙变化的表情里看得出这不是一个好梦。父亲安慰我说："都是考试给急的，啥也别想，好好地参加考试吧！"其实，父亲更担心。最终，我中考失利，正如梦中的这场封山大雪，将我阻隔。从此，白茫茫的雪，犹如一幅警示的画，成为我挥之不去的记忆。在后来的人生道路上，我无数次地回味那场雪。在不断砥砺的过程中，雪时刻激励着我面对新的生活。

雪住了，雾散了，天空现出了洗礼后的太阳。雪渐渐地融化。树枝上的雪球，顺着树干消融下来，留下斑驳的水印，带着枝头的尘土，缓缓地流淌到根部，滋养新的生命。田地里的麦苗羞涩得探出头来，精神了许多，一丝绿色透着银光。青松和白杨出现了，像刚洗过澡，有新浴者的清新和舒畅。山川，白雪皑皑；大地，丰沛润泽。久旱逢甘霖的土地，吮吸着融化的雪水，涵养着植物的根茎，为来年的初春蕴藏生命的力量。

雪，六瓣儿的精灵，你是爱的使者，是生命的源泉。你以洁白的身躯清洗世间的龌龊。即使，在生命飘落的一刹那，也会把美丽留给人间。

我期盼洁白的雪，雪给了期盼者无限的抚慰和祥和，那无瑕的颜色会冲淡心灵的尘埃，洗涤不洁的灵魂。

洋洋洒洒的雪停了，令人惊喜的是，心中的雪飞扬了起来……

养花的故事

我爱花，也爱养花。

闲时在旷野中散步，总会见到一些不知名的野花，花色不甚鲜艳，很少被人们注意。它们生长在大地的角落里，散发着淡淡的幽香。花香融化在旷野中，融入宇宙里。这些大自然的小生灵，吸引我时常停住脚步，俯身将它挖回，栽植在一个大碗内，或破的容器里。这些无名的野花生命力顽强，很快便在盆里生根发芽。它们不断地繁殖着，很快就长满了整个容器。于是，我决定换一个好的花盆，用心饲养，如同对待那盆君子兰一般。

老屋前的一大片园子，都被栽植的花草占据了，高高低低的花草便成了这儿的主人。已记不清它们是何时移植到这个园子里的，现在只能从地块的空隙里和窄窄的行道中依稀辨得。花草把园子挤得满满当当，四季的交替连同我的时光和希望都充实在了这片园子里。日子在花开花落间流逝，等待着又一个花期的来临。

我的老屋已到了它生命的尽头，要重新修建了。生长在老屋房前屋后的那些可爱的花草，也不得不搬出我的家。朋友们争抢着搬走了那些君子兰、牡丹、兰、菊等名贵花草；没有得到花的朋友，责怪我没有把花留给他们，厚此薄彼，不够朋友。只剩下那些野花和几盆仙人掌，还在园子的角落里，无人理睬。让我想起了《诗经》里的句子来："知我心者，谓我心忧，不知我者，谓我何求，悠悠苍天，此何人哉！"这是怎样的心情呢？

　　新房盖好后，我想重新在小院里养花种草。但是，繁忙的工作让我很少有时间回家，养花一时就难以实现，只好搁在了那儿。去年的春天，我从邻居家移植了一盆仙人掌，放在院子的墙台上。其实，我很少有时间去管它。虽然隔十来天才回家一次，但我始终没有忘记那盆搁在墙台的仙人掌，给它浇水、施肥，静静地仔细端详一番，察看它生长的状况。朋友见我如此爱护一盆仙人掌，不以为然道："仙人掌既无赏心悦目的体态，又满身长着尖刺，有什么好养的呢？真是闲了没事干……"我又能说什么呢？我深知，大概是没有共同的语言吧！他们的议论，更让我坚定了养仙人掌的信念。

　　母亲听了别人的议论，也很少给仙人掌浇水了。盛夏的一段时间，我没有时间回家，火辣辣的太阳，炙烤着大地。我以为可怜的仙人掌被夏日的骄阳夺走了生命，心里有一种不安的牵挂。当我回到家时，感到十分惊诧，这盆仙人掌竟然开花了。在仙人掌的叶柄顶端开着许多黄花，还有含苞欲放的花骨朵正探出头来。鲜艳的花色，不时招来一群蜂蝶翩翩起舞，伫立花蕊，此时，寂寞的院子里充满了喜气和热闹。它粉嘟嘟的花蕊散发出醉人的幽香，飘洒在院子里和街道上，给忙碌的人们带来无尽的新鲜和喜悦。它的花蕊那么嫩，那么鲜，仿佛是天下最单纯、最敏锐的东西。敏锐得像蜗牛的触角，一触即发；单纯得如同热恋中的恋人，除了爱情，对错误视而不见。还有那含苞欲放的花骨朵，昂首凝视着天空，让时空见证它的绽放。仙人掌展示了自己最美的一面，把另一面交给人们去评说。

　　仙人掌，全身长满刺，它的花只可远观而不可亵玩。它的美丽不光是那艳丽的花朵，更让人折服的要数它身上长着的刺了。钢针似的刺，直刺天空，避免了水分的散发，任凭烈日的酷晒和寒霜的袭击，它岿然不动，一声不吭，默默地承受着季节的考验。它生性坚强，在最艰苦的环境中，也能顽强地生长。仙人掌四季常绿，它绿得发亮，嫩得喜人；它粗犷中不乏典雅，悦目中不含浮华；它铸就刚烈风范，仪态大方，忠贞不阿，尽显英雄本色；它处处洋溢着青春的活力，时刻吸引着爱慕者的追随。

　　仙人掌，是有风骨的，与其娇养名花千盆，不如植你一株。是你赐予彷徨者勇气和力量，实现美好的人生。春天，我又将栽植几盆仙人掌，放在楼台院落，丰富我们的生活，充实观赏者的身心。

　　在生活的道路上，谁没有烦恼呢？为实现心中的理想，不知要历经多少次挫折和打击。我曾经不止一次地动摇、烦恼、忧郁、彷徨，但是只要想起仙人掌，心里就涌动起一种执着坚强来，击溃纠缠在心里的烦闷。

　　甘愿做一名园丁，在心中种养一盆坚毅的仙人掌，让心灵之花的芳香溢满心房。

最后一条蛇

　　一条绿身白底的蛇，钉在我的铁锨下，它还在地上不停地翻腾着身躯，苦苦挣扎。一群人拥进现场，争抢这条死而未僵的蛇，要拿去剥皮、吃肉。我木然，而后惶恐，一种强烈的懊悔占据心灵。我羞愧难当，悄悄地溜进了屋。

　　盛夏，天气竟这般炎热，太阳恶毒地烤着大地。我仰卧在床上午休，风扇在微风频道上吹着柔风，微风的清凉将我带入梦乡。忽然，门外一阵尖叫，有人在喊"蛇、蛇……"喊叫声把我从梦中惊醒。我顺手拿了一把铁锨，向外冲去。正是一条热慌了的蛇，在院墙的外边探访着阴凉。它行动迟缓，头才伸进房檐遮盖着的一点阴凉处，尾巴还暴露在骄阳下。我没多想，抡起手中的铁锨就向蛇铲去，一锨正中蛇的腰部，立刻拉开了一道白锃锃的口子，伤处血迹斑斑，伤口脓肿起来。我握紧手中的铁锨，死死地钉住蛇身，唯恐它挣脱逃窜。蛇的头做着向后扑来的挣扎，舌舐到铁锨把上，再也无力折过来了。蛇的口张得很大，火舌闪动得厉害，呈发怒的样子，试图逃脱锋利的铁锨。我再向蛇的头部猛击，嘴被打成了扁平，三角形的脑袋被砸得迸裂。蛇的身躯还在蠕动，就连伤口与伤口之间的那一段也鼓足了劲，有逃生的欲望，让人放心不下。乘它趴在地下苟延残喘之时，又是一阵乱打。后面赶来的父亲说："蛇都死了，还打它干啥？"我才仔细看看倒在铁锹下的蛇，它悲惨地躺在地上，身子还在蠕动着，伤口渗出鲜血。惨象使我内心不安。这是多么的残忍啊！为什么要这样对待一条蛇呢？它对我们并没有什么恶意，却悲惨地死在我的手下。

　　我自小怕蛇，只要听见哪里有蛇，心里就发怵。于是，一到夏天我就很少在太阳底下割草、放牛。我宁肯等到太阳落山才匆匆忙忙去田埂割草，乘着夜色才到山坡上吆牛。其实，这并不能完全避免会见到蛇，但这样至少可以减少遇见蛇的机会，因为那几年蛇很多，不经意间就会碰见它。有时，在夏天的夜晚走路，不知不觉间，蛇便从脚下蹿过，让人害怕几日。这毕竟是在夜晚，要不然它那闪亮的躯体是多么让人惊恐和惧怕。

　　一次，牛跑到水渠边的坡坎上吃青草，我要绕过上游一座木桥才能到达对岸。就在桥头不到三步远的地方，一条乌黑的蛇，像一根标枪从草丛中直插水渠，头从水底仰了起来，直立得很高，在水面快速滑行。我不顾一切地转身就跑，蛇在水中紧追不舍。我失魂落魄地拼命向前奔跑，撕心裂肺地喊叫着。不知蛇何时放弃追赶的，它又去了哪里，我一点也不知。我只顾以极限的速度奔跑，没管牛，径直跑回了家。从此，我对蛇就十分恐惧和害怕。多年了，那条蛇始终让我心有余悸。

　　俗话说，"一朝被蛇咬，十年怕井绳"，这古语是有道理的。我同族的一位爷爷，给我们讲了一个捉鸟遇蛇的故事。他说，他是个爬树高手，小时候经常去爬树、掏鸟窝。一次，他约上小伙伴去村子东头的那棵老柳树下，试图掏树上的鸟窝。老柳树有三人合围那般粗，树身分成两杈，中间生出一个洞来，常有鸟在此垒窝。他们一个顶着一个的身体，把他顶在了最上边。他伸手朝树杈洞里探去，一条冰凉的东西侵入袖管。他意识到了什么，顿时愣住了，吓得不敢惊叫。他用前胸紧紧靠住树干，挪出左手，用手卡住右胳膊上的袖筒，抓紧袖筒，手慢慢地向下移动，那冰凉之物，徐徐往外退去。下边的伙伴们还在不停地追问，是否找到了鸟窝。他屏住呼吸才脱身。当那物全身退出时，他清楚地看到，是一条黑蛇，蜷在树洞里。他重重地从两人高的树上摔下来，大哭大叫起来。惊恐之后，他才将袖管里钻蛇的事情说了出来。后来，他患了重病，养了很久，才将惊吓消除。多悬啊！若有闪失，后果不堪设想。我真为他捏了一把汗。想起同族爷爷遇到的这条蛇，我心中产生了疑问，难道蛇也有好坏之分吗？真是这样，这点太像人了。大概这是一条善良的蛇。

也有与蛇同住的人哩。以前，在水磨沟村就有这样一户人家，明知那儿是个蛇穴，他却认为这里风水好，是个发家的地方，于是就把房子修在了这里。这里蛇很多，几乎随处可见，大大小小的蛇穿梭在石缝间，真成了蛇的王国。主人已熟视无睹了，早就习惯了这里的生活，常常将它们当成朋友，任蛇在房前屋后和屋檐上戏耍。蛇也不伤人，它们自娱自乐。大家相安无事，和谐相处。主人在此种着庄稼和药材，这里有这么多蛇，地里也就免受"五耗"的糟蹋。这里完全是一片庄稼和蛇的田地，禾苗和药苗长势极旺，一年到头主人粮满财丰。没过几年，主人便成了远近有名的商户了。他曾为村民慷慨解囊，帮助同乡近邻度过了多次饥荒灾年。人们在敬仰这位商户的同时，也对蛇报以真诚的敬畏。

家里的蛇一般是不允许打的，这是很多农村都有的忌讳，我们这儿也不例外。人们称家里的蛇为"地神"，意为镇地之神。烧几张纸，吩咐几句吉利话，蛇就十分神奇地消失了。这里的人们，按照祖辈流传下来的这种方法，送走家里的蛇。虽然蛇不见了，但老鼠依然在惊恐之中，家里还是会清静很长时间，很少出现硕鼠横行的情况。我常以蛇能捕鼠，而对蛇产生极大的热情。

当家里的老鼠无视我的存在，大摇大摆地从我面前走过时，我就气急败坏地抡起东西砸去，常常是砸坏了家什，老鼠却安然无恙地躲藏了。我狠狠地朝它骂去——把你蛇吃的。这时，我忘掉先前的害怕，设想有一条蛇存在，那些老鼠就不敢如此横行，不敢偷吃我的食物，撕扯我的面袋和书本。于是，对蛇就充满了期待。

后来，村子里兴起一阵捕蛇风。听说，蛇的全身都是宝。捕一条蛇可赚几十元，甚至上百元。捕蛇者增多，蛇的数量急剧减少，如今很难见到一条蛇了。双休日，我经常冒着酷热，在田间地头漫不经心地转悠，希望在鲜嫩的草丛中能发现蛇的踪影。可几个夏季过去了，每次探访都让我失望而归，不由得心里有种失落和遗憾，从心底里生出对蛇的同情和对捕蛇者的憎恶。老人们说："如今，蛇不见了，五耗泛滥，庄稼遭殃了。"我在田间行走，碰见最多的是一个个大肚翩翩的田鼠，它们结队而行，丝毫不怕人，反而让我对它们产生一种如蛇一样的害怕。

听说，去年有人看见我家的院墙角里钻出一条蛇来，蛇绿身白底，瞬间又不见了踪影。因此，曾有好几拨人不止一次地巡查过，贪婪地想捕到蛇。忽然，它又出现在我家的大门口，恢复它原本的悠闲。也许它很久没有见到天日了，好久没在如此明亮的天地里行走的缘故，显得陌生。它是否记的，这土地本该也有属于它的一份，却让它无地自容，这是多么的悲哀啊！我仔细想着，蛇对我们并没有什么恶意，为何要对它下此狠手呢？这条蛇就这样在我的手里匆匆离去，令我不安。这件事，时刻让我反省自己。

大概，这是村里最后一条蛇。至此，再也没有听说村里人讲起关于蛇的事。

青崖岭上的老熊

　　青崖岭，是水磨沟一村七社群众取柴的山场。自从青崖岭上发生了老熊吃人的事后，这里就很少再有人去了。

　　青崖岭山势陡峭，群峰奇险。崖上树木茂盛，松树、青冈、黄栌、大叶子、枸骨等落叶乔木将青崖岭包裹得郁郁葱葱。绝壁石缝间生长的马尾松，展示着生命的顽强，给人以力量。据说，有一只麻黑色老熊就住在青崖岭山顶上的一个深洞里。

　　青崖岭的脚下是一处坦荡的山湾，人们把这里开垦成了田地，地里种着庄稼、党参等作物。山间一条蜿蜒小路通向青崖岭脚下。从青崖岭驮柴，人们要攀爬到崖上砍柴，从一条深涧里放下砍倒的树干，从崖上蹿到崖脚，然后劈柴绑驮，驮柴回家。人们都知道青崖洞自古就是老熊窝，但从未听说有人碰见过。于是，人们也不以为然，不再担忧，驮柴时也没有什么顾虑。

　　初春，一只老熊从山上来到了川坝。这突如其来的造访，让人们一时不知所措。它从村边的地里大摇大摆地走着，显得自由而悠闲。人们感到十分惊讶，孩子们拉扯着大人要去看热闹。熊迈着笨拙的步伐，不紧不慢地走来。它和人们一样新奇，不时扫视着周围观望的人群。老熊没有伤人，也没有攻击人的样子，似一个陌生人一样，从田地里走过。老熊在人们的注视里消失在了早春碧绿的麦田里。有几个年轻人，拿出家里的老土枪，装上沙子、钢条、铅粒，装药荷弹。老熊已经游在白水江中，它如同漂浮在水中的汽车轮胎，它游泳的动作真是笨拙之中显灵巧，一刨，一挖，一蹬，一仰，一只大脑袋努力地朝前勾着，憨态可掬。枪声从河边打响，熊在水中一个趔趄，有人说，老熊中了一枪，身子在水中晃荡起来。当第二轮开枪时，老熊已经上了岸，它加快了行动的步伐，还不时地朝后面窥视。人们遗憾对岸没人、没枪，要不然这只老熊肯定跑不掉。几个年轻人又骑上自行车，从下游过桥去追赶逃跑的老熊。老熊快步越过几道高坎，沿山梁攀缘而上，距离山脚已经很远了。年轻人望着走远的老熊叹息，感到十分遗憾、失望。他们判断老熊的左腿中了一枪，沿途血迹斑斑。老熊消失在了一片山林里，不知去向。人们相互议论着走回了家，谈论着这只奇怪的老熊。

没过几天，山上驮柴回来的人说，青崖岭山顶上有老熊在嗷叫，好像老熊在哭。他们没敢在山上砍柴，只在半山腰拾了些梢柴回家。后来，有许多人说，青崖岭洞里有只老熊，大概是那只早春下山时受伤的老熊，它又回到了青崖岭，也许伤势严重，才如此嚎叫。下堡子村的张老五，一个五大三粗的彪形大汉，自小跟随他的父亲蹿山狩猎，练就了一手好枪法，被称为水磨沟的神枪手。他约了好几位经常打猎的同伴，向青崖岭进发，围猎这只受伤的老熊。他们提前布置好了围猎计划，凭他多年狩猎的经验，估计老熊熬不过四五天准会出来觅食。青崖岭上共有三条通往山脚下的毛路，都是历年来人们砍柴行走时留下的。张老五和几位猎手，没等鸡叫三遍就上路了，在稀朗的星光下脚下生风，仿佛行走在白天，他独自一人把守主路，后面还跟着一群看热闹的年轻人。其余两路人，头天晚上就出发了，绕过水磨沟，从背面把守要隘。还有些胆小的年轻人暗藏在很远的地方，观看一场杀熊战，也想分得一点战利品。

天空露出鱼肚白，早雾纤纤莽莽如白龙出水，满山满坡喷将开来，露珠儿在树叶上翻滚。在林子里行走没几步，身子就淋湿了。他们被山间的早露浸透，衣服已粘贴在身上冒着与雾一样的热气。他们没有丝毫分神，时刻保持着高度警惕。

真不出张老五所料，老熊呻吟着从青崖岭的密林里蹿了下来，正朝这条主路走来。张老五有30多年的狩猎史，但还从未和老熊交过手，心里多少有些不踏实。他早把装满铅粒、钢条及卤钱灰的老土枪架到一个凸起的石头上，朝这条小路上死死地瞄着。老熊的呻吟声越来越大，脚踏杂草和树叶的声音轰隆作响，就连老熊那急促的呼吸声也听得明显。一只肥硕而高大的麻黑老熊刚闪现出它身体的一少半时，张老五就被它那蓬头散鬓的样子震慑了，不由得右手一抖，扣动了扳机。火枪如同一颗炸雷，震得山谷回响，树叶上的水珠如倾盆大雨般落了下来，落在了张老五的身上。老熊如惊弓之鸟，腾跳起来，大发雷霆，睁大的双眼怒火燃烧，朝一缕青烟的方向猛烈扑去。火枪不能连发，只能扣动一次，张老五束手无策，迅速躲在石头底下装死。被打躁的老熊，即使遇见死物，也不会放过一番撕咬，发泄怒气。老熊的前爪狠狠地抓向张老五的面部，张老五的鼻子、眼睛、嘴巴已不复存在，一腔撕心裂肺的号叫迸发。老熊又朝胸部进攻，一股鲜血飞溅，人已声断气绝。在远处藏着的那些人，屏住了呼吸，连气都不敢出，眼睁睁地看着饿急了的老熊活活地吞噬了张老五。老熊扫视四周，后又朝原路返回青崖岭山洞去了。从它一瘸一拐地蹒跚移步中，可以看出老熊被张老五打中了一枪，大概没有打中要害。人们如同吓破了胆的麻雀，惊慌失措地滚爬下山。过了几天，张老五的几个徒弟才将师傅的骨骸拾了回来安葬。

　　青崖岭上老熊咆叫了很长一段时间，之后就销声匿迹了。究竟是老熊离洞远走，还是死在了洞里，这一直是个谜。如今，青崖岭上砍掉的树，又发出新芽，长成了粗壮的大树。裸露的植被又生发出绿色来。当年砍柴遗留的溜沟，让蓬勃的青草遮掩得严实，岭上郁郁葱葱。林子里的虫儿、鸟儿欢快嬉戏，野生动物穿梭期间。青崖岭下的那一湾开垦了的党参地，已规划成退耕还林的示范点，栽植的油松、白杨、杨槐树已长成胳膊一样粗壮。半坡生长的用柴林，装点着土石掺半的山梁，各家管护各家的。大家都不需要再去青崖岭上驮柴，在不远处自己的田地里就可以拾柴火了。

　　青崖岭渐渐地被人们淡忘。可那段让人刻骨铭心的记忆，却依然如飘忽的梦，紧紧萦绕在人们的心头。也许，人们不会忘记那年早春下山的那只老熊，憨实而友好的探访。它被猎枪驱逐，最后倒在食物匮乏的青崖岭上，不由让人生出几分惋惜来。

　　我时常为那头老熊假想：假如青崖岭的生态没被破坏，老熊就不会下山，受伤；假如猎手不选择猎杀，老熊就像人类随意接近的猫儿、狗儿一样，来去自由，共享蓝天；假如那只受了伤的老熊还不发威，怎能体现物竞天择呢？可青崖岭上的老熊终究不见了，它消失在一场人与动物的博弈之中。

水　磨

水磨沟，因水磨而得名。这里有许多座水磨房，仿佛是一道原生态的风景，水磨沟因此显得古朴而美丽。我们家就坐落在水磨沟沟口的石鸡坝村。

姑姑家居住在水磨沟的第三个村庄——青岩堡。小时候，逢年过节，父亲经常带着我到姑姑家走亲戚。我们给姑姑家带去自产的大米，临走时，姑姑给我们装上水磨磨好的玉米面和榨好的菜籽油，为我们送行。在之后的一段时间里，我就能吃上几顿烙油饼和玉米面拌面饭了，让我饥饿的胃得到满足。因此，每次去水磨沟走亲戚，都是我最高兴的事了。

姑姑家有四轮水磨，除了给自己家磨面外，大多都在给别人家磨面。当别人在水磨上磨面时，他们就要收课钱（磨面费）。磨面打课便是姑姑家一笔不小的收入，所以她们家的生活过得殷实。我隔三岔五吵着父亲带我去姑姑家，我最爱吃姑姑做的玉米面拌面饭和手擀面。粉白的白马牙（老品种玉米）玉米面，搅拌在煮熟的酸菜里，拿一把搅饭的木叉，搅啊搅，直到搅拌得没有一个面糊糊，拌面饭就做好了。姑姑说，拌面饭要三百六十搅，越搅越好吃。吃了姑姑亲手做的拌面饭，那种香甜可口的滋味就溢满齿间。我仔细回想拌面饭如此好吃的原因，姑姑做饭的手艺自不必说，最主要的还是这水磨磨成的面粉了，这面粉里有粮食的清香和醇正。

　　水磨既可磨面，也可榨油。姑姑家还有一座油坊，与磨坊一墙之隔。每逢秋季，磨坊和油坊就忙个不停。用一只大锅熬煮油菜籽，经过水磨磨细后，揽入油坊；再用柔韧性极强的枸树皮包扎起来，放在油槽中。油坊里有一副油担，是用来榨油的。油担的两端各绑一块大磐石，利用杠杆原理，一端对准压在油坯上的立木，给油担加力，上榨，菜籽油就从枸树皮包扎的油坯中渗出来，清亮的菜籽油如一缕缕丝线，流入油槽下的油桶中。榨油要经过熬坯、包坯、上榨三个工序完成。姑父很娴熟地启动油担榨杆，先把菜籽榨成厚油饼，把油饼用双脚踩细后，再上榨。这样重复几次，直到油坯中不再流油为止，才除去油渣，收拾油担榨杆，完成榨油的程序。踩油饼是榨油过程中最苦的活，经过压榨过的油饼全靠双脚踩细，才能榨出油来。有一次，我脱掉脚上穿的鞋，帮着姑父去踩油饼，不一会儿，脚心就灼烧得厉害，脚上密密麻麻地生出好多水泡，疼痛难忍。姑父端来一盆榨好的菜籽油，让我把脚浸泡在油中，让清油和水泡"亲和"，果然水泡就很快散去。

　　父亲经常带我去水磨沟磨面。我牵上驴，父亲另外再背上一袋粮食，走在后面吆着驴。磨面的时间是不确定的，说不准啥时候才能磨完。有时，不到天黑就能磨完，如果搭磨的人多了，还得等半天才能轮到，摸夜路是常有的事。

　　夏季，白天磨面时，大多时间我都赤条条地泡在水渠掬起的水潭里游泳，在水边的坡坎上摘"蔓"（生长在藤刺上的果实）吃。清澈的山涧水，汇成偌大一条河，水清得如一面镜子，让全身都暴露无遗。我光着身子斜躺在已磨得光滑了的被废弃的磨盘上晒太阳，看水槽中激向磨轮四溅的水花，真是惊心动魄。水的爆发力震撼了我幼小的心灵，使我初识了激烈。直至感到全身没有一点儿潮气，我才穿上衣服走进磨坊，这时已到了太阳落山的时候。父亲也半寐半醒地在磨台上往磨眼里拨粮食。磨均匀飞快地旋转着，面粉像一帘瀑布，呼啦啦从磨缝中喷出，形成一条圆形的面带。当父亲扫面、箩面时，我就往磨眼里拨粮食。我把粮食满把满把地往磨眼里灌，不一会儿，磨就塞住了，停止了转动。父亲费了好大劲才将磨眼里的粮食取出，使劲推动磨盘，磨才恢复正常。父亲教会我拨磨要匀、驱磨要猛、箩面要细的磨面要领。之后，我便成了父亲磨面时的好帮手。

总是没等天黑，我就被瞌睡纠缠。磨坊里，水的轰鸣声，磨的嗡嗡声，风的沙沙声，混合在一起，很容易把人带入梦乡。在磨坊里等待磨面的人都聚在一起，讲些传奇故事。听了磨坊里的鬼故事，让人害怕地缩成一团，于是，我再不敢在磨坊的那间黑屋子里睡觉，紧紧依靠在父亲身旁的那堆面袋子上打盹。父亲全身沾满了面，我也成了面人儿。父亲在昏暗的煤油灯下拨磨、箩面，口里哼着老曲小调，忙碌至深夜。磨完面，父亲把我从梦中唤醒，一只大手拽着我的小手，另一只手牵着毛驴，跟跟跄跄往回摸。

上学后，跟父亲磨面的日子就越来越少。逢星期天，我偶尔也会去一次，但那种童年的乐趣荡然无存。沟里的水小了许多，大多数水磨房荒废，只剩下不多的几盘水磨摇摇晃晃着。我长高了，水磨沟的水却浅了。我试图在当年的水渠里再掬起水来痛痛快快地洗一次澡，水始终淹不过膝盖，只好作罢。水依旧清澈见底，河底的每一块卵石都看得一清二楚。水草在水底招摇，散发着浅淡的绿。父亲吆喝着："磨又不转了！"我找些水草把渗漏处细心地堵上，我们几乎塞遍了所有的甲板缝，水磨还是半转半停。父亲赶忙去驱磨，将一条牛皮绳紧紧地绑在两只磨臂上，用一根木棒撬在绳中央，上磨盘立刻悬起，塞在磨盘里的粮食，从磨缝中挤了出来。磨盘又飞旋起来，显示出从未有过的轻松，哐哐当当磨轴交齿的声音，如同水磨负重后的叹息。比起儿时的水磨，磨面确实费事多了。

后来，电拉进了我们村，人们开始用电磨磨面，水磨渐渐地退出了历史舞台。水磨沟像一位饱经沧桑的老人，守候着曾经让整个沟里都繁华的水磨。水磨沟的水越来越小，酷暑季节经常断流，失去了往日的生机。水磨完成了它光荣的使命，成为历史的陈迹，让人思考。

姑父、姑母去世多年。前年，他们的孙子结婚时，我有机会再次来到水磨沟。沿途的水磨坊都一片破败。有的已经拆除了，只剩下磨址和一些散乱堆放的磨盘，证明这里曾有水磨的存在。磨渠干得泛白，我曾经站立过的坝堤已坍塌。坡坎上的野草疯长着，已看不清水渠的痕迹。残缺的水槽，卷起了鱼鳞般的白甲；磨板斑驳陆离，磨盘如寿终正寝的老人，安详地躺在磨臂上；水轮叶片已被孩子们搬掉玩耍去了，水磨坊的屋顶野草萋萋。沟边的一畦畦收割了的庄稼地还没有安根，从庄稼的茬杆可以看出这里干旱得太久。人们说，山里的林地都开成庄稼地，山里的泉水时断时续，他们靠天下雨救庄稼。我一路踩着晒得泛白的卵石，顺着童年时经常走过的路，艰难步行，这让我又眷恋起儿时不小心双脚踩入河里的气恼了。现在，我多么希望这双脚能沾上水磨沟的水。可是，走了一个来回，也没有找回一丝希望，心里空落落的……

父亲常说电磨磨的面没有水磨磨的面吃起来香。电磨的高温已把粮食烘干，没有粮食的鲜味，面的精骨也没有了。手擀面时，母亲尽量要擀厚，不然手擀面就下不了锅；即使下在了锅里，还没煮一会儿，面就烟了。一次，母亲给我带来一袋玉米面，她说，是父亲从 10 公里外中路河的一家水磨里磨来的。妻子迫不及待地用水磨面做拌面饭，儿子还从未吃过这等面粉，好像要吃山珍海味似的高兴。

　　住在小城，好多年都没有吃过水磨磨成的面粉了。此刻，我的思绪连同味觉一起飞回到过去的时光……

油菜熟了

　　芒种时节，沿河一带的油菜由绿变黄了。田野里洋溢着丰收的景象，那成熟的颜色煞是喜人。

　　种植结构的调整，已见成效。多年来困扰农人们的小麦条锈病，因小麦种植面积的减少而得到遏制。地块都统一规划种植了油菜，人们非常乐意这样做。因此，油菜基地遍布全县。我的故乡便是一个千亩油菜种植基地。1000 余亩的土地上，家家户户都种植了油菜。一畦畦泛黄的油菜林，从河谷延伸到了山脚，那热闹的阵势，让人惊叹。

　　父亲把家里一亩多责任田的油菜作务得不错，除草、浇水、施肥，每个环节都做得认真。如今，油菜已由青绿渐次变黄，成熟的景象让人欣慰。油菜长势茂盛，满枝的油菜果相拥着，重重叠叠，硕果累累，仿佛编织而成的一方大毯，铺展在田地里，让人艳羡。随着油菜的成熟，麻雀也赶趟儿似的，一群群飞到油菜丛中，啄食成熟的油菜籽。父亲在地边绑上几尊稻草人，在地埂上插些竹竿、树枝等，上边绑上飘带和废铁环，这些物件随风摇响，鸣奏着田野的乐章。这自然的旋律，仿佛是从远古而来，扣动心扉。父亲每天都要到油菜地边，站立良久，时而大吼几声驱赶油菜地里的麻雀，时而望着那丰收的油菜果发呆。他在思考，在回味，在感受丰收的喜悦。

耄耋之年的父亲，以赤子之心热爱着劳动，时刻惦念着那一亩多责任田。他努力在做，已尽其所能，试图不放弃对土地的眷恋。但年龄不饶人，他心有余而力不足，已无法耕种让他热爱一生的土地了。我劝他，年龄大了不要再种庄稼，不要再劳累。但他依然怀念着那方土地，爱恋着他亲手种植的油菜。或许他自知自己的身体状况，答应以后不再下地干活。在这油菜成熟的季节，他想在地边多待一会儿，与他心爱的庄稼说说心里话。油菜仿佛也感受到了父亲的真诚和爱护。

六月的骄阳一日胜似一日，油菜一天一个样。油菜泛青时，菜籽还吮吸着天地阳光的滋养，走向成熟。油菜泛黄，油菜籽就会胀开包裹的角，撒落一地。正当油菜长得青里透黄时，油菜就可以收割了。收割油菜不比收割麦子那么复杂，没有麦芒的困扰，少了些刀耕火种的繁忙。

人们在地里收割着油菜，把割下的油菜顺手放在空地上，不捆扎，让太阳晾晒。父亲的那畦油菜地，历年都由他收割，今年他依然要自己亲手收割。母亲说，这是他的犟脾气，人都老得不行了，还放不下那些农活。的确，父亲勤劳一生，心里总惦念着他亲手耕种的土地和庄稼。他为收割这茬油菜，早就磨利了镰刀，眼下油菜成熟了，镰刀终于派上用场。父亲几乎淹没在油菜林里，像一尊守候在油菜地里的稻草人，站在茂密的油菜地里。父亲伸出那双布满老茧的手，抚摸眼前丰硕的油菜果，像关爱孩子般的真情。他慢慢地、艰难地收割着油菜……

地里割倒的油菜，晒两三天太阳后，油菜就彻底变黄。油菜角做着胀开的姿势，正是抖油菜籽的好时候。父亲拿上塑料布当垫单，铺在田地里。把油菜从地里收拾在一起，堆在塑料垫单上，用连枷敲打，成熟的油菜籽就从枝条上抖搂下来。颗粒饱满的油菜籽似珍珠般撒落在塑料布上，里面掺和着油菜的碎枝叶。用竹筛筛去枝叶，油菜籽堆成一座小山。深紫色的油菜籽油嘟嘟的，散发着沁人心脾的香。这成熟的硕果，是劳动的价值，在成熟之中浸透了太多的辛劳。

　　勤劳耕耘的人们，定会获得收成。

　　油菜归仓，它走完了冬种夏收的历程。这一过程并不简单，历经风霜而后生，有如人生一样艰辛。最终，以丰收的果实回报大地和勤劳的人们，让人感念厚恩。

　　成熟需要磨砺、坚忍和辛劳，任何浮躁、轻佻、不诚实都不会修得正果。这里，油菜就很踏实地生长，寂寞拔节，诚恳回报，走完自己的一生。

　　那些热爱生活的人呢，定会实现他们的理想。

七彩烟花

  偏安一隅的小山村，再没有比过年更热闹的了。孩子们点烟花，放鞭炮，无拘无束地玩耍。过年的这几天，大人们也不去管，由着孩子们疯跑。

  才到年关，村里就年味十足。震耳欲聋的鞭炮，色彩斑斓的烟花，照亮村落的灯笼，久别重逢的热情，温馨的嘱托，花花绿绿的盛装……无不显示出新年的隆重。

  除夕之夜，孩子们燃放的烟花，升入高空，现出天女散花的风姿，纷纷扬扬，绚丽而飘逸，把新年的快乐推向极致。人们凝望空中绚烂的七彩烟花，似放飞的希望，把一颗颗心凝聚。村子里的老人、孩子、农人、游子都仰首张望，寄托衷情。

  在农历腊月的最后一天，我准时赶回家，在老家过了一个欣喜的新春佳节。外出打工的人也如期而至，在大年三十夜前赶回家，与家人一起吃年夜饭。大概，他们和我一样，都是为了心灵的慰藉，回到期盼的家乡，让一颗漂泊的心平静。

  大家见面相互寒暄、问候，让人感到内心的温暖。心也随着村里的年气一起升腾、舞蹈，显得十分活跃。吃过年夜饭，人们都聚在街上，打起锣鼓。锣鼓铿锵的声响，山鸣谷应，自成曲调的锣鼓声，让那原始古朴的情愫油然而生。

夜幕在喧闹声中降临，在人们的期待中落幕。除夕夜把新春佳节送到了最前台。点亮清油灌制而成的蜡烛，插在熏黑的古式灯笼里，发出幽暗而深邃的光，给村子的新年增添了几分神秘的色彩。新年的祭祀，各自按程序进行，拜年的，走亲串户的，都抓紧时间在除夕夜行礼。这时，不管男女老少、亲疏远近，仿佛都被浓浓的年味融化黏合了，变得其乐融融。

好多年了，每年我都要回老家过年，感受亲情和农村的变化。虽然，每年的春节，时间过得真快，但这瞬间的享受，让人终生怀念。

时光如白驹过隙，留下许多遐想与空寂。锣鼓的节奏还没尽兴，老曲子的弹唱还没有听够，别具特色的走马转灯还没看完，夜已深了。

星星点点的雪花儿飘忽着，钻进脖颈里，贴在脸上，有种凉丝丝的快意。夜已深，但人们的热情依然高涨，人们簇拥在场里领略新年的快乐。我从家里拿出从县城买回的十几根烟花，一捆儿抱在场子里，大伙儿争抢着燃放。点燃的烟花，如升腾的火炮，伸出无数条火舌，一束束冲向天空，幻化出七彩光芒，划破茫茫夜色。烟花映亮山峦、树木、村庄和无数张期待的脸。耀眼的光华，在短暂中聚热，爆裂，噼里啪啦地变成了极小的碎粒，七彩烟花把寂静的山村和寂寥的旷野装点得如诗如画。细雪把山峦打扮得越加朦胧，山体显得沧桑深沉。大山如同心神疲惫的老人，躲在角落，好像也在极目张望夜空中的烟花，陷入无限的遐想。夜晚，生长在山上的树木很夸张，纤纤莽莽，昂头探脑，像要去拥它、抱它、吻它，把希望、相思一股脑儿抛向七彩烟花。

风情万种的烟花啊，你飞舞得那般美丽。逃离中心的彩光，犹如一颗红豆，飘向林子的深处。房子的屋脊和屋檩随烟花的色彩忽明忽暗。屋檐上悬挂的玉米棒子，越发显得金黄。玉米棒子间的缝隙多像一张张笑脸，在七彩的烟花之夜，诉说一年来的喜悦。火红的辣椒，迎着灯笼，为烟花祝福。村子里的大人、小孩和倚门观望的老人们，都在观赏烟花。他们正经历着欢呼、激动、注视、凝望、回味的过程，又渐渐地回到了现实的平淡中。

烟花，在人们的心灵深处留下了美好的回忆。燃放起生活的七彩烟花，让等待不再遥远，让梦想不再渺茫，让希望变成现实。

收割麦子

　　麦蝉儿叫得正欢，"吱吱哇哇"地响彻山谷。当麦蝉儿鸣叫的时候，沿河一带的麦子就渐变金黄。每逢麦子成熟的时候，我都要抽空回家，帮助年迈的父亲收割他精心耕种的麦子。今年亦不例外，我的思绪早已随麦蝉子的鸣叫回到了故乡的小山村。

　　6 月的骄阳火一般地炙烤着大地，热浪从一畦畦麦地里升腾。麦秆和麦穗发出"噼噼啪啪"的脆响，这声响仿佛是过年时的鞭炮声，让人喜悦而幸福。麦子正在分娩，从麦穗的母体中降生，成熟的麦粒，静躺在麦仓中，等待勤劳的人们收获。

　　6 月的风，温得火辣，这是麦子最喜欢的。麦子知道只有高温度，自己才会成熟得快，麦粒才会更饱满，收成才会让勤劳的人们喜悦。一片片成熟的麦子，金黄布满了视线所极。风吹麦田，麦穗攒动，麦子前后相拥，麦浪阵车。一瞬间，它们的生命鲜活了起来，它们的色彩更加绚丽了。麦浪由此而生，从簇拥的麦穗和锋利的麦芒的空隙里，随着气沅舞蹈。这阵势何其壮观呢！仿佛把酷暑的煎熬和季节的骄躁都融进了这片金黄，让人倍感舒畅。

　　风吹麦浪，麦穗此起彼伏，十分壮观，田野里飘散着沁人心脾的麦香。麦芒在阳光下越发银亮了，晶莹闪光的麦芒直刺天空。麦芒是麦子的触角，探寻着天地之灵气，让成熟的麦子更加鲜美。麦芒如同麦子的卫士，遮挡了尘杂、飞鸟、蚊虫的侵蚀，守护着麦子健康成长。

父亲拿上镰刀，背上背夹，来到他精心作务的麦田。他凝望着日日操劳的成果，目光里流淌着快乐。父亲对麦子的感情是深厚的，他一生都深爱着麦子，从他肩负起全家的生活重担时，年复一年为麦子锄草、施肥、浇水、打药，侍弄着庄稼地，一直从未间断对庄稼的呵护。我知道，父亲对麦子的爱，如同爱子女一样。父亲布满老茧的手抚摸着麦穗，麦芒从他手间滑过，一种由衷的舒畅溢满脸庞。

父亲喜欢麦子的香味，他深深地吮吸着麦子成熟的味道，这沁人心房的香，让父亲享受着丰收的喜悦。年迈的父亲，依然在劳动，在这夏收季节，挥汗如雨。我与父亲一起割麦，他给我讲着村子里的故事和亲戚朋友们的琐事，麦子就在一个个故事中被割倒在地。烈日当空，麦田如同一方巨大的蒸笼。父亲依然不紧不慢地割着麦子，没有一点儿焦躁与不安。才割完半畦，我的手上已磨出了两个血泡，磨破的伤口渗出血来。父亲让我到地边休息一阵，在荫凉处凉一会儿。父亲说，夏收如虎口夺食，慢不得。是的，收获来不得半点虚假，只有付出辛勤的劳动，生活才会幸福。

我的双臂被晒得发紫，汗水洗面。一镰刀一镰刀地割麦，在麦田里播撒着心血。艰辛的劳动，使我再次想起父亲为我们的付出。父亲一边割麦，一边在捆绑割好的麦子。麦子在他粗大的手中，被扎成捆。麦垛儿好像蹲在地里的父亲，凝望赖以生存的大地，感悟一生的辛劳。割了麦的地里只剩下整齐的麦根，它们低低地仰望天空，像虔诚的香炷，抒发着对旷野的情思。麦子走完了它的一生，从幼苗到成熟的过程。麦捆子高高地悬挂在麦架上，等待脱粒、晾晒、贮藏。

布谷鸟唱着季节的歌。时不待人，一畦畦金黄的麦田，在人们辛勤的劳作中，收割完毕。过不了几天，麦田里将插上一畦畦翠绿的秧苗，换上绿装。

父亲依然守候在田地里……

菜市场

　　菜市场，占据了县城东坝的一角。它与县车队相邻，这为蔬菜的便利运输提供了条件。

　　早上，我从拥挤的菜市场门口卖一个饼子，一边吃一边往单位走。路上经常会碰见行色匆匆的人们到菜市场赶早集，希望把菜能卖个好价钱。菜市场卖菜的摊主也在寻找着刚拉进城的新鲜蔬菜，早早起床，马不停蹄地到菜市场门口等待拉菜的车。他们的辛劳，显出生活的不易。有人说：一个失去信心将要死亡的人，让他到菜市场转一圈，死亡之心便顿消。看看这些因生计而忙碌的人们，生活的艰辛由此可见。

　　天刚麻麻亮，人们就忙碌起来，菜市场一片嘈杂。蔬菜摊贩们就开始铺开铺子，挪动笨重的筐子，摆放好蔬菜，把一天的生意收拾停当。又准备了收菜的筐子，向大门口奔去。一辆载着新鲜蔬菜的汽车，向菜市场驶来，停在了菜市场门口。一群蔬菜摊贩一齐向拉菜的汽车拥来，争先恐后地爬上车，从车上卸下新鲜蔬菜，争抢着过秤、算账、付钱。这是菜农大清早从地里刚拔来的蔬菜，既新鲜，价钱也便宜。蔬菜摊主把这些菜收了去，转眼又卖给别人赚些利润，因此，蔬菜摊主们从菜农手里打菜的劲头十足。他们把一大袋蔬菜飞也似的扛到自己的菜摊上，一路留下新鲜蔬菜淡淡的清香。后来的还在叫着、喊着，有扯开嗓子大声嚷着的，没有抢到菜的摊主，埋怨家人动作太慢，都让别人把菜抢去了。于是，向开车司机叮咛，下次车到县城时就先打个电话，司机一边点头答应，一边双手旋转着方向盘，倒车，行驶。

菜市场摆满了蔬菜，有的摆放在摊位上，有的摆在地上。摊位上摆放的蔬菜，仿佛被摊主美容了似的，光鲜洁净。蔬菜上面还沾着一些露水，大概是用喷壶喷洒上去的，一方面为了保持蔬菜的水分，另外还可以占些重量。鲜红的西红柿十分可爱，大小适中，卖相很好。满身带刺的黄瓜，生得匀称，头上的黄花儿还没有凋落，显得清脆。青辣椒、青菜、洋芋、冬瓜、葱、姜、蒜都挤在偌大的菜市场里，菜市场被挤得满满当当。摊位上的蔬菜，往往要价高些。地上摆着的蔬菜，是城区周围的群众种的零星菜，背到菜市场卖点钱，这里的菜价明显要低一些。菜农容易满足，他们常说"菜水菜水，是水物"，只要能换点钱就很满足了，放在家里，说不定就成了猪的饲料。

卖鱼的摊点在临近菜市场入口处，与卖鸡的摊点相邻。远远地就能闻见一股鱼腥夹杂着鸡粪的腥臊味，我除了要去买鸡或鱼的时候才光顾这里，一般是不去这两个摊儿的。鱼在池子里急促地游来游去，电吹管从池子底下吹着空气，池中的水泡直往上涌，形成了晶莹而多沫的水花。水花与鱼共舞着，煞是好看。摊主一边说话一边伸手就将一条大鲤鱼准确无误地抓住，往塑料袋里一兜，称了斤头，往袋子里舀些水，将袋子递给顾客。如要摊主把鱼杀了，用不了5分钟，开肠破肚，取腮，刮鳞，一条即可下锅的鱼就收拾好了。卖鸡的，从笼子里拿出顾客要的那一只，用绳子扎住两只鸡爪子，倒挂在秤上，买卖双方在秤杆上争着分厘丝毫。

卖肉的摊铺在菜市场里边的一角，砍刀在骨头上发出清脆的声响，剁肉的嘈杂声，显得有些杂乱无章。膀大腰圆的摊主，总是乐呵呵的，满脸挂着笑。他甩开膀子，割肉，称肉，刀法游刃有余，最后还要另搭一小块肉，作为补秤。两只油腻的手，不时从油渍浸透的围裙里摸烟抽。女人负责收钱，与顾客搭话，嘱托下次再来割肉。一天宰杀那么多头猪，到天黑前一般都会卖完。即使没有卖完，剩下的一些零碎肉，他们拿回家自己吃，日子也过得滋润。

早上，菜市场一波买菜的人过后，中午略显得清静了些。整个菜市场也放慢了繁忙的脚步，顿时静了下来，仿佛昏昏欲睡了似的，无精打采。有的摊主似睡非睡地躺着，有的打着盹儿，有的凑在一起打起了扑克。卖豆腐的老唐打起牌来十分投入，连生意都忘了做，别人问他的豆腐多少钱，他只是手一扬，说着"好、好、好……"这个时候，来菜市场买菜的大多是学生和干部职工，放学和下班后顺便带回家。因顾客少，所以菜市场生意也淡了些，摊主没有多少精神和热情。下午买菜的，大多是捡便宜的，菜贩也知道这些顾客的来意。菜价总要比早上低一些，再说下午的菜已经有些蔫了，卖相不太好，再放下去，就会烂掉。与其废了，还不如卖几个钱，干脆降价卖与顾客。其实，摊主是不会亏本的，因为他们从菜农手里收来时价钱就比较低，只是少赚点罢了。

傍晚时分，是菜市场收摊的时候了。摊主各自收拾着各自的东西，清理一下菜摊，在没有卖完的蔬菜上洒些水，让菜保持足够的水分，待第二天再卖。哪些蔬菜需要明天一早从菜农手里打回来，得认真盘算一下，然后腾出空筐子来。需要冷藏的，还得拿回家冷藏，一点都不嫌麻烦。他们盖好摊铺，一切收拾停当，夜幕已经降临，这才乘着暮色回家吃晚饭去了。

　　菜市场的夜宵摊开始营业了，摊主忙碌着准备夜宵，酸辣粉、火锅粉、烧烤的摊子上坐满了许多吃夜宵的年轻人。炉子里的火焰燃得正旺，扑鼻辛辣的烧烤香味，弥漫在菜市场，驱散了菜市场上空的腥味。午夜时分，随着人们散去，夜宵摊相继收摊了。清洁工人就开始打扫菜市场，在幽暗的灯光下清扫着废菜废物。那些被人们挑挑拣拣之后遗弃的菜叶，这些生活垃圾，在清洁工的清扫中消失。天明后又是崭新的一天，菜市场依然忙碌着，新一天的生活又开始。

　　菜市场做生意的人们起早贪黑，他们在如此烦乱的菜市场辛勤劳作着，从他们的笑脸上，可见他们知足常乐，日子滋润。难道我们还有什么不满足的呢？生活要像经营菜摊一样，在精打细算中过日子。

摘花椒

农历六月，是花椒成熟的季节。在六月成熟的花椒称为"六月椒"，或"大红袍"。六月大红袍花椒，因成熟早，采摘及时，有穗大粒多、色泽鲜艳、皮厚肉丰、酥麻醇厚、浓香四溢的特点，深受人们的喜爱。文县自古以来就是生长花椒的一块沃土，花椒栽植历史悠久，有 1000 多年的历史，在北宋地理志《太平寰宇记》中记载："花椒，文州贡……"可见文县花椒的品质了。

六月椒，迎着火辣的太阳，红得耀眼，香得诱人，显现出成熟的韵味，等待人们采摘。采收花椒一定要把握好时机，过早过迟都会影响花椒的品质。采收过早，成熟度不足，麻香味不浓，色泽不鲜；采收过迟，过于成熟，麻香味变淡，色泽老化甚至变成紫红色，因此要适时采摘。

在村子后面的半山坡上，都是村里人栽植的花椒树。父亲在后山开辟了一块较平坦的坡地，栽植了一大片花椒树，在他的悉心培植下，这块土地已长成了一片花椒林，很远的地方就能看见这片郁郁葱葱的花椒林了。父亲说，花椒树喜阴不喜阳。后山正处在山的阴面，因此，花椒树长势很旺。父亲的话让我想起了在阳坡栽植的那些花椒树，还没结几年花椒，树就枯死了，人们的辛苦劳作也就付之东流。父亲栽植的花椒林，在酷热的六月，绿中透红，十分惹眼，人们都称赞他作务的椒树好。

6月的清晨，清风带着丝丝凉意，浸润得人心里十分畅快。父亲搭好骡子的鞍帐，绑上摘花椒的背篓和笼子，驮上水，早早起程，向后山进发。随后，我和几位给我们摘椒的帮工吃了早饭，一起往椒树林里赶。我们像一群寻食的蚂蚁，行走在崎岖的山路上。一路的汗水，一路的艰辛，留下了一路难言的辛酸，让人永记心头。生活就是这么不易，再高的山，再险的路，再艰难的步履，也得咬紧牙关走过。

父亲牵着骡子已走远了，把我们远远地甩在后边。汗水浸透全身，我们依然努力地追赶。在父亲拴好骡子，卸下驮子的时候，我们也赶到了花椒地。我已精疲力竭，一屁股坐在了软绵绵的草地上歇息。父亲拿上笼子，用铁钩把笼子挂在花椒树上，一刻不停地摘起了花椒。

花椒地里弥漫着花椒的香味，让整个山野都沉浸在丰收的气息里。我们每人拿上一只笼子，从地边依次排开，一人占定一棵树。这时，太阳还没有从东山顶照到这里，山间清凉的风拂过裸露的臂膀，让人舒服畅快。趁着这时的凉爽，我们手脚麻利地摘起了花椒来。人们有说有笑，花椒树林里热闹了起来。脚下的花椒地，已被父亲锄得十分干净，没有一丝杂草。我们在拾掇得很干净的地里摘椒，心情也显得格外舒畅。父亲说，他一年要给椒树锄三次草，春秋冬季都要锄；夏季是不能锄椒树的，一则天气热，动了树根就会枯萎，二则夏季是接椒的季节，不能翻腾花椒地。是的，只有辛勤的劳动，忠实地对待赖以生存的土地，土地才会奉献出它的力量，才会结出丰硕的果实。

太阳很快从山顶上滚了出来，似一颗大火球。阳光洋洋洒洒地直射过来，照得人连眼睛都睁不开。我压了压头上戴着的凉草帽，极力躲避太阳的强光。很快，热气就从地面蒸发上来，穿过裤管，直抵心扉，全身便燥热难受。绯红的花椒渗出了发亮的椒油，在骄阳下油亮欲滴。摘椒的手忙碌地游动在花椒枝叶之间，椒树身上长满了锋利的椒刺，不注意就会刺在指甲缝里，一种麻丝丝钻心的疼痛直刺心头，痛苦难当。花椒枝好像在父亲的手里变得十分听话，他的两只手在枝条上游刃有余，不一会儿，枝条上的花椒就全部采摘在了笼子里。我学着父亲的采摘方式，尽量让手在椒树间顺畅移动。可是，那充满野性的花椒枝条，总是不听使唤地抗争，要么拉不过来，让人望椒兴叹，要么使劲过猛，就把树枝折断。在断裂的枝条上，摘下剩余的花椒，来年这一支就不能结椒了。我把够不着的枝条统统留下来，父亲在身后收拾未摘的花椒枝。他用绳索将高高的枝条攀过来，绑在另一棵花椒树上，然后用铁钩吊上笼子，挂在枝条上，这才细心采摘。父亲随手会带上一条板凳，在采摘高处的花椒时用。父亲说，摘花椒一定要有耐心，使劲要悠着点，心气浮躁就会弄断枝条，损坏树体，影响来年的收成。父亲所说的不仅仅专指摘花椒这件事，其中包含着更深刻的道理。做任何事情都要有耐心，浮躁是做事的最大天敌。我深刻地反思着我的行为，我的做法，我的生活。

置身于椒树林里，全身都被繁茂的椒树枝叶包裹了。正午的毒日头贪婪地穿透树叶，筛落了一地斑驳的光影，让凝固的空气增加了厚重。邻居张嫂唱起了《摘花椒》的老曲子来：姐儿门前一树椒，不是胡椒是花椒，叶叶往上飘；清早起来把头包，袖子两卷来摘花椒，奴家摘花椒；左手提的椒笼笼，右手把的椒股股，椒刺扎手了，难摘椒……歌声回荡在山谷中，寂寞的椒林顿时活跃了起来，在椒树林里荡漾着大家的欢笑声。中午，父亲生火，给大家做中午饭，篝火在石头垒成的灶膛里燃得正旺，稀饭在锅里煮得翻腾。吃饭前，每人已摘满了一笼子花椒，倒在背篓里。父亲说，装花椒的背篓一定要放在阴凉且通风的地方，这样不致花椒变色，倘若，把装花椒的背篓放在了暴晒的地方，鲜花椒很快就变了颜色，如水煮过一样，发白、返青。因此，对摘下来的花椒要保存得法。

骄阳下的椒味儿浓得化不开，这钻鼻的气味足以让身体虚弱的人眩晕。摘椒是件苦差事，头顶烈日，整天都站着干活，手眼来不得半点马虎，更不能使性子。当看到椒树下劳作的父亲时，我的心头涌现出一种难以名状的滋味。是坚强，是坚守，是追求，是理想，还是更为遥远的追忆！此时，我融入对生活的认读之中。父亲始终坚持着从第一天摘椒开始，到最后一天结束，直至把所有的花椒都摘完后，又开始作务起别的庄稼。

6月的花椒艳得撩人，红得喜悦。那鲜红鲜红的果实，充实了辛勤的期待。真诚而淡定，认真而耐心，开阔的胸怀在劳作中形成，成为拓展人生幸福的源泉。

丰收在望

　　金秋十月，瓜果飘香，庄稼都已成熟，是一个收获的季节。白水江沿岸田地里的稻子一片金黄。沉甸甸的稻穗凝聚了天地的精气，在金秋的艳阳下光彩夺目。一畦畦稻田随着高低起伏的地垄依次排开，舒展着丰满的身躯，一直延伸到田地的尽头。好一派丰收的景象啊！

　　自从稻田里插上秧苗后，人们就为秧苗的茁壮成长而辛勤劳作，施肥、浇水、拔草、打农药，一切细致而有节奏的农活就像哺育孩子一样，不敢有半点马虎。正在稻子变黄，稻穗弯下腰的时候，每日要为稻田浇灌的活儿便将停止。稻子不需要水分了，只等着吸收太阳的照射，一天天地在变金黄。人们就一天天等待着稻子的成熟。稻子在人们的期待中做着美好的梦。稻子紧紧地团结在一起，手拉着手，拥抱在一起，向人们展示出团结就是力量来。稻叶向上勃发，尖利的叶子直指苍穹，似在向苍天宣誓。稻叶下藏着沉甸甸的稻穗，你拥我挤着，说着兄弟般的悄悄话。稻田的上空飘飞着赶热闹的蜂蝶，不时伫立在稻叶或稻穗上，与成熟的稻子同欢乐。微风过处，稻田里发出银铃般的响声，稻叶颤动了，稻穗向大地深深地鞠躬，稻浪此起彼伏，一排排波浪似的涌动。有谁不为此情此景而感动呢！

每当这个时候，农人都很惬意。他们每天都要到稻田里看看快要收割的稻子，他们实际上在欣赏着自己的劳动成果，享受着丰收的喜悦。走在田埂上，齐腰深的稻子抚摸着他们的身体，心里感到有种说不出的快乐。不时探进身去，深入稻田中，捡拾零星的杂草。远处传来一声吼鸟声，一群麻雀从一畦稻田里飞到了另一畦稻田，凑着热闹。在地边，人们绑扎了许多稻草人，专门为恐吓糟蹋庄稼的雀鸟。稻草人绑得栩栩如生，身上穿着五颜六色的衣服，手里拿着长竹棍，秋风过处，身体随风摆动，真像一位舞者在庆贺丰收。田野里散发着稻子成熟的气息，那是稻子呼出的香气，陶醉了期待美好生活的人们。

秋虫在稻田里鸣叫，声音似从稻根深处传出的，忽强忽弱，有着秋后虫鸣的悲戚感，让人平添了几分悲悯来。幸亏这段时间晴多阴少，天气晴朗，碧空万里，人的心情也愉悦了起来。看到丰收的景致，让人倍感兴奋。

沿路的几户人家正在收割。收割稙子的人们都聚在稻田里忙碌着，好一派热闹的劳动场面啊！稻子在锋利的镰刀下静静躺下，稻穗在地里铺展开来，似金子一样铺满了一地。银镰在稻丛间穿梭，发出清脆而响亮的声音，这是收获的旋律，让人心里痛快淋漓。拌稻子的拌桶在身后响起，颗粒饱满的稻子，珍珠一样洒落在拌桶里，见证着丰收的希望。脱了粒的稻草如同生产了的母亲，显得消瘦而憔悴。人们把稻草绑扎起来，它又挺立在田地里，稻草感到无限的欣慰。许多稻子集聚在一起，很快就装满了整个拌桶。人们拿上簸箕和麻袋，盛装着丰收的粮食。收割的人们哼着小曲，看着丰收的景象，一种说不出的喜悦，荡漾在他们的笑脸上。

牧羊人在最后一抹夕阳落下之前，赶着羊群下了山。调皮的小羊羔不怕牧鞭的哨声，从羊群里跳到收割了的稻田里，小嘴儿撕咬着立起的青稻草。在牧羊人的吆喝声里，小羊羔叼一口青稻草快步归队。小羊羔一路反刍着香甜的青稻草，仿佛得到了季节的奖赏，欣喜若狂。牛羊归圈，夜幕降临。人们吃过了晚饭，又聚在了一起，谈论今年的收成。今年又是个丰收年！大家在谈笑声中祝福着好年景。

　　一会儿，村子里响起了优美的琵琶弹唱，这是村里的金稻穗琵琶弹唱队在演唱哩。他们歌唱着金色的土地，歌唱着丰收在望的好年景，歌唱着幸福美好的新生活。

大柳树

　　老家门前有一棵大柳树，树龄大约百年。百年的柳树，可称得上是一棵大柳树了。大柳树就生长在村子中间的街道旁，人们经常聚集在这里，即使在吃饭的时候，也没有忘记大柳树，端上一碗饭都要到大柳树下凑热闹，似乎这样才吃得有滋有味。大柳树下的许多故事，令我怀念。

　　二月，春风吹拂，柳树枝随风飘舞，柳芽在春风里露出笑脸。才过一两天，鹅黄的柳芽儿很快变得翠绿，显得鲜嫩而娇翠。这时候，孩子们就爬上大柳树，折柳枝，做柳哨，吹奏春天的歌。尖细高调的柳哨响彻村庄，柳哨吹奏的鸟叫声和真鸟一样，常常引来许多鸟儿驻足在大柳树上，与孩子们一起欢度春光。每当柳枝发出嫩芽，柳条柔顺的时候，父亲经常给我捋成柳花儿，让我玩耍。父亲从大柳树上折下一枝多叉的柳枝，从叉根处启开柳皮，在柳皮上缠点细布之类的东西，用手轻轻一捋，一枝柳花儿便成了。聚集在一起的柳芽儿，似一朵朵含苞未放的花骨朵，内敛而娇羞。每枝小叉上都捋出一个个柳花儿，嫩白的枝条就现了出来，柳条上挑着串串柳花儿，非常好看。

　　嫩柳枝是培育稻种的好原料，下稻种的时候，父亲就从大柳树上砍些柳条，把柳枝扎成了一小把一小把的柳刷。将柳刷覆在泡着稻种的盆子上，放在太阳底下晒一两天，稻种就很快发芽了。整齐发芽的稻种，撒在田地里，不费多少工夫，秧苗就茁壮成长。春风，吹绿了柳枝，吹开了柳花。柳絮纷纷扬扬，飘洒在院落，飘进我的书房，让我感受了杨柳依依的柔美。

大柳树下是全村人聚集的地方，人们常常在这里谈天说地，村子里的新闻也成了人们的谈资。诸如，东家的牲口吃了西家的庄稼，或是张家的小伙看上了李家的姑娘……在此，讲的人如临其境，听的人如痴如醉，这些自古都说不完的故事，大柳树忠实地听着。讲故事的人，都是听着长辈们讲的故事长大，他们到了老年，又给下一代讲起了从前的故事。在大柳树下，继续着昨天的故事。光阴荏苒，如白驹过隙，物是人非，唯有大柳树还在，它静观人间世事潮起潮落。

大柳树下曾经是当年的批斗场，挨批斗的对象往往是村子里和邻近村的地富分子。挨批斗的人要被"撞大慌""猴娃抱树""坐土飞机"……有的人因受不了这般整治，悄悄地自寻短见。同族的一位我称叔叔的亲戚，成分不好，白天游行，晚上捆在大柳树上挨批斗，在夜深人静的时候，他跳进白水江自尽了。他家里还有年迈的老父亲和三个孩子，他怎么舍得撇下他们呢？可想而知，他心里不知受到了多么大的委屈和打击呢！

父亲被划为地主成分。究其原因，主要是祖上留下来的几亩薄田和父辈们在山坡上自己开辟的一些田地。其实，父辈没有多少家产，祖上留下的几亩薄田，全靠他们自己辛勤劳作才能勉强度日。为何会把父亲定为地主成分呢？连他自己也百思不得其解。

大概，是因为祖父的缘故吧。祖父是一位清末秀才，文才很好，《石鸡赋》就是他的佳作。他写得一手好字，是全县出西门的有名人物，是当地有影响的乡绅。祖父一生耕读，在村里当私塾先生，以维持生计。逢年过节，他常给别人家抄书、写对联，挣些微薄的报酬补贴家用。家里没有多少家资，只不过名大家虚罢了。祖父是个读书人，他关心亲邻，爱护乡里，扶危济困，人们对他敬仰有加。他没有得罪过任何人，为什么还有人会嫉恨呢？

祖父于民国二十六（1937 年）年去世，当时父亲才 8 岁。孤儿寡母的生活，与祖父在世时截然不同。村里有人就趁机作祟，派粮派款。繁重的粮款压榨得整个家都散了，三丁抽一、四丁抽二地抓丁，在刀刃上讨生活。父亲兄弟四人，老大抓成壮丁，一去不返；老二、老三东躲西藏，避过一劫。父亲年龄还小，在家作务庄稼，维持全家生计。从一贫如洗到开荒拓地，逐渐让破碎的家庭恢复了元气，生活才有了好转，不知花费了他多少心血。最终，却挣得个地主成分。这成分让他没少在大柳树下受罪，挨批斗。在批斗会上，父亲始终保持沉默，在大柳树下，重复着难以名状的整治动作。父亲坚持了下来。如今，他已耄耋之年，依然还能在责任田里劳动。父亲坚信，那样的日子不会太长，幸福生活将会到来。终于，批斗的年代很快就过去了，这样的结局父亲早已看到。

改革开放初期，农村发生着翻天覆地的变化，一些不法分子鱼目混珠，兴风作浪，钻着政策的空子，干着违法的事。村子里有个妇女经常与外面的人贩子联络，把村里的好几位姑娘媳妇都拐骗到山东、河北等地去了。我亲眼看见村里人用两根麻绳把她反绑在大柳树上。被骗媳妇的丈夫，拿着大棒在她身上乱打，狠狠地出口恶气。她大喊大叫，呼喊求饶。要知今日，何必当初哩。她自作自受，罪有应得。全村人都围在大柳树的周围，我一言、你一语地破口大骂，有向她唾口水的，有拿石子打的，厌恶之情喷涌。可恶之事，天地难容，更何况大柳树呢！

后来，借助电视等不出户就能了解天下，人们也很少聚集在大柳树下暄了，大柳树显得很孤独。父亲常常会一个人坐在大柳树下沉思，仿佛在追忆过去的时光，以及那些热闹的人和事。

大柳树经历了历史巨变，岁月的风霜催促着大柳树慢慢变老。大柳树主干的中部出现了腐朽的痕迹，只有柳树皮支撑着老态龙钟的躯体，大风过处，左右摆动，岌岌可危。村里整修街道时，村干部要我们砍掉大柳树，畅通街道，父亲爽快地答应了，他亲自用镢头和斧子把大柳树连根挖了出来，大柳树古董似的放在院子里，人们都来看热闹。大柳树走完了它的一生，连根带体都奉献了，最后燃烧自己，温暖了大家。

对于一棵树，还有什么没有奉献的呢？大柳树永远留在人们心中。

党参散记

下党参秧子

农历二月二后，天气暖和了起来，山上的土就醒了，人们就开始忙碌起山上的活路，上山准备下党参秧子。父亲牵上红骡子，带上镢头，爬上老爷庙湾。

老爷庙湾是全村人种党参的地方。依然零星地长着灌木丛还没有开垦的荒地，都是有主户的，是人们预留着下党参秧子的地块。每年开春后，人们就上山准备开垦这些荒地，用来下党参秧子，为来年栽植党参准备好党参秧苗。优质的党参秧苗，是党参获得丰收的关键。因此，人们都十分重视下党参秧子，把最好最肥沃的地块留下来，十分认真地下党参秧子。

父亲上山做的第一件事，就是认真谋划如何下好党参秧子。这是关系到一家人来年经济收入的关键，一点也不马虎。选好地块，就开始挖这块生地（未开垦的荒地）。上山后，父亲总要住下来，作务起党参。他每天早早起床，在山雀的歌唱声里出工，加早工挖地。早上，山里露水很大，父亲就缠上绑腿，腰上系一条麻缠，带上镰刀，在荒地里劳动起来。割掉荒草，砍掉灌木丛，将一堆堆杂草捡拾在一起，晒上几个太阳，点燃，烧成灰烬。收拾干净地面上的杂草，就可以挖地了。

父亲把地挖得很细致，不漏掉一个柴草根，我真佩服他的执着和耐性。父亲常说，挖党参秧子地，要像作务庄稼一样，深挖细翻。他一镢头一镢头地挖，挖掉生长的灌木根茎。把柴根草根擂在一起，从旁边揪些干草，点燃柴草，燃起熊熊烈火。从窖坑里取些洋芋，擂在燃烧的火堆里，等火熄灰烬后，洋芋就烧熟了。越冬的洋芋，经过烈火烧烤，吃起来香甜可口，这便是一顿午餐了。草木灰是党参生长的好肥料，父亲把烧尽了的草木灰装在袋子里，满地里撒，为地增添肥力。

地挖好后，整理净地里的柴草根杖，乘地还有墒，就准备播种了。父亲用筛子把土筛了，再在筛好的土里和上党参籽。父亲端上和好土的党参籽，满地均匀地播撒。他反复播撒数遍，生怕漏掉任何一处。然后用树枝在地里刷扫，把籽种埋在土里面。种党参籽的程序在父亲辛勤的劳作中有条不紊地进行。播种了籽种，就播种了希望，党参秧子就在等待中生根发芽。

才过了几天，地里就冒出了党参星星点点的绿芽。好快呀！新的生命就诞生了。党参秧子在杂草地陪同下长大，杂草很快压过了党参苗。父亲大约十来天就要给党参秧苗拔一次草，党参秧苗渐渐长得粗壮了些，嫩绿得让人心疼。党参秧苗由起初的两半叶子，渐渐长大变粗，最后生出小小的蔓儿。党参秧子的成长是需要些时日的，这时日不知凝聚了父亲多少辛劳和汗水呢！

到了秋季，前一茬党参挖了后，地里就等着栽植新一茬党参秧子了。自党参秧子移植到党参地里，人们就把希望也埋在了土里。

锄党参

沿河一带已杨柳依依，万紫千红，到处洋溢着春之喜悦，山上的野杏树、野桃树才结着花骨朵，大山才慢慢苏醒。山地里种植的党参苗才破土探出头来，党参芽还蜷曲着，正做着绽放的努力。这时候，人们就开始锄党参了。

开春锄党参草，准确地说是给生长的党参苗松土，其实，这时的党参地里很少有草。父亲上山干活一住就是很长时间，他住在一间茅草搭成的简易庵房里。庵房很简陋，只能容纳一张棍棒支起的草铺和用三块石头支起勉强能做饭的一只鼎锅，人在里面始终要弯下腰，缩着身，才能行动。父亲在这座庵房里住着，直到锄完党参才肯下山回家。

星期天，我也上山帮父亲锄党参，起早贪黑的体力劳动，至今令人害怕。每当我从家里爬到山上的党参地里的时候，父亲已锄完了半块地。父亲锄党参的动作很快，一把锄头在眼前晃动，土层在锐利的锄头下泼洒开来。我努力地学着父亲麻利地锄草动作，可是锄头在我手里就笨拙得不听使唤，只是在缓慢中向前移动。父亲把锄党参的行子占得宽宽的，尽量给我少留些面积。他给我讲述锄党参的要领，锄党参和挖党参不一样，挖党参要深挖细翻，锄党参要轻要细，锄头只要把土皮钩破就行，切不可下手太重，否则就会把土里的党参挖伤，影响秋天的收成。锄党参，实际上是为了给党参松一松土，换一换根部的旧土，使党参更好地生长。

刚越过冬的党参地，没有杂草，地面上只有干枯的党参蔓。将干枯的党参蔓烧成灰烬，锄起党参就方便了。化为灰烬的草木灰撒在地里，锄在地里，便成了生长党参的好肥料。地面上看不见一丝绿色，连杂草都没有长出来，党参芽还在土里熟睡着。地面上的土疙瘩经过一冬的寒冷，锄头轻轻一碰就散开了。因此，对于务农的人来说，锄党参是轻松的活。

父亲对地边情有独钟，他要费很大的劲才锄开地边。他常说地边是地的领子，把地边锄干净，整块地就亮堂了。我是最怕锄地边的，地边往往是一块较为平坦的地方，锄起来感觉瓷实坚硬，不怎么好锄。我总是挑选一些坡度大的地方去锄，只要用锄头轻轻一刨，土就拔了下来，很轻松。但地边处土厚，党参长得大，坡陡处，土薄贫瘠，党参长得小。可见，付出一分劳动，就有一分收获。

春的脚步不知不觉已爬上了山顶，春天在山里放声歌唱。党参芽芽长出了地面，党参地里生出了绿色。人们还在忙着锄党参，在党参起蔓之前，要把所有的党参都锄完，人们在与春天比赛。

春天催生的树木都发了芽，长出了叶，山上的木龙头也抽出了嫩芽。在锄党参的空闲时间，或收工的时候，我们拿上尼龙带子，就去采摘木龙头苗。从木龙头树上扳下鲜嫩的木龙头苗来，装在袋子里背回家，这是另外的收获。木龙头菜是很好的山野菜，无污染，纯天然，有很高的营养价值，很受人们青睐。把新扳来的木龙头菜撒上食盐浸泡，晾干，炖肉非常好吃。也可以凉拌，吃起来别有一番滋味。这无意中的收获，为人们增添了不少乐趣。

拔党参草

季节到了农历三月初三后，天气就完全转暖了。俗语说："农历三月三，脱下棉袄换单衫。"这时候，山上的树木已葱绿，山的颜色也由浅绿变得翠绿。大山才迎来了真正意义上的春天。

山上的党参苗已长出嫩绿的长蔓，向周围延伸着，吮吸着大自然的甘露。嫩绿的党参苗上长满了一簇簇圆圆的小叶，叶子上面长着毛茸茸的叶脉，在朝阳下显得细嫩欲滴。党参地里也长出了杂草，它们疯长着，个头长得比党参还高。党参蔓像长蛇一样，在地上爬动。它不放过任何一个攀枝，将身边的杂草紧紧地缠住。党参蔓一天一个样，刚触草的藤蔓，没多久就缠遍了草的全身，使草不能轻举妄动，下定与草共存亡的决心。生活在地里的虫子在党参与草之间爬行，从这条茎蔓爬到那条草茎，没有什么可以打扰它们，一切都由着自己的性子，显得自由自在。这时候，蜂蝶也凑热闹似的，虽然党参和杂草还没有开花，却并不影响它们在党参地里翻飞嬉戏，一会儿亲吻着党参蔓，一会儿伫立在杂草尖上，那亲热而又快乐的舞姿，让人心生爱恋。林子里的鸟儿唱着歌，飞出了林子，盘旋在党参地的上空，不停地唱着悠扬的歌，整个大山都沉浸在这和谐的氛围中。

当杂草压过党参苗的时候，人们就开始着手拔党参草了。星期天，我就得上山拔党参草。父亲很辛苦，自从大山苏醒后，他就上山挖地、下党参秧子、锄党参、拔党参。他那双捏紧锄把的手，粗糙得像松树皮，手掌上布满了老茧。沧桑的脸上，满挂汗水。他心里充满着期待，他的辛劳换来了党参的苗壮成长。在父亲的作务下，党参长势好，党参苗长得粗壮，杂草也没有。父亲是个勤劳的人，他为生活付出了辛劳的汗水，让我心生感激。

拔党参草，父亲是一把好手，两只手不停地在杂草上舞动，在党参苗与杂草之间游刃有余。他拔掉那些疯长的杂草，甚至要把掩盖在党参苗下面的杂草都要拔下来。父亲两手拽住草根，摆出一个弓箭步，猛劲一拔，杂草便抽了出来。我试图学着父亲的姿势拔草，可是常常就从草的半中腰拔断，草根依然牢固地长着。没过几日，杂草又长了出来。父亲说，拔党参草时，手要使劲拽住杂草的根部，站稳脚跟，用力要狠，草就很顺利地连根拔起。我仔细揣摩这些要领，在拔党参草的实践中，果然，杂草就在我的手下投降。拔党参草不必把草从蔓上拔出来，只要拔出它的根，让党参蔓依旧附在杂草上，过些日子，拔下来的杂草很快就干枯了，党参蔓依然裹在它的身上生长。有一种叫万不断的草，根也长得浅，一拔就出，但是只要挨上土，它就能安然无恙地活下来。父亲对待这种杂草的办法是：将它们拔下来，装在背篓里，背到地边的石板上，晒干，统统用火烧掉。

党参草通常要拔两遍，有工夫且勤劳的人，也有拔三遍的，让党参苗壮成长。党参草勤拔的地块，党参就长得旺盛，党参苗也显得葱绿茂盛。地里长满杂草的，党参苗就枯黄，好像是营养不良的人，枯瘦蜡黄。看党参的长势，就可以看出人的勤劳程度。

我们家的党参长得郁郁葱葱，地里少见杂草，可见父亲是用心的。

党参花开

在红崖与卢子坪之间，静躺着若砚的老爷庙湾。这里是成片的党参地，似绿毯一样平铺着，秀丽而娇艳。每逢党参开花时，整片山坡都是党参花的海洋，花色烂漫，香气袭人，一派迷人的景色。

春天，在肥沃的土地上播撒上党参籽，过上十多天，党参籽在春阳的沐浴下，露出了嫩绿的新芽，党参苗一天一个样，不觉间就遍地发芽。时令才至季春，党参苗便抽出长长的蔓，嫩绿的蔓自由伸展，相互缠绕，结伴而行，显得很亲密的样子。整块地便碧绿起来，厚重起来，人们的希望也活跃起来。卵状的党参嫩叶生长在柔软的茎蔓上，若一只只展翅欲飞的蝴蝶，姿态优美，情状喜人。茂盛的党参苗撒满一地清香，弥漫在老爷庙湾的上空，香气四溢。

盛夏，是党参疯长的季节。苗蔓使劲地延伸，探头攀附更高的枝条，根在渐渐长大。在蔓的分叉处，露出了鼓鼓的花蕾，积蓄着开放的力量。骄阳炙烤着大地，但在这高山上，太阳的热度显得力不从心，温度适中。党参花便在这适生的环境中乐开了花，白里透黄的花瓣，围成状如钟形的样子，粉嘟嘟的花蕊招引蜂蝶。满山满坡的党参花洋洋洒洒，开放在生机盎然的老爷庙湾，点缀在厚绿的党参叶蔓上。那耀眼的花朵，欣欣然，显出几分高洁与清纯。

清晨，党参叶子上挂满了滴滴朝露，在朝阳的照射下，晶莹而多芒。钟状形花朵里盛满了山中的清露，一盏盏，一杯杯，高举头顶，仿佛是对圣洁的朝拜。花蕊浸在清露里，散发着淡淡的清香。一朵盛满朝露的花苞，放在鼻前，一阵沁人心脾的香直袭肺腑。将一杯杯、一盏盏盛满清露的圣水，轻轻地，缓缓地从喉咙咽下，香甜的滋味连同馨香的气息把人带入如梦如幻的境地。炎阳很快将叶上的朝露和花盅里的露水蒸发，叶子和花似释放了重负，轻快了起来。接着成群的蜜蜂，赶趟儿似的，忙碌着采集党参花蜜。嗡嗡成韵的声响，在空旷的山野里鸣奏，老爷庙湾显示了它非凡的热闹。花为热闹助阵，热闹增添了花的风韵。

盛夏正是拔草的好时节。拔掉杂草，可使党参不受杂草的干扰，茁壮成长。党参发出更多的枝，生出更多的叶，露出更多的花，生长又大又粗的根，充盈农人们虔诚的希望。盛夏的骄阳比任何时候都热烈，此刻，拔下的杂草，用不了半个时辰，便枯萎了。于是，这个时节，全村人都上老爷庙湾，老人、妇女、孩子都上山拔党参地里的杂草。踩在党参叶蔓上，踩碎的茎蔓流出洁白奶状的白液，沾满双手和裤管。党参的奶液是不易脱落的，要花费很大的力气，才能洗掉。踩踏在党参花上，不时会生发出清脆的炸响。那勾心的脆响，常常使孩子们兴趣大增，接连个个踏响。或摘下来放在手心，对准钟口使劲猛拍，花便炸裂粉碎。在粉身碎骨的当儿，还散发出最后一缕清香，四下里飘散。

党参开花不仅散发幽香，而且还开花结籽。花苞竞放之后，在藤蔓上便结出了铜钱般大小的花籽，籽的中央冒出个尖尖嘴，似在汲取天地的灵气，日月的精华。中秋前后，花籽成熟了。黑色的籽粒藏满了籽盘的仓房，随着季节的更迭，成熟催生了尖尖嘴的喷裂，籽粒飘洒在地里，来年又发出嫩绿的新芽。党参就这样生生不息地繁殖着，生长着，丰盈着碧绿的山野。

养蜂人抢着时间，来到这片热闹的土地，追赶一年内最为丰盛的党参花蜜源。蜂箱就放在山下公路边的田地里。蜜蜂是勤劳的，它们不怕翻山越岭，凡是有花的地方，都阻挡不住它们采蜜的脚步。一群群蜜蜂穿梭在高山与川坝之间，酿造着生命的甘甜。党参蜜在养蜂人忙碌的摇蜜机中流淌，紫红色的蜜浆丰润而诱人。党参花奉献了自身的精华，酿成了香甜可口的蜜浆。蜜蜂则采得百花成蜜后，为民辛苦为民甜。这种奉献精神，让人感受到生命的意义与价值。

老爷庙湾显得殷实而富饶，盛开的党参花将这里的丰饶张扬。莽莽茎蔓相互缠绕着，传递彼此的温度，把自己的幸福告诉给亲爱的朋友，把束束盛开的鲜花，奉献给旷野。美了山野，美了世界。

挖党参

中秋节过后，人们就忙着准备挖党参。父亲加固好牲口的鞍帐，整理好鞍鞯上的绳索，挑选几件上好的镢头，备好一切挖党参的工具，准备开始挖党参了。

挖党参的时候，正是收获的季节，人们起早贪黑地劳作。父亲常常在天还没有亮的时候就起来，给牲口喂草，母亲已做好早饭。我在他们匆忙的行动中起床，吃饭，然后和父亲赶上牲口，趁着晨星向山上的党参地进发。

当我们爬上山顶的时候，太阳也照在了山头。山上成片的党参地在朝阳里放着光彩，显得成熟而丰满。党参地里散发着党参奶油般的幽香，浓浓的香味沁人心脾。我们在党参地边歇了脚。父亲绑好牲口，又从鞍鞯上取下包，把包里的馒头和水递给我，让我再吃点干粮。他拿上镰刀开始割党参蔓了，一堆堆党参蔓堆放在他的身后，形成一堵莽莽的草墙。党参蔓上结满了圆形的党参果，党参果里储藏着饱满的黑紫色的党参籽，稍稍一碰党参果就绽开了，党参籽便撒满了一地。清除掉地里的党参蔓，就可以挖党参了。

挖党参要从地边挖起，地边处常常会藏有大党参。因此，父亲挖地边总是挖得很细，从不放过任何一个角落。我沿着父亲挖的界线来挖，也学着父亲那样一丝不苟地挖，注意着有党参苗的地方。选准下镢头的方向，生怕挖伤了党参。父亲教导我，挖党参是一件细心活，一定要用心挖，沉住气，不可有丝毫的急躁，否则会伤了党参的。我按照父亲挖党参的方法，见了党参苗，先从周围挖，把周围的土挖开，再慢慢靠近党参，功到自然成，党参自然就会完整地挖出来。刚从土里挖出来的党参，如同刚出生的娃娃，白白的、嫩嫩的，让人喜爱。我们与时间赛跑，争分夺秒地在党参地里劳作着。从地里挖出来的党参，撒落在地面，党参的身子上渗出的白而油腻的党参奶油，散发着沁人的香，不一会儿奶油就由白变黄了，显出党参的成熟来。堆积的党参拥挤着，它们说着丰收的蜜语，传递着丰收的喜悦。父亲在前面挖党参，我在他身后整理挖出来的党参。把党参的头和头攒在一起，身子和身子挤在一起，顺着党参的弯曲形状梳理成堆，再把它们装进麻袋里。待到夕阳西下的时候，我们收拾好两麻袋党参，搭上牲口的驮子，往家赶。

这里的党参狮头蛇尾菊花心，故美其名曰"纹党"。纹党具有很好的药用价值，能补脾养胃，润肺生津，健运中气，性能与人参相似，是一种营养价值名贵的滋补药。因其名贵，所以我们倍加珍惜。在挖党参的时候都很小心，生怕挖伤了这上好的药材，影响售价。

父亲说，对待党参要像对待自己一样，淡泊而宁静，宽厚而仁慈。党参不会辜负有心人的栽培，它竭力奉献着自己，令收获的季节溢满光彩。

我对党参有着难以言表的感激。那些年，党参是我们家的主要经济来源。一年的党参收入，除了家庭开支外，绝大部分都用来供我上学。在那个义务教育阶段都得缴费的时代，如果没有党参的经济来源，很难想象，我的学业将会是怎样的局面，我的人生又会是怎样的一个结局呢？我身边的许多同学，都因家庭困难而辍学。然而，我是幸运的，赶上父亲作务多年的党参有了收入，我才能完成学业。是党参成全了我的人生，我心怀感恩。

老屋门前的路

　　家乡老屋的门前有条路，可容纳两匹骡子驮柴并行。隔一堵墙，里面是 5 家人共同居住的小院。墙外，就紧贴着这条路。我们家就在正靠路边的两间小房里。在路的两边，顺屋檐下的山墙处，摆满了长长的石条。这里是全村人聚集的地方，也是村里最热闹的地方。在路旁横立着一堵厚墙，是当年村里修的"忠字墙"（"文革"时修建），似一个路标，让人一看，就知道这里是村子最繁华的地段。顺着这条路走到村子尽头，路就分岔成为两条，一条通向邻近村寨，另一条伸向山林。

　　老屋门前的路，伴我度过了美好的童年时光，至今，仍萦绕心头。

　　时间一到腊月二十，村子里就开始弥漫着浓浓的年味。孩子们穿上大人买来的准备过年时才穿的新衣服，三五成群地奔跑在这条路上，踢飞马、架飞机、跑电、打沙包……这些被城里人称之为"野蛮"的游戏，伙伴们玩得很过瘾。老年人坐在路边的石条上津津有味地吸一锅老兰花烟，一边看孩子们嬉耍，一边聊天。一些忙碌在这条路上的身影，大多是家里的壮劳力，他们正为备年货奔波。

腊月三十，吃过年夜饭后，按习俗就过年了。再忙碌的人都要放下手中的活，安安稳稳地过三天年。大家拿出村里的锣鼓家什，聚在门前的路上欢快地敲打。咚咚锵，咚咚锵，锣鼓声震得山鸣谷应，一直热闹到深夜。人们收拾了锣鼓家什，大家都各自回家，大街恢复了平静。可我还是不能入睡，仿佛远去的锣鼓声，又从路的远处归来，回荡在门前路的上空。门前的路承载着村里人祖祖辈辈贺岁迎春的喜庆。

马蹄扣动着路面，发出清脆的蹄响，常常把我从清晨的梦中惊醒。母亲早已起床，挑水，做饭，给我烧好了上学的馍馍。她催促着我："外面路上出坡的人都走了好几茬，是起床上学的时候了。"此时，我恨透了门前的这条路了，是路上的声响打扰了我的美梦，使我和出坡的人一样早早起床。在以后的日子里，我一直保持着早起的习惯，这不得不让我对门前的这条路生出几分感激来。

门前的路上有一段陡坡，是我们一群孩子常玩耍的地方。木匠张大爷为我制作的一架木滚三轮车，时常飞驰在这段陡坡路上。小伙伴们每人有一架，大家一起推着三轮车，顺次排开，分队冲刺，那种洒脱和喜悦比乘任何一种交通工具都神气、刺激。有时，会遇到三轮车碰上石头的时候，结果要么人仰车翻，擦皮伤身，或者木滚三轮碰坏散架，这都是常有的事。于是，我们经常会随手带上一把小锄，碰到有石头或窝坑的地方，就随时清除。土路经过碾压变得光洁平整，即使晚上摸黑走路，也走着舒服。门前的路是我们儿时玩耍的乐园。

到了上学的年龄，我们再不能像野孩子一样在土里滚爬了。同龄人都上学了，每天早出晚归。傍晚，路上的风卷起阵阵尘土，封闭了双眼，沉重的书包紧紧地贴在幼小的身躯上，冷不防就一个趔趄。路的前方行走着一队拉木料的牲畜，浩浩荡荡地从门前的路上走过。那段曾经让我快乐的陡路，已被脱出一条深沟来，碎石满地，路就像被翻过了似的，凹凸不平。

晚上，我蜷卧在母亲早就烧好的土炕上看书，幽暗的煤油灯很快催我入睡。路上又是一阵轰轰隆隆的响声把我惊醒，窗外牲口打着响鼻，出着粗气，牲口拉着木头墩子撞击着路面。伐木人吆喝着牲口，又一次打破这宁静的山村之夜。母亲从隔壁屋里传出话来，砍木料的人又摸路了，夜深了，把灯吹了，快睡觉吧。我吹了煤油灯，但很难入睡，因此，我经常失眠。在漆黑的屋里，幸好有一扇小窗，窗正对着门前的路，两只眼睛很容易搜寻到透窗而入的星光，这让我烦乱的心有些平静。夜风吹着，路边的老柳树互撞着枝丫，从别处飞落的杂草叶刮着路面沙沙作响，这声响让路也不再寂寞。秋虫拼命地鸣叫，一切恢复了正常，不觉间已进入梦乡。清晨，还没送走昨晚最后一缕星光，路上就涌动着赶牲口上山的人们，他们走得匆忙，向山后更深的林子里进发。

1995年，我告别了父母，告别了门前熟悉的路，去省城读书。很长时间心里都放不下日日走过的门前的路，经常在梦里忆起、怀念。后来，从父亲寄给我的信中得知，村子里好多人在山上找金矿，到处挖得破烂不堪，有的地方连路都走不成了。放假回家，看见村里的两架拖拉机在拉矿石。拖拉机每天艰难地爬行在门前的路上，它的速度近似一头老牛。每到晚上，日子就更难熬，柴油机砸破缸似的声响，一个劲地嘶鸣，震耳欲聋，苦了整个村庄，也苦了村庄里的人。幸亏这样的时日不长，听说，山里的矿石含金量太少，老板决定不开矿了，设备撤了，摊子收了。山川又归于平静，路不再忙碌，人心也静了下来。

我的家乡被县上确定为将要重点打造的新农村。门前的路终于迎来了建设的机遇，由政府出资硬化村里的街道。全村人积极投工投劳参加修路，整平路面，夯实、灌浆、摸面，尽力除去路面的沧桑、凄楚与悲凉，重现快乐幸福之路。一条崭新的水泥路贯村而过，让村庄显得新鲜洋气。我睡在老家的屋里，夜，水一般的静，我很快入睡，做起了甜蜜的梦。

山野童趣

背　柴

　　背柴是我少年时期一件有乐趣的事。每当星期天，我们几个小伙伴就去山上背柴。前一天就得做好背柴的准备，母亲在火膛里烧好一块大白面馍馍，父亲用磨石磨好砍柴刀。第二天，天蒙蒙亮，伙伴们就早早起床，背上干粮，拿上刀，带上绳，向山上进发。

　　我们出发很早，往往走到半山腰时，天才大亮。一路上大家讲着有趣的故事，讲着看过的电影或连环画，讲着学校里发生的一些琐事。有趣的故事使我们感到爬山不怎么费劲，没多大工夫便走了山路的一大半。除了讲故事外，往往也上演些恶作剧。记得，我第一次跟着大孩子去背柴的时候，其中大一些的孩子就突发奇想地说，第一次上山背柴一定要祭拜山神，每个第一次上山背柴的人，走到大蒿地的时候，都要敬奉山神。敬奉山神的诚意就是从山坡上捡一把羊粪蛋吃下去，否则山神会发怒，背柴会遇到大麻烦，柴就背不回来。几个大孩子便附和着，说他们第一次上山时也都吃过羊粪蛋的，而且非常灵验。在他们的怂恿下，我虔诚地从山路上拾了一捧羊粪蛋，让他们过目，便塞进口里，喝口水就把满把羊粪蛋冲进了胃里……他们哈哈大笑，随之便大呼小叫地喊着："夭娃子吃羊粪蛋了，这是上山的头一次嗷……"欢乐的笑声在大山间回荡。

小伙伴走在山路上，有人提议，谁开的窑窑蝈（常年生活在洞穴之中一种虫子）洞门多，谁就最先砍到好柴。于是，大家就沿路寻找窑窑蝈的洞门。窑窑蝈洞门是不易发觉的，洞门上有一层薄薄的尘土盖板，不仔细寻找是很难发现的。于是，大家齐声呼唤着："窑窑蝈开门来，给你送双花鞋来；窑窑蝈开门来，给你送双花鞋来……"偶尔，也有人找到窑窑蝈的洞门，揭开土盖露出光滑的洞穴来，却不见窑窑蝈出来。至今，我也没有见到过窑窑蝈的真身。

我们来到山上的林子里，就分头去砍柴。林子里的灌木丛芊芊莽莽，人很难进入。砍掉一些枝枝蔓蔓，像狗钻洞一样探身进去，寻找着好柴。我最喜欢黄栌柴，它的木心是黄的，木材中有一层黏黏的木油，有一股沁人的香味。黄栌柴干直，木质硬，易燃，是烧火的一种好柴。黄栌柴是一大丛一大丛的，砍掉这丛黄栌树，就够背一背了。黄栌枝有很好的韧性，用双手撮扭成捆柴的枝条，将砍好的柴绑扎起来，一小捆一小捆地往外转移。费好大的劲，才能把林子里的柴拖出来。大伙儿在柴场里吃干粮，喝水。有粗心大意的，常把馍馍挂在树梢上或放在柴场里，等砍了柴，出了林子，寻找干粮时，馍馍早被乌鸦或鸟雀叼走了，望着飞翔的鸟雀乱骂一气。同伴则把自己的馍馍分给他吃。"吃一堑长一智"，以后，就有了经验，再也不敢轻易把干粮放在地上了，而是把干粮埋在土里或压在石头下面藏起来，以免再让鸟雀叼走。大家整理好背子，背上柴，一起行走在崎岖的山路上。

背着一背柴，走在山路上，行动就不那么容易了。躬着腰，时刻把握着背子的重心，艰难地行走。刚背上背子时还觉得轻省，每走一段山路，就感到背上仿佛压了一座山似的，沉重，难行。走几步，歇一阵。背着柴走在陡峭的山路上，两只脚仿佛被捆扎了似的，鞋子把脚箍得很紧，脚筋暴突着鼓得老高，每挪动一步都得小心翼翼，生怕摔下山沟。脸涨得通红，汗水布满脸颊，全身上下已汗流浃背，衣衫像浸泡在水里一般，全身湿透。背绳勒在肩膀上，勒出了两条血红的绳印，紧箍的绳索让人呼吸困难。背上的柴如同一张庞大的嘴，紧紧地咬住脊梁，让人难以坚持。同伴们也在艰难中行走，我们相互鼓励，终于把柴背回了家。

背柴回家后，晚上就难以入睡，全身疼痛难受。背上磨起了无数个大大小小的肉包，也擦破了皮。母亲用热毛巾敷我的痛处，她怪我心太狠，背得太多，劝我以后不要再这样背柴了。我装出一副若无其事的样子安慰母亲。我深知，父亲的脊背为背柴受了很多伤，但他从不叫苦，为了我们，他脸上总是洋溢着喜悦的笑容，一切痛都藏在心里。

生活需要付出艰辛的劳动，只有这样，才会创造出幸福的生活。

割　草

放牛的时候是不需要割草的，因为牛夜间不吃夜草。牛只能耕不能驮，为了替父亲减轻一些生活负担，父亲决定用大黄牛和牛娃子换成一头骡子。自从骡子到家后，我每天放学后就要给骡子割草，晚上给骡子搭草料。

割草是我每天必须完成的事情。割草去的地方不远，在田地的地埂上就能割到青草。放学后，我常常和一群小伙伴一起去田野割草。每个孩子背一个掉在屁股上的大背篓，拿上镰刀，分头到稻田的田埂上割草。割草的人多，往往草长得比割得快，前两天割掉的草茬，才长出一些嫩牙牙，就有人又割起了这些草芽。割草技术好的，依然能在这些草芽芽上割草，如同给孩子剃头一样地推草。邻居杨叔就有这套本事，他把地埂割得亮亮堂堂，一条地埂就能割满一背篓草，让人非常羡慕。我们没有那般功夫，只能找地埂上较长的青草来割。找一块平整的石头，把镰刀磨快。挽起裤腿，两脚踩在稻田里，俯身在田埂上，一点一点地割草。田埂上散发着青草沁人的清香，一股凉丝丝的草香直抵肺腑，让人舒服顺畅。割掉青草的刀口上渗出了一丝绿汁，绿液粘在手上、衣服上，身上便有一股儿草香味。

割草来不得半点急躁，得耐着性子，要一镰刀一镰刀仔细地割。地埂上的草往往种类繁多，有些草骡子不吃，割草时就要绕着割，留下这些杂草，或者将它们割了扔掉。尖草、光明草、水草、苜蓿草……这些都是骡子上好的草料；车前草、黄蒿、马连草有一种天然的气味，骡子不吃这些。我在地埂上认真地挑选着骡子爱吃的青草，将割好的青草一把把地放在田埂上，像摆珍品一样陈列在田埂上。一条地埂割完后，就可以往背篓里装草了。把地埂上的草收拾在一起，然后一把一把地放在背篓里，用脚在背篓里把草踩实。当背篓还没满时，就得到另一条地埂上去割，直到割上满满一背篓草才肯回家。

割草的镰刀是锋利的，往往不注意就会割伤手指。有一次，我在割一丛茂盛的水草时，因手搂草太低，锋利的镰刀划破了手，顿时鲜血直流。一同割草的小伙伴寻来了马刺芥，把马刺芥砸碎、捣烂，流出透绿的汁液，敷在伤口上，血液很快就止住了。从衣服上撕下布条，简单包扎后，又继续割草，总要把背篓割满后才回家。

父亲把我割回的草倒在木槽里，骡子迫不及待地吃起了新鲜的青草。父亲自言自语地说些话，好像在和骡子交谈。他一边抚摸着骡子的背，一边念叨："红骡啊，你帮我们驮、帮我们耕，太辛苦了，这是娃割的青草，你要肯吃肯长，提头长膘。"骡子一边吃草，一边含情脉脉地抬头看着父亲，仿佛互相传递着感恩的情怀。

牲畜也有灵性，对待它们，要像对待家人一样。胸中充满爱心，感恩之情也会从内心生发。

掏鸟窝

掏鸟窝是孩子们最喜欢玩的事情，我们一群小伙伴常去树上或山崖上掏麻雀窝、鸽子窝，掏鸟蛋，捉小鸟，做野炊。至今童年野趣萦绕心间。

我们熟悉村庄周围所有的大树，知道哪个树上有树洞，哪里有鸟在树上筑巢垒窝，我们心里都有数。在平时的观察中，我们常常注意着树上垒窝的小鸟，过段时间，我们一群孩子就商量着怎样去掏鸟蛋。

记得有个叫牛娃的伙伴，他个子不高，但行动十分迅速，爬树如猿猴一般敏捷。牛娃脱下他的鞋子，挽起两只袖子，往手上吐几口唾沫，搓搓双手，两手抓住树身，双脚蹬在树干上往上爬，很快就上了树。我们在树下给他鼓劲加油，期待牛娃的好消息。

牛娃在树丛中仔细寻找着鸟窝，不放过任何一个能藏鸟窝的地方。在他锐利目光的搜寻中，一窝鸟蛋便呈现在他的眼前。牛娃高兴地在树上大叫着，庆贺他的发现。我们在地上蹦跳着、欢呼着，庆幸有可喜的收获。牛娃小心翼翼地把鸟蛋装在衣兜里，轻手轻脚地从树丛中钻出来，慢慢地抓住树身，躬着腰从树上下来。我们围在牛娃周围，看着他从衣兜里小心地掏出鸟蛋。我们

　　把鸟蛋放在一只准备好的小铁锅里，大伙儿就分头拾柴、舀水、支灶，生起篝火，煮起鸟蛋来。鸟蛋很快煮好了，大家一起分享着这难得的野味。

　　夏季，是鸟繁殖的季节。这时候就会有孵化的雏鸟在鸟窝里叽叽喳喳地叫。大伙儿闻声而至，盘算着去捉鸟窝里的小鸟。牛娃在场时，上树非他莫属，他会争先恐后地爬上大树捉小鸟。牛娃不在场时，就由三个伙伴一个踩在另一个的肩膀上爬树，在树洞处掏小鸟。雏鸟还不会飞，当伸手去捉的时候，它们还热情得叽叽喳喳地欢叫着，以为给它们食物吃。一窝雏鸟至少有两三只，把它们连窝一起搬出来，递给地上的小伙伴。那些嗷嗷待哺的小鸟，叽叽喳喳叫个不停，毛茸茸的身子在窝里焦急地移动，一双灵动的眼睛四处张望，显得十分可爱。大伙儿早就准备好了柴火，和好了泥巴，等待给小鸟开肠破肚。只需取出小鸟的内脏，不用拔掉身上的羽毛，把小鸟包在泥巴里，放在篝火中烧烤。待水分烧干后，掏出泥巴，剥掉土皮，一股肉香扑鼻而来。烧好的小鸟全身光洁，泛着成熟的颜色，十分诱人。大伙儿争抢着撕下一块，分享起来。

　　傍晚时分，成群的野鸽子都栖息在了山间的悬崖上。咕嘟咕嘟的叫声响彻山谷。我们在大孩子的带领下迅速爬到大坪上，在大坪的高处可以俯视栖息在悬崖上的野鸽子。鸽子窝就在崖窝处，崖窝四面是断崖，无法上去掏野鸽子窝。我们从山坡上找来一堆石头和土块，抓起石块就朝栖息的野鸽子砸去。天色已晚，鸽子只能在原地打旋，搅得它们不得安宁。靶子准的，总能打下一半只野鸽子。大伙儿从大坪上奔跑下来，共同寻找掉落在崖下的野鸽子。找到击落的野鸽子，把它带回家，烧水，拔毛，剪切，煎炸，一股香喷喷的野味弥漫了整个屋子，让人垂涎三尺。

　　因我们的顽皮，不知有多少只小鸟失去了生命。我常常反省，深感内疚。若在那时丢掉顽皮与任性，放下侵害鸟儿的利器，让鸟儿拥有一片自己的空间，自由快乐地生活，那该多好啊！

鸟儿是我们的朋友，我们应该爱护它们。与鸟儿为友，共同营造和谐美好的自然。

放　牛

我们家有一头母黄牛，它是生产到户时分配给我们的。黄牛分给我们家的时候，肚子里就怀了小牛仔。第二年的春天，大黄牛便生下了牛娃儿。

春天，青草都长了起来，山坡上的野草发着翠绿的光，吸引着饥饿了一冬的牲畜。它们急不可待地奔向山坡，啃吃山上的嫩草。父亲让我赶上黄牛母子，到山上放牛。早上，我吃过早饭，带上干粮，打开牛圈门，吆出黄牛，赶上牛儿上山坡。

清晨的风，带着丝丝凉意，吹拂着我的面庞，一股早春的清凉直抵心底，让人神清气爽、精神焕发。大黄牛迈着稳健的步伐沿着山路往上攀爬，牛娃儿紧跟在大黄牛的身后，努力地往上爬。这是牛娃儿的第一次体验，它很努力、很仔细，对一切都感到很新鲜，那双明亮的大眼睛充满了好奇，东瞧瞧，西望望。我一路用小手抚摸着它毛茸茸的脊背，传递着对它的喜爱。

到了山坡，牛就不再赶路了，它们停下来啃吃山坡上的青草。我找到一块平整的地块，搬一块石头坐下来。取一截枯枝在地上挖个土坑，把背包里的馍馍放在挖好的土坑里，用土埋起来，中午时，便从土坑里把馍馍挖出来吃，干馍馍吃起来就会又湿润又松脆。连绵的山峰在眼前晃动，莽莽群山气势如虹。山下的白水江像一条碧绿的彩带，泛着蓝莹莹的光。翱翔的鹰，做着鹰击长空的姿势，一会儿，急速前进，一会儿，展翅静飞，让人的心都随它而去了。山雀叽叽喳喳叫个不停，在草丛中上蹿下跳，给寂静的山野增添了许多热闹。

太阳出来了，朝阳散发着紫红的光，将山坡照得绚丽而生动。大黄牛埋头吃着青草，牛娃儿蹭着大黄牛的屁股，一会儿，吮吸着牛奶，一会儿，嗅嗅青草，也尝试着吃一些嫩草。尔后，牛娃儿又在山坡上撒一阵欢，蹦蹦跳跳的，显得十分可爱。大黄牛不时关切地看看调皮的牛娃儿，并发出"哞哞"的亲昵声，流露出那份至真亲情。看到这情景，内心竟生出几许温暖。牛也是通人性的，舐犊情深。

春天的太阳是珍贵的，在温暖的阳光里，大地苏醒，万物生长。中午山坡上没有一丝风，人懒懒地躺在草丛中，享受着无比恬静的幸福。听不到山雀的鸣叫了，大概它们也沉浸在这幸福的氛围中，不忍打扰这份安宁。牛娃儿，这时也安静了下来，静静地卧在大黄牛的身旁，分享着阳光的恩赐。几只蝴蝶飘忽在青草间，时而伫立，时而翩翩起舞，给山的寂静平添了许多乐趣。我深深地感到，此时是多么的幸福快乐啊！

午后，山野里的风蹿了出来，搅得山坡躁动起来。山雀不停地嘶叫，四处飞蹿。大黄牛抬起头四处张望，不时发出"哞哞"的叫声，与牛娃儿互相应答，整个山坡又热闹起来。我捡起小石头，随手向远处打。打草丛里乱蹿的山雀，打山坡上的土洞，信马由缰地扔。此时，我会大笑或高呼，似乎这片天地都是我的，我也像超出了平常的自己，感到无比的自由。

下午过得真快，大黄牛吃饱了，腆着圆鼓鼓的肚子，也想着往回走。我赶上黄牛，抚摸着牛娃儿光滑的绒毛，披着夕阳的余晖往家赶。母亲已做好了晚饭，等我回来和全家人一起吃。父亲询问着放牛的地点和牛娃儿的进食情况，我将放牛的一切有趣的事情都讲给他们听，父亲苍老的脸上就流露出欣慰的笑容。

　　放牛是寂寞的，放牛也是有趣的。回想那些童年有趣的事，那一份欢乐依然萦绕心头。那是童年特有的幸福！

第五辑 NO.5

骋怀览胜

天池的水太深、太厚，它一直保持着一贯的平静，没有什么能使它忘形而动，心生傲慢和浮躁，千百年来都没有，现在也没有……

故乡的风

故乡的风，是记忆中的景观。

故乡多山。两山对峙，一条白水江穿流而过。沿白水江奔涌而起的河风，呼啸着穿过山口。大风掀起了波浪，发出轰鸣的炸响，震得山鸣谷应。故乡就坐落在一个略显开阔的小山梁上。村子正对着山口，从江面吹来的风径直吹向村子，让村子充满着风的情、风的爱和风的威猛。

故乡的风以其温、凉、爽、冽而闻名，而使家乡的人们和外地的朋友感触颇深。因此，取一别致的名字叫"裤裆风"。不必说取名者深思熟虑之精妙，只要来过家乡石鸡坝的人，都不会忘记这儿风的滋味了。

立春过后，寒气还没有完全退却。故乡的风，还有冬风未尽的余味。风依然吹得干冽而粗野。一股强似一股，大风狠狠地吹打着大地之门，唤醒沉睡一冬的土地，继续投入热烈的生活。晒几天太阳，天气就变得暖和起来，故乡的风也柔和了许多。风一刻也没有停止吹拂，一夜春风，吹得千树万树梨花开，园子里和田埂上的梨树都缀满了雪白的梨花，装点得田园一片圣洁。房前屋后整个儿白花花一片，十分喜人。只是一江之隔，江南和江北就气候各异。当白水江北岸的梨花都已盛开，而南岸僻静处的梨树才含苞欲放。故乡是春姑娘到的第一站，然后，才悄悄地向南岸移去。故乡的风吹皱了江水，吹生了万物。

仲春的风，暖暖的，像母亲温暖的手，抚摸着孩子们的脸，顿觉精神抖擞，舒畅极了，有种积极向上的力量。"一年之计在于春"，人们在春风里耕耘，播种，种下丰收的希望。

夏天，故乡的风像一把扇子，吹来凉爽的风，给人送来阵阵快意。清风吹动了树叶，树叶沙沙作响。树下的绿荫里，人们围坐在一起拉家常，不时发出阵阵欢笑，欢笑声随风而去。几位不善言谈，也不参与其他活动的老年人，安闲地坐在树下，在炎夏的凉风中打盹。一阵凉风吹来，带来了芒种时节深翻泥土的气息，让人感到时令已到了夏播的季节。风还在不停地吹，虽然头顶烈日，劳作在旷野中的人们，却不觉得酷热难熬。盛夏收割完的麦子，打碾后，人们把麦子背到自家的房上或打场里。故乡的风有种灵性，需要它时，大吼两声，风一下子就大了起来。风，犹如扬场机，把丰收的粮食在风中扬干净。人们用簸箕盛上麦子，将它举过头顶，扯开大嗓门吼起来，风大了起来，借助风的力量很快就将一大堆麦子扬完。虽然扬场机等现代工具已使用，但这里的人们还是沿用着这种古老方式，享受上天赐予这方土地得天独厚的风资源。在漫长的岁月里，先民们不竭地探索、思考，用智慧创造了独特的风文化。

今秋又是一个丰收年。故乡的风吹透厚实的庄稼，稻穗保持良好的通风，减免了病虫害的侵袭。沉甸甸的稻谷弯着腰，在风中点头。村边的几排白杨树叶子泛黄，秋风过处，叶子随风飘零。一群孩子蜂拥着争抢树叶玩耍，一片片摞起，又随风吹散。叶片落在孩子们充满希望的脸上，落在了根的周围。故乡凉爽的风啊！你来得如此之急，又如此之紧。虽未至深秋，却有深秋的凉爽。江水南岸山湾处的小村庄，园子里的果树叶子虽已泛黄，但秋至而未坠。迟熟的苹果，在淡黄的叶子中间红得发亮，十分诱人。虽然，咫尺之隔，但气候不同。是故乡的风把南岸和北岸区别得这么分明。

中秋时的天空没有一丝阴云，洁白的月光普照大地，凉爽的秋风吹动着残枝败叶，不时敲打着门窗。故乡的风把我从梦中唤醒，月光驱赶了我的睡意。我穿好衣服，打开门，径直向田地走去，欣赏秋的月色。大地睡得很熟，只有故乡的风伴着我，沐浴在如水的月色中，任放纵的思绪驰骋。这时候什么都可以想，什么都可以不想，便觉得是个自由人。深夜吹来一股夹带寒气的冷风，使我全身上下只打寒战，才知道现在已是风霜高洁的深秋季节，我赶忙裹紧衣服，带上门，走进屋。让风孤独地吹吧！我已进入梦乡，梦见自己置身于故乡的风中，随风飞扬。

寒冬，百草枯萎，树木凋零，山川黯然失色。故乡的风变得凛冽暴躁起来。街道上很少见人，大家都三五成群地坐在火炉旁谈古论今。外面有一群顽皮的孩子在追逐打闹，还有外地赶路的行人。冷风从裤管直入，钻进衣裤，裤裆胀得圆鼓鼓的，好像屁股上带着的蒲团，形象尴尬。行人只好双手插入裤兜，紧紧撩住裤边，以免招来孩子们的嬉笑："裤裆风，钻裤裆，钻进裤裆凉飕飕，不要气，不要慌，石鸡坝是个好地方……"远方的朋友虽然有些气恼，但也给人留下了不可忘怀的记忆。

深夜的寒风来得紧，来得猛，来得凶，一茬紧接一茬地冲，似要吹掉世上一切肮脏的东西，洗礼难眠者的心。倾听风的声音，或猛虎长啸，或蚊虫呻吟，时断时续，有鬼哭狼嚎的悲凉，让人害怕。故乡的风如同一口鸣世警钟，时刻修正我的思想和行为，让我自警、自省、自觉。

故乡的风丰富了家乡人的生活。村子里的几位知识青年，瞄准了风的作用，对故乡的风资源加以利用。他们安装了小型风力发电机，产生的电能供家庭照明。街灯也由风力发电照亮。在漆黑的夜晚，有一盏明亮的灯，照亮前行的路，夜行者不知有多感激。

　　故乡的风一年之中特色各异，一天之内变幻无穷。故乡的风历尽岁月沧桑，吹不变自身的信念。我爱故乡的风，爱它那股韧劲。我甘愿做故乡风中的一分子，飘飞在这方热土上，钻进寂寞的角落里，躲进行人的衣装里，陪伴故乡的人们走过平凡质朴的人生。

石鸡，天之胜景

　　一尊巨石，傲立于白水江中，其形像鸡，故名石鸡。

　　石鸡傲立于白水江沙中，深不可测，露出水面的部分，显得高大而雄伟。石鸡高昂着头，似雄鸡高鸣，展翅欲飞。其隆起的背，丰腴的腹部，形象逼真，惟妙惟肖，真为大自然之神奇造化，天地之灵秀。

　　祖父刘玉屏，是清末秀才，曾作《石鸡赋》："石鸡为天下之胜景，惜其僻处峡荒。限于方域，无高人学士来之于此，思其淹没无名者久已。想见此石鸡，在水中央，不育、不卵、不飞、不鸣，而石鸡能以天地同寿，与日月同春。似非此石鸡，千年万古所罕有。无似乎追逐，而前有峨冠博带，如鸡之头；然后有奋飞毛羽，如鸡之尾。然两岸有山谷，有时有如山鸣谷应，如鸡之报晓；然中间有风水，有时有风来水响，诧闻之如鸡唱夜。然幸乎不鸣，鸣则惊人。兰亭之丽，不遇佑军，虽丽而弗录；江陵之胜，不遇宋濂，随胜不传。"其文妙矣！

　　石鸡，在石鸡坝乡境内，位于石鸡坝村的东端，屹立于文县至九寨沟风景区这条线上的两山相峡处。石鸡的头朝向宽阔开朗的石鸡坝川坝地，尾部迎着大山揽入江风。

　　从县城向西，沿白水江逆流而上，顺东青公路行程约 30 公里，在公路旁就能看见雄姿英发的石鸡了。白水江畔的新关村与之隔水相望。滔滔奔涌的白水江，波浪汹涌，在此更显得桀骜不驯了。龇牙咧嘴的河谷，涛声阵阵，让人生出几分惊恐。掀起的浪花，晶莹玉碎般地洒在石鸡身上，滋润着石鸡身上生长的水草和苔藓。石鸡更显得黝黑深沉了，向人们展现出它的悠久与沧桑。

　　石鸡不惊，不悲，不喜，超然洒脱，泰然处之。石鸡像一位饱经沧桑的老者，阅尽人生百态、世间苍生，展现出老者的大智与大勇。来到石鸡前，伫立凝望，一种大气，一种精神，一种力量油然而生。真感叹大自然的鬼斧神工，灵性化育。

　　石鸡坝，因石鸡而得名，偌大一块川坝地，似一方端砚，横卧在众山之间。在山推山、山爬山的文县，真是一处少有的开阔坦荡的地方。阳光在此显得奢侈，日出至日落，一天可以享受十多个小时的普照，所以，生长在这里的庄稼、果木品质很好。1700 多亩"大寨田"，成为文县最具实力的米粮川。现已建成的文县稻米种植基地和温室大棚蔬菜基地，已成为九寨沟名副其实的"菜篮子"。

　　充足的光、热、水、土，赋予石鸡坝这片土地太多优势。据史料记载，石鸡坝的稻米曾为贡品，可见这里大米的品质了。石鸡坝的稻子，因光照充足，吮吸着水磨沟流出的山泉水，生长的大米，颗粒饱满，光泽鲜亮，晶莹剔透，味香色醇，甜润悠长，是米之上品。传说，石鸡坝的大米每年朝贡，深受皇亲国戚的青睐，皇帝钦定为朝廷贡品，受到朝廷的褒奖。因此，产于石鸡坝的大米就名扬天下了。每逢稻子收获，人们就纷至沓来，专程购买石鸡坝的大米。

　　"石鸡坝的稻子，新关里的妃子"的谚语广为流传，传奇故事奇巧地将稻子、妃子和朝廷联系在一起。传说，新关村有一位女子，体态大方，貌美如花，闻名整个阴平大地，后被地方官员举荐朝廷。圣上专门派人察其言，观其色。钦差带一画师，奉旨来到新关村，首先拜谒了石鸡，然后进村找到这位女子，描其神，画其像，面呈圣上。圣上大喜，连连赞叹，真美人也！立刻派人喜迎进宫，做了皇帝的妃子。

石鸡高大雄伟，最富神韵。据说，石鸡因石鸡坝的稻子而生，稻子成熟后，石鸡要吃够一个对年的积食。于是，金秋时节，稻谷金黄，稻浪声声，金黄的稻穗丰收在望。每逢良辰吉日，石鸡就会金光四射，引吭高鸣，震惊乡里。石鸡吃了石鸡坝的稻子，屙下金子于深沙之中。便有一句民谣："淘金淘到石鸡坝，有了有，没了回去呀！"流传至今。从谚语可以证实，石鸡坝一带自古就是产金的地方，也展现了古时淘金者生活的艰辛与无奈。据勘探，文县拥有岩金、沙金，金矿富集。以石鸡为界，白水江下游沙金丰富，上游河中含金量小。石鸡左右两侧的新关金矿、半山金矿都是岩金，经雨水冲刷带入白水江中的矿石，丰富了沙金的含金量。石鸡以上就再也没有大型的岩金矿了。所以古时候淘金的人，石鸡以上不去淘金，是有道理的。

石鸡灵性十足，人们尊之为神。每逢过年，远近村民，都要杀鸡宰羊，祭祀石鸡，保佑一方风调雨顺，六畜兴旺，五谷丰登，国泰民安。人们祈求石鸡赐寿降福，逢凶化吉，遇难成祥。石鸡的神圣早被如梦如幻的神话故事所证实。任何人不敢亵渎石鸡，只能远观凝望，让人深切感到石鸡的神圣了。

石鸡，西北一隅的雄奇，甘川旅游线上的奇观。石鸡装点着故乡的秀美河山，丰富了如诗如画的人文景观，是天下之胜景。

自然天成邱家坝

在甘肃南陲文县的深山之中蕴藏着一幅原生态的画卷——白水江自然保护区邱家坝生态旅游公园。

邱家坝与一支自称"白马人"的古老而神奇的民族齐放光彩，成为中外游客和民族民俗专家学者观光旅游、考察研究的热点之地。

邱家坝距县城约 45 公里的路程。沿白马河逆流而上，经过十几个藏族村寨，翻越最后一个藏族山寨——阳尕山，沿公路盘旋而上，从两条山溪交汇处转个湾就到了邱家坝。眼前豁然开朗，四周青山苍翠，林木参天；林间秀竹葱郁，流水成韵；蜂蝶翩飞，禽鸟飞鸣，花奇斗艳，碧草茵茵，半山居雾若带然。苍翠茂密的林带，将邱家坝环绕簇拥在如梦如幻的自然佳境之中。

邱家坝与九寨沟山水相依，毗邻四川省平武县，紧靠王朗自然保护区，总面积约 22500 公顷。邱家坝地形复杂，群山环绕，川涧相连；悬崖与峭壁辉映，瀑布与碧潭成趣。这里山高涧深、人迹罕至，是野生动植物的乐园。

坐落在邱家坝腹地的大熊猫驯养场修建于 1986 年，占地面积 2 公顷。这里曾经抢救过受伤的大熊猫，也繁育了大熊猫幼崴，为保护大熊猫创造过许多辉煌业绩。大熊猫驯养场坐落在苍山林海之中，环境十分幽雅。这里成为全国著名的驯养和繁育大熊猫的重要基地。如今，大熊猫驯养场内绿树成荫，一群麋鹿飞奔在树林里。麋鹿的鸣叫，山鸣谷应，整个山野都热闹起来。饲养员说："现在大熊猫都在野外生活，工作人员全天候监控它们的生活，目前的监控手段更科学，如有意外，抢救人员就能及时赶到。因此，驯养场里再没有饲养大熊猫了，让它们在野外生存、繁殖，有利于大熊猫的生存；如今在大熊猫驯养场内饲养了一些麋鹿，这些国家一级保护动物在此生活得很好。"

邱家坝是野生动物的天堂，生活着大熊猫、金丝猴、扭角羚、金猫、绿尾虹等 40 多种国家一、二级保护动物；生长着珙桐、银杏、香果树、水杉树、紫斑牡丹、天麻、金钱槭等 60 多种珍贵濒危植物；原始森林中广布羊肚菌、朱苓、灵芝、木耳等多种珍稀菌类，以及 639 种药用植物，这些都在这片土地上世代生息、繁衍。

邱家坝冬无严寒，夏无酷暑，四季分明，风光旖旎。群山莽莽，林木萧森，襟一河而带万溪；山泉潺潺，清澈见底，奔流不息；峡谷深邃，石崖巍峨，或卧、或俯、或立、或仰，对影成趣，栩栩如生。形如勺匙的邱家坝腹地，约 80 公顷，草甸与树木相间，广袤碧茵，彩蝶飞舞，群蜂戏花；鸟儿穿梭其间，珍禽高鸣，稀物嗷叫，一派生机盎然，万物争荣的景象。浩瀚而葱郁的原始森林碧绿如海，把邱家坝装点得雄奇秀丽。

邱家坝背依白雪皑皑、雄奇壮美的岷山。纳天地之灵秀，成迷人之胜景。邱家坝是遗落在人间的一方仙境，这里的山、水、石、树和生灵构成一幅风格各异的原生态风景画，或铁骨嶙峋，或风姿绰约，或蜿蜒逶迤，或清幽寂静，或神情妩媚。令人感叹大自然的鬼斧神工和物竞天择。岷山余脉在这里挥洒雄姿，银装素裹，尽显千里雪山的雄浑与苍茫。白马河从此发源，成为白水江的重要支流。泉流纵横，交汇成河，让群山披绿，洼地成荫，成就了邱家坝生物基因库、生态乐园的美誉。

走进风光秀丽的邱家坝，便进了绿的海洋、花的世界、珍禽异兽的乐园。雄健的冈峦山阿，陡峭阴森的山崖峡谷，如茵似毡的宽阔草甸，松涛阵阵的原始森林，纯洁甘甜的白马河水，装扮得这方河山如诗如画。置身其间，顿觉心旷神怡，天地合一，使人如痴如醉，忘记归途。每当阵雨过后，便有美丽的彩虹飞架山间，为神奇的邱家坝增添了许多瑰丽的色彩。

走进迷人的邱家坝，与这方山水养育的神奇而古老的"白马人"共舞狂欢，唱一曲荡气回肠的敬酒歌，跳起锅庄舞，白马人表演原始古朴的面具舞——"池歌昼""圆圆舞"，会把你带回远古深远的时代，感受白马人悲壮沧桑的民族发展史。夜宿旅游村招待所，或下榻藏家木板楼阁，一边品饮青稞美酒，一边聆听琵琶弹唱，融入这清纯圣洁的佳境，使人文与景致彰显，雄奇与灵秀共存，仿佛身临仙境。

走进神往的邱家坝，与猴熊鹿豹共享蓝天白云，与花鸟禽虫同乐，与白马同胞齐欢，徜徉在自然天成的邱家坝仙境，不亦乐乎！

阴平茶赋

　　陇之南陲，秦岭以西，岷山东端，阴平故地。锁蜀川而封秦陇，挟山岳而舞百溪。幽僻之地，草木丰腴，物华天宝，得天独厚。众山之间茶树丛生，云雾深处佳茗飘香。物换星移，人间巨变，古道蛮荒，商贾云集；古昔去兮，今朝映辉。茶之胜矣！

　　阴平佳茗，色鲜味美，甘爽清冽，醇香犹存。纳天地之灵气，揽日月之光华。蕾芽饱满，毛粉欲夺，雍容华贵，尊为上品。龙井毛尖精琢细砺，紫御雀舌名噪京都。上浮如云，下沉似笋，静而不厌，泡而不烦。态若羞花，气似铁骨，淡泊明志，知足常乐，恰似人生！

　　喝茶之俗，兴于禅林，盛唐之至，享及庶民，"天子须尝阳羡茶，百草不敢先开花"。饮之品之，观之赏之，卓而典雅，轩昂从容。缈缈乐极兮登仙境，飘然洒脱兮驾青虬。好高骛远，虚怀若谷，清风拂袖，孑然一身。胸宽气阔，心旷神怡，茶之韵也。

　　时序四月，当属季春，晴空远而南冥深，春色暖而绿融融。秀峦叠嶂，山泉飞泻，喜鸟鸣啭，茶园吐翠。芽儿才露君须记，一枝一叶总关情。碧峰敬亲，李子迎客，宾至如归，高朋满座。

慨叹兮人定胜天，感赋兮沧海桑田。阡陌相通，村舍掩映，万物摇芳，生态家园。

唯阴平之茶，与天地同寿，与日月争辉，闻远近而有声，留千古之芳名。造物尽藏，寰宇佳酿，取之不尽，用之不竭。把盏酌饮，大话桑梓，改革劲帆，发展方遒。绩效永矣，同享小康，政运绵延，与国恒昌！

文昌楼

　　文昌楼又称"魁星楼"，是明代初年的建筑，被列为省级重点文物保护单位，是县城的一大景观。

　　文昌楼建造在县城的一处高台上，与江南公园遥相辉映，是县城一道靓丽的风景。白水江穿城而过，把文昌楼与江南公园分成了两处，形成隔江而望的景致。

　　从马家街穿巷而过，步行至地税局家属院，便到了文昌楼的入口处。文昌楼虽处繁华地带，但后面是住宅，前面是高坎，三面都无法通行，仅有一条小道通入楼内，因此显得幽僻而逼仄。从这条狭窄的小道拾级而上，一幢华丽的楼阁便映入眼帘。"文昌楼"三个烫金大字就镶嵌在一层悬顶之上，字体苍劲雄厚，书写流畅贯通。在两根门柱上书写一副对联：古城嵯峨，两城风物收眼底；雄姿挺秀，一江烟柳舞胸前。过正门，便有一回廊曲径通幽，凉亭建于回廊之上，尽显空中楼阁之感。

　　站在凉亭极目四望，碧蓝的白水江像一条飘动的玉带，从文昌楼下缓缓流过，为文昌楼的景致增添了许多秀气与灵动。南山似一道绿色的屏障，横亘在眼前，呈现出无限的秀色和绿意。江南公园像一块美丽的碧玉，镶嵌在文昌楼的脚下，充满了现代气息，音乐喷泉腾蛇吐雾，艺术彩灯多彩纷呈，公园里聚集着许多锻炼的人们，到处洋溢着一派欣欣向荣的景象。

文昌楼是木结构的塔式楼阁，共修建三层。一、二层为四角翘檐，第三层为六角翘檐。斗拱飞檐，妙趣横生。翘檐上装饰着兽头屋脊，形态逼真，活灵活现。楼角上悬挂着风铃，风吹穗摆，铃声悠扬，悦耳动听，仿佛天籁。中间是穹隆式阁厅，宽敞明亮，让人有一种旷达的释然。八面都由门窗围成，门窗上雕刻着飞禽走兽、花鸟虫鱼，形态各异，栩栩如生。三层楼上分别设有四面屏风，上面绘制古史题材的绘画，精细玲珑，绚丽夺目。梁柱上绘制着彩画，雕梁画栋，显得缠绵而富有生机。楼顶用彩陶琉璃瓦覆盖，线条分明，错落有致，煞是好看。每当夕阳照射，柔柔的光泻在琉璃瓦覆盖的楼顶上，给文昌楼镀上了一层华丽的金黄，房顶仿佛顿时化作一汪晶莹的湖水，每一片瓦都跳跃着红润的光，顿显波光粼粼。

文昌楼以其悠久的历史和优美的身姿，博得世人的认同和赞许。在漫长的历史长河中，它将更多的信息传递给后来的人们，将这一景致所蕴含的古意在现代的时空中呈现。

天池秋韵

深秋的天池，比任何时候都要艳丽。仿佛秋的色彩都凝聚在这方水土，让秋天的天池更显神韵，景趣盎然。

山中之秋总比其他地方来得更早，更浓烈些。满山满坡的灌木丛也由微黄变深黄，由淡绿变得深红。秋天的天池，没有一处不是秋的投影，彰显了不同于其他季节的个性。

通往天池的是一条新铺就的柏油马路，路飘挂在半山腰间，像玉带缠绕着丰腴的山体，又隐约淹没在了灌木丛林中。沿路凋零的叶片，飘飘然，随风摆动，在疾驰的车轮下碾碎。石崖上生长的黄栌，叶子愈发得绯红，红得喜人，红得热烈，红得充满激情，好像秋是从众山之巅泼洒下来的，逐渐向山脚延伸。而天池的秋，已达到了极致。

最先到达，并看到的是天池的眼，人称"五指神洞"。天池的水就从这儿排出，形成了"五指神洞吐汤河"的华章。五窟泉孔，从岩石参差错落间喷涌出泉水，洁白奔腾的浪花，从山坡上飞流而下，飞花碎玉般地飘洒，溅起了晶莹而多芒的水花。路旁筑造的人工水泥高墙，将水的狂野梳理得温柔而富有诗意，似少女的长发舒缓柔顺，最后汇成了一条清澈的溪流，穿梭于沟涧丛林，消失在了茫茫林海之中。忽而，一泓急促的溪流又从石崖上突奔而出，织就了一匹水帘，悬挂在跌宕的山崖上，让人振奋。

转过一个弯，就到了天池的腹地。经过一条偏僻的山路，群山环绕间，一池湖水展现在了眼前。只是一梁之隔，但气候不同。山间的雾气饱含水汽的湿润，阴沉沉的，山雾压得很低。山雾温柔地抚摸着天池的脸，透过低层浮游的薄雾，满是天池奇异的秋色。天池厚积的秋水，旷达悦目。让人迫不及待地站在池边，欣赏天池厚重的秋了。

薄薄的晨雾还没有散失殆尽，飘浮在湖面与山坡间，仿佛给天池披上了一层透而明亮的纱，彰显出了天池的妩媚来。早晨的太阳格外明净，山和水一同接受着太阳的洗礼。大山高处的雪宝顶，映出照人的白，把人一下子就带进了圣洁的仙境。向天池蔓延而来的红，把四周的山川都渲染了。在此，太阳光照射得更为热烈而奔放。红叶上的水珠儿，晶莹剔透，浸透得叶片越发明亮。芊芊莽莽的红叶像手举鲜花的孩子们，欢迎着远道而来的宾客，在此欣赏美景。很快，太阳完全驱赶了雾，现出了碧蓝平静的湖面和被红叶染透了的山梁。湖面静得出奇，柔得可爱，幻化出少女般的纯情。湖面上的落叶早被鸟儿拾走了，一丝杂尘也没有，明净地可以倒映出连绵的群山和山上的树木。我惊诧于天池的秋了。

天池上备有游船，有脚踏船、木篷船、汽艇船。我们乘坐了一只木篷船荡游天池。秋风吹拂湖面，送来了对岸红叶的醇香，沁人心脾。湖中的水，瓦蓝瓦蓝的，与天空一样高远。在静得出奇的天池湖面上划行，如梦如幻，是一种莫大的享受。置身于天池的水面上，感到心胸旷达。远处偶尔溅起的水花，是鱼儿在湖中戏水。自由自在的鱼儿，无忧无虑地生活在这童话般的世界里，让人羡慕。碧澄的天池水，被游船轻轻搅动，在平静的湖面划出道道水痕,水波的涟漪荡不远就消失在了广袤的湖面上，水面很快就恢复了平静。天池显得稳健，深沉。

天池的水太深、太厚，没有什么人能够撼动它，它一直保持着始终的平静。没有什么能使它忘形而动，让它心生傲慢和浮躁，千百年来都没有，现在也没有。我不禁被这天池的秋水折服了。

鬼斧神工的自然造化，形成了天池的奇山丽水。沿岸突兀的狮子包、象嘴石把秋的色彩带向湖中，为天池的秋平添了几分秋韵。秋天的晚霞红得似火，与天池群山之间的红相得益彰。天池的水也燃烧了起来，显现一种迷人的美丽。

天池的秋，如同天池的美丽一样流光溢彩，富有神韵，让人沉醉忘归。

冬天的茶园

　　冬天的茶园另有一番景致，如蒙娜丽莎般的美。我钟情于冬日茶园的美。

　　今年的冬天，寒冷来得异常早。时令未到冬至，天空就下起了鹅毛大雪，将陇南的原野银装素裹，茶园也图上了一片浓重的银白。

　　在寒冷肆意之时，我们来到茶乡马家山村。车子顺着一条盘山公路向村里徐徐行使，车窗的玻璃已被车内的热气与外界的寒流弄得模糊。擦拭玻璃，窗外的景色便得以显现，一畦畦茶园似飞毯一样飘然向后飞去。雪过天晴的碧空，洒下明净的阳光。茶树上的积雪悄悄融化，露出了茶树的叶子。深绿色的叶片油油地从茫茫淡白中透出，让人心里生出些许激动来。

　　村子周围栽满了茶树，房子与房子之间也栽植了茶树，整个村子都被茶树包裹着。只有墙体的瓷砖闪动耀眼的白，证明茶园中还有人家。

　　晨雾还没有消散殆尽，一抹如带的薄雾浮居山顶，幻化了高处的森林，茶园却显得清晰了。积雪渐渐从茶枝消融下来，透出诱人的绿。肥厚硕大的茶树叶子像刚洗过一样，在冬季里静静等待。没有一丝风，但彻骨得冷，让人生畏。棉皮鞋，已隔不了地气的寒，浑身透心得凉。我拨开路边茶园里簇拥着的茶树，发现根部还积着厚厚的雪。茶树上融化的雪水，在树根处又结成了冰。冰的坚硬，足能击溃飘浮的思绪。在叶子间躲藏着让人心喜的秘密，已生长出许多含苞的茶骨朵，露出了刚从叶柄绽放的一丝。这是一个让我吃惊的秘密，我知道寒冬蜡梅开花，如今在寒冬看到茶树开花，这不由得让我心生敬佩。我不敢碰它一下，生怕因我的无礼而玷污它的圣洁。此刻，我想到了茶花，过不了多长时间，这里将是茶花烂漫，如诗如梦的境地。那时依然是冬天，有谁能欣赏此景呢？热闹属于它们，属于这些圣洁的生灵。

茶园整齐而壮观，一排排，一行行，星罗棋布，仿佛绣织的绿毯，美妙如画。茶枝都是初秋修剪过的，矮矮的，似长龙列队，显出几分韵味。茶园中留出的一道道垄，残雪稀露。从田垄里湿润的土壤中，依稀可辨茶农上足的冬肥，茶树的叶子绿得黝黑发亮。茶园的地埂上生长着几棵柿子树，已落完了叶子，树枝上悬挂着火红的柿子，点缀其间。雪还没有完全融化，茶叶上还蒙着淡淡的白。整个茶园如同披上了一件薄如蝉翼的纱，绿得含情，羞涩。我以为这种景致恰到好处，春天的茶园则太淡，盛夏的茶园太浓，秋天的茶园太萧瑟，唯独冬天的茶园在娇艳中傲寒，在清静中吐华，别有一番滋味了。

茶园中有一池湖水，名叫龙池。龙池正躺在龙池坪山湾的平坦处，方圆数十亩，湖水清澈碧蓝，如同茶园的眼睛。湖水泛出淡淡的绿，是茶树的绿倒影的颜色。池中的荷叶残败在湖心，荷枝托着败叶随风摇曳，荷根深深地扎在池塘的泥土中。一段露出泥沼的根，黯然深紫，在湖面上分明可见。湖面上搭建着两方戏台，一处是演戏台，一处是观戏台，依湖而建。戏台伸向水中，演戏台与观戏台的中间隔着十余米的湖面。这独具匠心的设计，别有一番滋味。戏台是专为举办采茶节而搭建的，节会过后没有拆除，便成了这里的一处景致了。今天，行走在冬天的茶园中，又碰到一处人造的景致，便徒步在戏台上转悠，心中涌出缥缈的思绪和无尽的向往。在此，我们可以感受美丽的龙池，感受冬天的茶园，感受茶园中歌舞升平的景象。严冬，冰封了山川大地，瘦了龙池的水，使冬天的茶园更显风韵。茶园与苍松赛绿，与蜡梅竞放，尽显君子般的从容。

忽而，太阳又躲藏在了云雾里，没有露一点颜色，整个马家山茶园都静默在阴沉里。下午，我们离开了马家山。车子游龙似的穿行在无垠的茶园间，群山银装素裹。白绿相间的茶园盛景，如同一幅生动的水墨山水画，景色迷人。我打开车窗，思绪就飞了出去。那淡淡的银白，很快变成了幻化的色泽，让人十分迷恋。那透着茶香的绿，直沁心田。一派生机勃勃的景象，充满着灵动与活力。茶树傲立于寒冬，不畏风霜冰雪，在困境中洗礼，在逆境中奋发，勇敢地面对一切。冬天茶园的美丽，让人陶醉；茶树勇敢而坚毅的精神，让人倍受振奋，从内心深处生发出莫大的力量来。

不觉间，车子已经驶出马家山，沿国道212线奔去。热切期待，前方定会有新的景致在心中留驻……

46444444444444

玉虚夕照

　　县城平躺在玉虚山下，抬眼望去一座雄伟而高大的玉虚山就尽收眼底了，好像是为观赏这一美景而特意营造的。每当傍晚时分，玉虚山顶就呈现出绚烂的夕阳。这时，在县城的每一处，都可以欣赏那迷人的夕照了。

　　玉虚山陡峭、逼仄。一条步行台阶小路环绕而上，这是建造玉虚山林园时修建的。沿路修了许多凉亭台榭，游人在此可以歇息。山坡上翠柏翁翁郁郁的，一条小路夹在其中，越发显得狭窄而幽静了。

　　太阳在西山与我们挥手告别的时候，夕阳就洒满了玉虚山顶。那七彩的光照，映衬得凉亭台榭金碧辉煌。夕阳柔柔的光泻在凉亭的翘檐上，给紫红的琉璃瓦镀上了一层华丽的金黄。每一片瓦都跳跃着红润的光，波光粼粼。那柔柔的光线，缓缓地从浓郁的翠柏树尖上轻轻滑落，呈现出美轮美奂的色彩，让人陶醉。很明显，这跳动着的光芒是夕阳得意的杰作。

　　那一丝平静，难道不是被夕阳踩碎的吗？啊！这是怎样的调皮呢，我将受用于这醉人的夕阳美景了。

　　太阳好像留恋不舍，静静地悬挂在天边。它努力地散着光，普照在玉虚山顶。太阳这时似裹上了一层橘黄色，没有了刺眼的光芒。霎时，整个大山都温润起来。夕阳的光温和柔软，像母亲的手抚摸着儿子，让人油然而生温情。夕阳照在玉虚山脊上，那一处悬崖上的明石反射出红润的光，形成一道紫而发亮的光环，明油一般滋润着旷野。不一会儿，就被揉碎在大山的荒野之中，仿佛让人置身在梦境里。

一会儿，太阳的脸上开始泛出微红，轻轻地，如纱一般。太阳光逐渐变得深红，一片红色涂满山顶，犹如给玉虚山戴上了一顶艳丽的小红帽，把大山装扮得更见风韵了。夕阳由深红逐渐变成浅红，忽而，又变得暗淡了。这时，太阳完全坠入西山了，只留下一片暗淡而荒寂的山野，在晚风中沉默。

夜色渐渐漫了过来，几乎要把太阳完全赶退。折射出的最后一缕太阳光则变得越发得红，宛如一团燃烧的烈火将黑暗照亮。天边褪去最后一抹晚霞，夜幕就要降临，玉虚夕照完全归隐了。

热切期盼新一天的到来，尽情地欣赏玉虚夕照的美丽画卷。

行船于碧口水库

　　碧口，白龙江、白水江交汇于此，自古有"水陆码头"之称。碧口水库，坝高 101.8 米，蓄水面积达 12.5 平方公里，属亚洲第一土坝水电站。自 1975 年蓄水发电后，水库一直肩负着发电、防洪、水运、养鱼等功能，也为船运提供了便利条件。碧口水库，从碧口蓄水直抵范坝。

　　这次从范坝到碧口，我们选择了坐船而行。这是我平生第一次坐敞篷船，令人难忘。

　　船停靠在拴锚的一块大石头旁。没有风，水面平静得如同一面镜子，船静静地浮在水面上，一动不动。船上坐着几位赶集的乘客，他们懒洋洋地坐在船板上，等待开船的师傅到来。我迫不及待地从这块大石头上一个箭步跨上船头，还没站稳，船就晃动起来，差点儿把我从船上摔了下来。我不曾坐过如此大的敞篷船，因此，没有上船的经验。一位乘船的老人说，上船要轻，落脚要稳，用力均匀，不能猛蹬。同行的几位便注意着，踮着脚，轻轻地、慢慢地上船。船师傅走在我们身后，上了船，进了船舱，启动了发动机。船头的师傅收了锚，撑开一支船篙，使劲摆着船头。船舱的师傅转动手中的方向盘，船便缓缓驶入湖中央。

此时，正逢阳春三月。坐着船，开始领略这晃荡着碧蓝的碧口水库的景色了。

我们乘坐的是一艘地地道道的敞篷船，船上安装着柴油发动机，也算得上是半自动化的运输工具了，比先前的敞篷船先进了许多。敞篷船的四面都敞着，没有遮拦，显得十分宽敞而空旷。坐在船上，极目四望，可以自由领略风光，有着舒心的畅快。船是由当地的木工师傅建造的，檀木制做的船身坚硬而结实，生漆涂抹成的船舱黝黑斑驳，联结船板的铁卡，平整而贴切，紧紧地扣入船体。船舷四周竖起6根立柱，支撑着船顶的乌篷。敞篷船足可容纳30余人，沿船体架设了一排固定的条板，这是专为船客提供的座位。我坐过天池湖面上的汽艇，速度快得惊人，还没游到尽兴，便到了湖的尽头，全程只是浮光掠影罢了。这儿的柴油敞篷船，虽显得有些笨拙简陋，但能激起乘船的情趣。船穿行在青山碧水间，显得古朴而富有诗意。

船徐徐前行，划开如镜的湖面，荡起层层涟漪。涟滟的水光，惊梦一般，那闪烁的光芒仿佛是梦的眼睛。水库是碧蓝的，看起来厚而不腻，那漾着的柔波，是那样的恬静而柔美，使我们顿生出水阔天高之感。碧蓝从近及远，浩渺森然。群山抚摸着碧水，拥抱着厚绿的湖水。船穿行在这片碧绿里，人仿佛也被这绿色陶醉了。痴痴地望着茫茫烟波，始终理不清一些思绪来。同行的小波指着对岸的油菜花惊叫起来，把我从绿的梦境里惊醒。抬头望去，一片金黄从半山腰一直落到水岸。好气派的色彩啊！岸上是黄的，湖面是绿的，天空是蓝的，群山才脱了鹅黄的底子。波浪映着七彩春阳，这幻化了的色泽，让春的季节美轮美奂。

船行至两山狭处，水似乎更深了些。听见了湖水拍打船舷的响声，心好像也紧了起来，滋生出莫名的担忧。船很快绕过突兀壁立的石山，前面又豁然开朗了。湖面宽阔，视野旷达，对岸坡上成片的油菜花开得热烈，似一幅浓烈的油画，挂在半山腰。水面吹起微风，吹皱了蔚蓝的湖面，吹进了船舱。时令正是孟春，尽管初春的暖阳照得明快，但湖面的风越来越大了，吹得船舱悠响。风从四面吹来，夹杂着波浪的水花，溅进船舱，洒落在身上，凉得人直哆嗦。有一位乘客吆喝着要在对岸的村庄下船，船主正忙着向码头停船靠岸。船师傅扳转方向盘，船头的师傅取下插在顶篷上的竹篙，用竹篙划拨着摆头定位，在一处石阶铺就的码头前慢慢靠岸。乘客带上自己的东西走到船头，娴熟地离船，很快便消失在了一片梨花林里。

岸边的野蔷薇抽出嫩绿的新芽，缠绕在核桃树干上，显出很亲密的样子。核桃树还没有长出叶子，但串串核桃花挂满枝头，在风中飞舞。沿岸的女贞子透着长青的绿，绿染山川。岸上三三两两的垂柳，新绿拂得人心痒，柔细的枝条，像美人的臂膊，相互交织，缠着，挽着。岸上还有些不知名的老树，裸露着枝干，光着身子站立着，虽然没有长出叶子，但树的躯干透着几分力量，在暖阳里，俨然是一位精神矍铄的老人。远处，有一两片白云，亮得现出异彩，像美丽的贝壳。乍看，前面的山坡上有一片耀眼的白，是盛开的李子花的白，花瓣随风飘落，贴在泛波的湖面，片片花絮迎面飘进船舱。船舱里飘来了淡淡的香，一股春天的香，使人心醉。船上，船客是自由的，完全可以由着自己的性子，想怎么坐就怎么坐。船上的船客，有躺着的，有打着盹的，有的翻看从集市里买来的物品。几位船客席地而坐，悠闲地一边抽烟，一边打着扑克牌。他们不觉有什么新奇，船要经过的地方，都熟悉于心，包括每一处码头、每一个村庄的位置都记得清楚，无须在意行船的路程。他们看重的是忙碌后的偷闲，享受着江南水乡的恬静与洒脱。

在水库的北岸，忽现一处村庄，新修的两层楼房引人注目。

同船的乘客介绍，这就是范坝乡陈家村。倚船观望，村貌焕然一新。一幢幢新楼掩映在春花烂漫里，是多么靓丽的一道风景啊！这充满喜悦的一幕，让我的视线久久难以离去，直至消失在浩瀚的烟波里。

太阳渐渐隐入山间，湖面阴森犹寒。河风吹得更加猛烈，风浪拍打着船头，河风掀动着船的篷盖，船不停地摇晃起来。我们不得不沉下身子，贴紧船舱。幸好，很快就要到达终点，不然还将会怎样的忐忑不安呢？船很快行至水库的坝上，摆了尾，靠了岸，下了船。

向归程眺望，夕阳掠过山巅，晚霞挂在天边，一抹淡红飘忽在静默的湖面。夜幕从远处向湖面逼近，茫茫江面，烟波浩渺，显现出水库的厚重与深沉。想起半日的行船，我不禁动情于美丽的碧口水库了。的确，这美丽让人回味无穷。

江南公园

　　江南公园坐落在县城的南岸，静躺在白水江边，宛如一块温润的碧玉，那美丽的光彩，让人流连忘返。

　　白水江把整个县城自然地分成南北两半，江南公园就修建在县城的南边。一座廊桥横跨江面，将江南公园与县城相连。大桥名曰"文州桥"，是一座仿古廊桥。大桥侧板为半封闭，桥上镶着石材栏杆，桥的两边设有水泥石凳，供人们休息。桥上建造了凉亭，屋脊盖顶，紫色琉璃瓦覆盖，檐角翘起，煞是好看。

　　过文州桥，便到了江南公园。江南公园由中心广场、休闲广场和娱乐广场三个广场组成，呈"品"字形布置。桥头正对着休闲广场，一棵高大的桂花树，亭亭玉立于广场中央，一身的翠绿，显得葱茏而高洁。一畦深绿的草坪，散发着青草的香味。穿过草坪，便有一池碧水，名曰："戏水池。"池中有鱼儿游动，拿一枝柳枝，与水中的小金鱼嬉戏，顿觉野趣横生。池中的水是从高处的假山上流下来的，水流潺潺，清澈透明。流水上面架设着一座小桥，名曰"知雨桥"，石拱而成，犹如彩虹。虽景致玲珑，但情调意味笃深。一座假山突兀在公园高处，钟乳石垒成的假山秀峰奇绝。钟乳石上长着青草，点缀得假山生机盎然。一泓清水从假山山顶喷涌而出，从凸凹的钟乳峰上飞流而下，滋润着石间的青草，最后流入水渠，汇到了戏水池中。

假山身后有一排浮雕，自东向西依次排开。浮雕绘画线条清晰，人物形象栩栩如生。自然资源，物华天宝，人物春秋，民俗文化，抗震救灾，灾后重建，六大板块的浮雕，形象地再现了悠久的历史和奋进的现实，让人精神抖擞，志气倍增。

与休闲广场相邻的，便是中心广场。中心广场开阔而空旷，走在中心广场，让人有种畅快的豁达。一排喷泉石柱矗立在广场中央，而龙柱最高。龙柱上雕刻着一条巨龙，缠裹着石柱，做着腾云吐雾的姿势，显得活灵活现、气韵轩昂。每当夜幕降临，色彩斑斓的彩灯照彻广场，一种浓厚的节日氛围在音乐声中升腾。这时，无数束喷泉从龙柱上喷薄而出，成了如烟似梦的景致。喷泉在音乐的节奏里向四面八方喷洒，天女散花般纷纷落下，形成的雨雾薄如蝉翼，在七彩的灯光下，幻化成美丽的盛景，让人眼花缭乱。傍晚时分，人们来到中心广场，音乐响起，踏着音乐的节奏，一起跳广场舞，跳健身操，人们运动着，快乐着。霎时，中心广场成了欢乐的海洋。

在中心广场的一角静躺着一池，名曰"荷花池"。池中荷叶轻轻地浮在水面上，呈现出一幅碧绿的水彩画。荷枝露出水面，做着朱笔点天文的姿势。几尾金鱼穿梭在荷叶之间，自由自在地在水中游荡。池边的杨柳倒垂下来，长发一般随风飞舞。一群孩子在草坪上捉蛐蛐，寻找着他们的童趣。

隔壁，就是娱乐广场了。娱乐广场有凉亭、回廊，曲径通幽。在广场中央建有翘檐大厅，内设棋牌室、饮茶室、休息室，供人们休闲娱乐。大厅后栽植的一片竹林郁郁葱葱，秀竹吐翠，生发勃勃生机。苍翠的云松、枝繁叶茂的蜡梅树、茂密的芭蕉……它们竞相生长，追赶着园中的热闹。

　　美丽的江南公园，每一处景点都是精心设计的，彰显了建设者独具匠心的思考。绮丽的景色成为人们游玩的乐园，在美景中享受怡人的情致。

青木川古镇

　　一次偶然的机会，我们来到历史名镇青木川。青木川位于陕西宁强县西北角，西连四川省青川县，北邻陇南的武都区、康县，是一处"脚踏三省"之地。其实，青木川离文县并不远，从文县最南端的中庙乡距青木川大约 30 公里的路程。我们从中庙出发，经青川县姚渡镇，在"鸡鸣三省" 的雄鸡景点前稍作停留，翻过龙驰山，便踏进了青木川镇的地界。在此，地势豁然开朗了许多，峭拔的山脊仿佛一下子变矮，变胖，变臃肿了，绵延不断的峰峦，一直伸向天边。众山之中苍翠的灌木林，在初秋之季依然显得郁郁葱葱。车子穿行在布满浓荫的绿里，心仿佛也被清洗了一般，清新而爽快。

　　我们行驶的这段路，路面凹凸不平，车子颠簸得厉害。司机薛师说，文县灾后重建的大部分建筑材料都是从这条路上运输的，超载的汽车把这条柏油马路压榨成如此面目。的确，这路对文县的灾后重建做出了贡献。沿路新修的房屋是地震后重建的，屋顶晾晒着收割的玉米棒子。粮田从我们眼前飘过，一畦畦稻田铺展着，金黄的稻子点染得田地更加丰腴。经过一座水泥桥，便到了青木川镇政府的大门。我们没有打扰任何人，车子就停放在古镇口。

青木川古称：草场坝，回龙场，永宁里，因街上生长的一棵大青木树，后来就叫青木川。古镇躺在群山环抱的一片平地里，南边是龙驰山，属四川，西边是凤凰山，连接甘肃，东边是银锭堡，北边是黄猴山归陕西，山山都是青翠碧绿，雾气盈盈。古镇由新旧两条街组成，我们先从新街进入。新街是由古镇新式楼房外套俄罗斯古装门饰组合而成的新建筑，三层木面装饰，门面窗棂均雕刻花饰，屋檐吊脚，屋顶青瓦覆盖，深紫色漆面，雄宏而古色古香，一排排整齐的仿古建筑列阵延伸。一位奇石经营户给我们介绍：新街的装裱完全是地震灾后重建的创举，政府投资 1550 万元对新街进行了仿古包装，群众也有少量投资，每户出资 800 多元就完成了三间房屋的装裱。在临街门面的门额上都挂着一块块统一设计的广告牌：德福斋奇石、福正堂药店铺、广聚香饭庄、青木仁旅店、富丽秀发屋……各家门店都敞开着，却门庭冷落，街上很少有行人。此刻，我的脑海中闪现出许多疑问。这么多的门店每天都开着，它们为谁而开，门店的生意又如何维持……

穿过新街的一条纵道，便到了青木川最有名的景点魏氏宅院——魏辅堂宅院。魏宅有新旧两院，二层建筑，新院属西洋与中式相结合的建筑，第一层砖木结构，第二层全木结构。从新院入，大门通厅中摆放着培育英才、厦庇群英的匾额。"厦庇群英"，是文县县长王泽勉在 1949 年的赠匾，字迹苍劲飘逸、笔力雄健，从匾额字面解析，不难看出他对魏福堂的敬仰之情。前院正厅设议事堂，挂八尺中堂，设八仙桌、太师椅，茶盅摆放整齐，排位有序，次第如初；东西堂屋设门卫室、参谋室、军机办公室等；院中四角各放一口大石缸，用来养荷养鱼，兼防火，石刻雕花镶边，正面刻有文字，已模糊难辨；屋面砖墙砌面，门窗雕刻而成，显得古朴而恢宏。二楼全是办公用房，有师爷室、文案室，全都空着。四周曲栏回绕，外挑式围栏可以凭栏曲身休息，与传统垂直内敛的围栏反差很大，显得张扬。屋檐的吊脚丰硕肥大，吊木瓜雕刻得非常精美别致。

通过一条隐蔽的长廊，便进了魏氏旧宅。旧宅是完全采用古典四合院设计，三进三出。正房设老太太的佛堂，八扇门雕刻得雍容华贵，喜鹊闹梅、麒麟卧芭蕉、犀牛望月的楣刻；八角相映的窗花，把一座古建筑烘托得富丽堂皇。有人在议论两根门柱下的石狮子属公属母的问题，一只侧右张口而视，另一只含口张望，真切传神，栩栩如生。几十年了，它们神态如此，历经风雨仍如故。

通右后门便到了后院厨房，厨房院内有天井、暗道、盛水的石缸，水源从暗道入，外界很难发现进水的地方。在那兵荒马乱的年代，这种谨慎的做法显得十分必要。通左后门，便到了太太、子女和十多个大小奴婢居住的地方。庭院明显比正院内敛许多，二层房屋都为居家之用，正房设老太太佛堂，其次是六位夫人居室，右堂屋女儿们居住，大小奴婢居住在下房。后门便是厕所，有暗道与前院连通。沿着新旧两宅铺就的石阶返回，我们瞩目而视。拾级而上的石条、笨重硕大的石缸、清晰的石刻图案、粗壮高大的楼柱、精刻细雕的花纹……如此重荷的实物，是怎样运送到这里，又怎样把它们镶成这等模样的？如此精细的雕工，不知出自哪些工匠之手？站在院里环视四周，看到人们用血汗凝聚而成的建筑，不知花费了多少人的心血，又让多少人为之付出了代价。

一条金溪河穿镇而过，把新旧两街分隔开来。一座飞凤桥又把新旧两街连接在一起。飞凤桥，一座仿古水泥廊桥，雕梁画栋，飞阁翘檐，蔚为壮观。桥面水泥铺面，有座板木凳，几位老人正坐在桥板上"摆龙门阵"。过了飞凤桥就到了古镇老街，老街不宽，但洁净舒适。临街也都开着门店，大多是经营百货和小吃的，女人们打着毛线或坐在家里刺绣，守着摊子。老街比新街热闹些，这里都住着老户，门前堆放着才收割的玉米棒子，老人们正在拨壳扎把。街道的一侧铺着席垫，晾晒着刚收割的稻子，满街散发着稻谷的清香。街道打扫得很干净，没有杂尘，街道两边的排水沟也很洁净，每户门前都放着一个垃圾塑料桶，各自负责各自门前的环境卫生，大家负责任地保持着古镇的洁净。老街几乎全是二层木架结构，木门、木窗、木楼板，屋檐吊脚都是狮头木雕，是一个模样。有一处三层架构的建筑——"旱船房"荣盛魁，是魏辅堂接待商客的休闲娱乐场所遗址，四合院设计，断壁残垣，房屋破败，院子里打着许多钢管支架，工人们正在进行维修。荣盛魁的斜对面是大烟馆，保存着徽派建筑里的屏风式门窗，高大威武，也正在加固维修。

沿荣盛魁隔壁一条石阶小路而上，便到了辅仁中学的后门。几棵苍松长势旺盛，把"辅仁中学"四个大字掩映其中。绕过一段波浪式瓦檐围墙，便来到学校的正门口。学校正门高大雄伟，辅仁中学四个大字熠熠生辉。大门两边的门墙上绘着龙凤呈祥图，整个校区建筑呈中轴线对称，显得很气派。听说魏辅堂当年兴修学校时，聘请了上海的建筑师，设计修建了两层楼房，校园的柱子采用巴洛克式浮雕。因学生正在上课，校门紧锁，我们只能从外边领略这座西洋式的建筑。从建筑的中轴线上，依次树立着厦庇群英、教育英才的石刻，让人感受到此地对人才的重视。地面全是青石板铺成，打扫得十分干净。从教室里传出的琅琅读书声飘荡在寂静的古镇。

至于魏辅堂，我是从陕西作家叶广岑著的《青木川》中了解的。魏辅堂生性顽劣，参加民团，杀死团长，掌握地方大权，游离于国民党的管辖区。他扎根青木川,繁荣集市,兴办教育,是一位深受当地人敬仰的传奇人物;他培养人才,创建辅仁中学,并出资外送青年赴外求学;他深爱外界文明,买了手摇电话,买了留声机,买了一切能买到的山外文明,但就是不走出这山。1949年,他的武装队伍投诚新政府。在1952年的镇反运动中,定其罪状为恶霸土匪,枪决于辅仁中学门外。他的一生就这样结束,评论依旧继续。对于这位有争议的人物,还是让历史来见证,人民来评判吧。

夕阳染红天边,其艳丽的色彩给古镇涂上了一层金色,青木川古镇沉浸在祥和的秋景里。我们悄悄地离开……

丹堡清流

　　丹堡，位于县城东南 20 公里处的深谷之中。这里气候温润，山林密布，清溪横流。溪流从千山万壑间流淌，汇成一条洋洋洒洒的丹堡河，遂为县内"两江八河"之一。激荡的清流唱着欢快的歌，跳着快乐的舞，从深邃的丹堡沟奔涌而出。那富于诗意的激流，让人清新愉悦，心旷神怡。走在丹堡河畔，一种因景而生的诗意油然而生。

　　逆丹堡河而上，两岸丛生的槐树林郁郁葱葱，绿得厚重，浓得黝黑。河水从这片浓荫中夹道穿行，河的声音仿佛也被压低了似的，发出深沉的音响。鸟在林中飞蹿着，间或一阵鸣啾，打乱了幽静的思绪。岸边的岩石突兀着，石头圆滑，细嫩而光洁，河水抚摸着滑润的石面，油油的让人生腻。

　　河底一枚奇异的圆石吸引了我，伸手探水而下，捞出这块石头，经水冲洗的石面呈现出一幅奇特的图案，酷似一只展翅飞翔的鸽子。细微的线条勾画出嘴巴、眼睛和头，仿佛是画师画上去的，活灵活现；两只翘飞的翅膀有淡淡的红印，明暗分明，羽翅清晰；尾巴和爪子也勾勒得很贴且；在鸽子上方生出一个圆圆的红晕，很像一颗悬空的太阳，而青色石面烘托出一片浩瀚的晴空，我将这幅图案取名为"飞翔和平鸽"。于是，一颗奇石让人亲身感知了"丹堡河里出奇石"的说法。

经过一段浓荫，眼前呈现出一方偌大的田园，依偎在丹堡河旁。田园里间作着果菜和庄稼，地埂上的核桃树和柿子树绿叶繁茂，挂满了果实，秧苗在盛夏的太阳下拔节生长。攀架疯长的西红柿，顶端张扬出细嫩的枝条，枝头盛开着粉嘟嘟的小黄花；菜农正忙着给西红柿打叉点花，梳理着发黄残败的老叶。在西红柿根部的空隙里显露出串串鲜果来，这丰美的"爱情圣果"耀眼而喜人。又是一畦西瓜地，伸长的瓜蔓蛇一般横卧在瓜田里，相互缠绕着，将一颗颗将熟未熟的西瓜紧紧拥抱。地里很潮湿，刚浇过水不久，于是不能操近路走，只能绕着河堤溯流而上。走在护河堤上，可以看到一段暴露了的丹堡河，一边是河，一边是田园，目光任意飘转，一派生机盎然的景象映入眼帘。

山在丹堡村退出些地方来，显得开阔多了。河面自然宽阔，水流平稳而舒缓。卵石沉浸在河底，水草油油地招摇，泥鳅游动在河底，河中的一切清晰可见。不远处，浓荫中露出了房子的一角，村子隐约其间。沿河岸继续前行，遇见一群孩子在河中游泳，怕见陌生人的山村孩子惊慌而害羞，忽然都跳入水中凫游在河里，在水里踮起脚，鸬鹚般张望。我们友好地打招呼，一阵欢笑，河面溅起了四散的水花，像一群鸭子，飘游在河里。我们走过一条小径，便进了村庄。一条通村公路穿村而过，我们乘上一辆私人运输车直抵丹堡。

绿山、茂林、村庄沿车窗后移，银带般的丹堡河若隐若现。车停在了上丹堡村，我们徒步寻觅一个让人久仰的地方——上丹堡关爷楼村。"陕甘大僚"何宗韩就出生在这个村子。据《县志》记载，何宗韩，雍正二年（公元 1724 年）进士，官至大理寺左少卿，为官清廉，政绩卓著，深受雍正帝赏识，曾言"陕甘无大僚，即何宗韩可用"，足见他德才有佳、影响之大。作为县域有史以来官职最高的人，他不忘本，思源报本，时刻铭记着故乡的丹堡河。他告老还乡后，回归故里，融入这方山水，生于斯，长于斯，故于斯，令人钦佩。地因人而丕振，水因人而得名。丹堡河如母亲的乳汁，养育了一代名儒，滋润着秀美山川。此刻，我仿佛回到了 280 年前，路遇一位壮志凌云的青年，正背负进京赶考的行囊，蹚过丹堡河，独步前行。喝着丹堡河的水长大的孩子，没有什么能阻挡他的，眼前即使是荆棘，走在脚下也变成了路。他气宇轩昂的精神和充满睿智的秉性，展现了志在必得的信心。此次赶考，金榜题名。当功成名就，衣锦还乡时，竟然不坐官轿，步涉丹堡河，感受十年寒窗的艰辛和母亲河多年的哺育。当官赴任时，他亲自舀了一坛丹堡河的水带上，不忘家乡的清水，立志做官要像清澈见底的丹堡河水一样清纯。犹如他的政声，一生清正廉明，心如止水。他理解百姓的疾苦，誓为清泉，知恩图报，勤政为民，报效国家。这一切他都做到了，而且做得臻于完美。在他的影响下，他的两个儿子精敏勤学、孝友笃行，长子何浦中举，三子何浑考中进士。根据《文县志》记载，自隋唐开科取士以来，全县考中进士者 6 人，举人 45 人，然而，仅何家就有进士 2 人、中举 1 人，真可谓人才辈出。翻阅典籍史册，其父子三人有着共同特点：为官一任，造福一方，清正廉洁，这大概与丹堡河的水有关。

关爷楼在上丹堡村，是该村的一个社，群山环绕，绿映山村，众山参差列阵，环拱逢迎。放眼望去，真是一个万福来朝之地。后山丛生的灌木林青翠浓烈，林木郁郁葱葱。村舍俨然，青石白墙，一派新貌。村前一片平展的田地上种着西瓜，部分西瓜已熟透，轻轻敲打，发出清脆的响声。一位正在田里浇水的老大爷向我们招手，他从地里摘了两个大西瓜让我们品尝。蜜一般的瓜汁香甜可口，醇香特别，让人真切地感到丹堡西瓜的美味了。老大爷讲述着丹堡的历史与文明，又谈到如今的产业和收成，喜悦之情溢于言表，我不禁被他的真诚感动。丹堡河是血脉，它传承着文明，创造着财富，也是一种精神，激励着人们永不懈怠。

　　丹堡，因丹堡河而更加秀丽，因人文而彪炳史册。丹堡河，穿越了时空，以其博大的胸怀，承载了先前的文明，滋养着勤劳的人民。这方清流依然静静地流淌，默默穿行于崇山峻岭之间，清澈、明净、淡定、幽远……

南山如屏

　　南山坐落在县城的南面，因而谓之南山。南山没有那么高大、逼仄、险峻，它显得柔和、舒缓。南山仿佛是一道横亘在眼前的绿色屏障，十分悦目。

　　县城就夹在南北两山之间，好像是绣在这些群山里的。

　　白水江绕着南山脚下流淌，好像是为这厚重的南山系着的玉带，装扮得南山更加神气了。住在小城，只要站在家门口，就可以领略到南山的风姿。南山从西向东，绵延不断，一直延伸到山的远处。南山上长满了各种灌木丛，从远处望去，便是一片片蓊蓊郁郁的苍翠。我到过县城以北的堡子坝乡境内的雄黄山，海拔4418 米，它是甘肃海拔最高的山，山间终年积雪，绿色少见；也到过县城以南的罐子沟，海拔约 550 米，是省内海拔最低的地方，只有些绿意罢了，难见洁白的冰雪。我以为南山的高度是恰到好处的，冬无严寒，夏无酷暑，各种植物和动物都能生活在这个大家庭里，其乐融融。

　　春天的南山，尽显春意盎然。每当春风吹到大山深处的时候，南山便从冬眠中苏醒。沿河的杨柳发出了嫩绿的新芽，梨树、苹果树才露出花骨朵，预示着春的脚步已到了。没过几天，南山上的衰草中露出了一些新绿，南山变得微黄、浅黄、淡绿。几场春雨，催生得南山绿意盎然。鸟儿穿梭在翠绿的灌木丛中，叽叽喳喳撒着欢。山花这里一束束，那里一丛丛，开得热烈奔放。这时的南山就显得青翠好看了。

　　夏天，南山上到处一片苍翠，仿佛眼前是一张绿色的画，城中的人们都陶醉在这片浓厚的绿里。最耀眼的要数每日升起的朝阳了，太阳刚从北山肩上跃起来，一道金光便洒满了南山。南山上沉淀出七彩的光泽，又像是幻化的梦，让人生出许多感慨来。微雨的天气，山上漂浮着一层薄薄的轻雾，笼罩着南山的山顶。半山里居着的烟雾，白白的，连成无数条白而发亮的线，真有"半山居雾若带然"的景致了。霁时，那些烟雾又飘忽起来，摆出了别的样子来。烟雾里的灌木丛，仿佛在水里洗过一样，呈现出新绿了。雨过天晴，在爽朗的天气里，南山显得越发有韵致了。

　　秋天，南山收敛了盛夏绿的恣意。满山的灌木林，做着成熟的姿势。粉红的五味子和深紫的酸葡萄挂在藤蔓上，鬼子头挂在了树枝上，等待人们采摘。一群松鼠和飞鸟，已品尝了大山奉献出的这些鲜果，同时，把一部分美味留给人们品尝。这是多么的和谐啊！我被这神奇的自然感动着。南山上的绿色在渐渐消退，取而代之的是满山火红的红叶。那燃烧着的红叶把南山装点得富丽堂皇，让城里的人们为之倾慕。秋风过处，从山上飘过来的红叶馨香，弥漫了整个小城，一切污臭和不洁都被驱散，创造出一片芳香而清洁的环境，让人赞叹。

　　冬天的南山，归于自然的静寂。高大的灌木林露出裸露的身躯，铁骨铮铮地抵御着严冬的寒冷。南山沉静在花草树木的枯荣之中，懒洋洋的，积蓄着来年的力量。刮过几场寒风，就要下雪了。我最爱看雪景中的南山。雪片飞舞着，飘飘然，降落在南山上，满山一片洁白。城区的雪很快融化，南山脚下的雪也由白渐渐地变暗，显现出山的颜色。半山腰和山顶上的积雪，依然白茫茫一片。这时，南山显得更加高洁。

南山如同一面自然的屏障，它以风情万种的身姿，富于变幻的景色，深深地打动人们，吸引着南来北往的游客驻足欣赏。我以为，南山是文县的一大景致。南山如屏，景色宜人。

白马山寨石门沟

白马山寨石门沟，是铁楼藏族乡的一个村寨。

石门沟，因火焰山下有一道壁立千仞的石门而得名。

石门沟是铁楼沟旁的一条岔沟，沟道宽敞而平坦。鹄铁公路沿白马河而进，一直通向林区邱家坝。车子在一个叫小沟桥的村口转弯，便驶进了石门沟的道路。硬化了的水泥路在两山之间蜿蜒延伸，似一条舞动的玉带，飘忽在深山之中。坡上的灌木林郁郁葱葱，点染得大山深处一片绿意盎然。道路掩映在女贞子和黄栌林里，车子穿行在浓绿中，仿佛融化在了绿色之中，让人清新而愉快。

不觉间，车子到了石门沟村口。我们迫不及待地下车，观赏这映入眼帘的美景。路旁是人工栽植的藏金菊，一直延伸到村子深处。藏金菊花开得正艳，金黄的、粉红的、深紫的，把神秘的白马山寨装点得如诗如画。

村口建有一座廊桥，桥板、桥栏、盖顶都是仿木制成，虽然是新建的景点，但这适宜的色调显得原始而古朴。廊桥下面是一条清澈的河水，有着小桥流水的韵味。廊桥旁边建有一座水磨房，河水流入水槽，一泻而下，冲击在旋转的磨轮上，飞花碎玉般地四处飞溅，有一种冲动的激情。磨坊里没有人磨面，干净而清洁。这与我儿时和父亲一起去水磨沟磨面的场景有天壤之别，那时，只要在磨坊里待一会儿，就成了面人儿。站在新修的磨坊前，让人思绪万千。曾经磨面的艰难岁月已成为历史，如今的磨坊成了供人观赏的景致，成了人们留住乡愁的追忆，让人生发出世事易变的感慨。

走进石门沟村，一幢幢错落有致的藏民居建筑让人眼前一亮。居民的木房子都是镶了木楼板的两层建筑，楼上敞着，没有遮拦，上面挂着一串串金黄的玉米棒子和火红的辣椒，显出一派丰收的景象。墙面刷得粉白，屋檐上绘制着五彩图案，屋脊上装饰着沙嘎帽，院墙上绘着面具、鱼骨图案，墙边走了两道五彩线，好像白马人腰间系着的花腰带。这般富有民族特色的打造，富有创意，既符合民族特点，又独具匠心，让人感到生态文明新农村的独特魅力。

每户人家的院子前都修建了一个小花坛，花坛里栽植着藏金菊，盛开的藏金菊花，粉嘟嘟的，散发着淡淡的幽香，让整个村庄都沉浸在了花香里。村子高处，有一座宽大的房子，上面悬挂着一副写着"石门沟白马人民俗风情表演艺术团"的牌子，这是当地群众组建起来的一支白马风情表演队。在节庆或接待游客时，进行民族舞蹈的表演。艺术团的兴起，使地域有了文化品位，也为繁荣民俗文化起到了积极作用。村内的大街小巷都已硬化，屋面进行了风貌打造，庭院得到美化亮化，村子显得干净雅致，到处呈现出一派欣欣向荣的景象。村里的老年人坐在广场的石凳上闲聊，穿着白马人服饰的老阿妈向我们友好地打招呼，她们脸上绽放着幸福的笑容。她们的喜悦是发自内心的，是对幸福生活的感激，也是对政府关怀的感恩。

村子后面是一座石山，有一条银亮的瀑布从石岩中喷出。在村子里抬眼望去就能看见如练的瀑布了，这是石门沟的一处奇景。绕过村子，来到村后。路旁修建了一座亭子，可休息，可观景。站在亭子处，可以鸟瞰石门沟村的全景了。村子静卧在一处略显平坦的山坳里，村内绿树成荫，青瓦屋面的房舍掩映在一片浓荫里。在露出的空隙里，粉白的墙面和鲜艳的藏金菊花若隐若现，美得如幻境。村子显得安静祥和。

经过亭子，拾级而上，就到了云瀑寺观音阁。云瀑寺观音阁的主殿就建在平坦如砚的石洞内，洞内钟乳石各具形态，栩栩如生。水流环绕观音阁，在洞口汇合，飞泻而下，形成了石门沟瀑布。瀑布水量不大，但悬崖陡峭，泉水凌空而下，扯成了千丝万缕的水雾，飘忽舞动，像一匹白而发亮的布，悬挂在半空中。这出奇的盛景，让人生出许多联想来。这里的瀑布不同于其他地方的瀑布，神奇的是在每年的农历二月十九日有泉流涌出，才有瀑布的奇观。直到农历腊月初八泉流就消失，待到来年的二月十九日才又涌出，就这样年复一年，循环往复。相传，农历二月十九日是观音菩萨的诞辰日，农历腊月初八是释迦牟尼佛创立佛教的日子。恰在这两个节点上，便是石门沟瀑布出没之时，因此，显得更加神奇了。云瀑寺观音阁，供奉着观音菩萨。这奇怪的自然现象，为神秘的白马山寨增添了神奇的色彩和无穷的魅力。

在石门沟村的案板地社，建有一座白马人民俗文化传习所，砖木结构，两层建筑。外立面灰色基调，挑檐楼阁，古朴大方。传习所摆放着白马人古老的农耕农具、服饰穿戴、日用器具、狩猎器械、池哥昼面具等乡土文物，从外观看这些物件已经有些年代了。逢年过节，村民们齐聚在传习所里，煨上咂杆酒，唱起酒歌来；也有弹琵琶、唱曲子的，有打扑克、下象棋的，有讲故事、传授民俗的，传习所里非常热闹。老艺人在这里制面具、织毛缠、缝衣衫，边做边讲。年轻人在老艺人身旁潜心学习，可见白马人手工艺术的传承后继有人。

　　人们为白马山寨绘就的美丽蓝图而高兴。政府将进一步加大投入，重点打造石门沟生态文明新农村和瀑布、水磨房、廊桥、广场、游客接待中心等景点，美化亮化村容村貌，传承保护白马民俗文化，提升群众生活水平。白马山寨正发生着历史性的变化，更大的机遇与投资将注入这块神奇的土地。

祁山武侯祠

　　三国时期，蜀汉丞相诸葛亮六出祁山，西征伐魏的历史事件就发生在陇南礼县祁山。因此，也使这块曾经诞生过华夏古文明的发祥地显得更加厚重了。我怀着虔诚和崇敬之情，走进祁山堡武侯祠，瞻仰一代名相诸葛亮。

　　祁山，在礼县祁山镇，位于西汉水之滨。祁山武侯祠就建在祁山堡上，人们在此拜谒三国名相诸葛亮，表达对一代名相贤臣忠勇和智慧的仰慕。

　　在祁山堡公路的一侧，有一座仿古大门立在路旁，是秦汉风格的建筑。大门高大而宏伟，门匾上写着"祁山堡"三个大字，显得宏大而气派。

　　走进大门，一股清凉扑面而来，两旁的松柏树郁郁葱葱，遮住了太阳光，洒下一路阴凉。路的一旁是祁山武侯祠景区管理所的大院子，院子里一家名叫"诸葛寨"的农家乐挂着彩旗，好像刚开业不久，因游客不多，显得冷清。只有看门的老头，在院子里踱步，悠闲地转悠。看门的老头见我们来到武侯祠，便打开了门，带我们穿过售票房的侧门，指着上山的路，让我们一路前行。

　　我们拾级而上，一座青砖砌成的城墙横亘在眼前。城墙中间开着一个圆拱形的门洞，上书"祁山堡"三个大字，两边书写一副对联：隆中一对鼎足三分天下事了如指掌，前后二表祁山六出老臣心惊泣鬼神。苍劲的楷书对联，展现出诸葛亮的睿智和忠诚，表达了人们对这位历史名人的无限崇敬之情。拱门侧面立着一块石碑，石碑上雕刻着诸葛亮统领蜀军将士六出祁山时的情景。

转过碑刻，眼前是一段青石板铺就的小路，小路淹没在一片苍翠之中。路的一旁是祁山堡的城墙，苍龙一样蜿蜒着，护卫着这座三国时期的古堡。从外边看，祁山堡上斑驳的土城墙依稀可辨，土是一层层夯实的，在土层中可以看出朽木的洞眼。城墙上建造着瞭望台和墙垛，看得出，这些都是后来才整修过的痕迹。站在瞭望台上，一眼望不到边的苹果园透着深绿，硕大的大苹果挂满枝头，洋溢着丰收的喜悦。紧挨城墙，有一座亭子，亭子中间有一个通向地下的暗道，直通西汉水畔，是当年蜀军汲水的古道，也是诸葛亮巡营时出入的通道，我不禁被这巧妙的构思触动。

山坡上长满了郁郁葱葱的树，高大的松柏、刺槐、香樟、银杏舒展着枝条，伸向天空。阳光照不透这厚重的绿，小路也显得阴阴的，透着丝丝凉意。走在青石板上，有一种柔润细腻的感觉。弯下腰，仔细端详脚下的青石，青石上面布满了褐色的花纹图案，有鱼形的、鸟形的，还有其他动物形状，也有花草树木形的。这些美丽的花纹，让人眼花缭乱。大概这就是所谓的动植物化石了，它能证明远古生物的存在，也能证实祁山堡的悠久历史。

有一段石条铺就的路，一直抵达祁山堡顶。据说，这些石条都是诸葛亮六出祁山时留下的。石条上开凿的痕迹仍然可见，闪着记忆的光芒。登上最后一步石阶，就到了祁山堡顶。这是一处略显平坦的高地，四周镶着护栏。站在堡顶凭栏远眺，祁山似长龙卧波，莽莽绵延。广袤的秦川大地尽收眼底，西汉水绕堡穿流而过，观阵堡、点将台、圈马沟、藏兵湾、九寨故垒等三国古战场遗迹历历在目，顿时，胸中涌起了无限博大的壮美，仿佛看到了古战场驰骋的战马，执矛挥刀的兵士，两军对垒的厮杀，祁山之上飞扬的尘土……思绪在历史的隧洞中穿行。

武侯祠就在祁山堡顶上。正门依然是秦汉风格的建筑，在门匾上镶嵌着"武侯祠"三个烫金大字，显得庄严而肃穆。大门修建得错落有致，中间高，两边低。正门的两侧开着两扇侧门，比正门矮些，有一种明显的尊卑意味。大门的右侧有一座碑亭，亭子里安放着三通古石碑。那通明万历年间的石碑，碑文字迹都已模糊，从亭顶上记述的碑记释文中才能看清。碑文记述了重修武侯祠的经过和士大夫们拜谒诸葛亮的诗文。这些真实的记述，展现了人们对忠烈的敬仰。

走进武侯祠大门，在两侧的石碑上镌刻着诸葛亮的前后《出师表》，展现了一代忠臣良将鞠躬尽瘁死而后已的伟大人格魅力。院内，有始建于两晋，重建于明清时期的孔明殿、关羽殿、起佛殿，一进三院。前院就是孔明殿，上书"名垂宇宙"的匾额，雕梁画栋，殿宇轩昂。殿内两侧的墙上绘着三顾茅庐和孔明陪先主刘备登高临远的图像，图中诸葛亮手执羽扇指示远方，先主含笑，情态传神，展现了君臣和谐的忠义情怀。诸葛亮塑像端坐大殿内，头戴纶巾，手执羽扇，仪态端庄，栩栩如生，一副超然物外的神态，万千智慧尽显其中。

东西厢房塑着蜀国所有参加过六出祁山的战将。我伫立在魏延将军的塑像前，面对这个有争议的历史人物，一种思绪油然而生。历史对魏延进献的"子午谷奇谋"有一些评说，倘若诸葛亮采纳了魏延的"子午谷奇谋"，也许北伐之战会有转机。是诸葛亮过分谨慎，还是魏延胆大妄为，让人难以评说。在历史的长河中，评论战事的得失又有什么意义呢？唯有忠义，才是弥足珍贵、万古不朽的。诸葛亮做到了上忠义于天地君王，下忠义于黎民百姓。这样的忠义之士，怎不叫人敬仰呢？

站在武侯祠前，思绪万千。放眼远眺，让人心潮澎湃，倍感时光易逝，岁月沧桑。人生怎可虚度？

"非淡泊无以明志，非宁静无以致远"，是诸葛亮写给儿子诸葛瞻《诫子书》中的警句。其深义让人警醒：不看轻世俗的名利就不能明确自己的志向，不是身心宁静就不能实现远大的理想。这是多么深刻的道理啊！

缅怀历史，把握今朝。除去心中的杂念，保持一颗平静的心，让人生出彩。

水磨沟

一

　　水磨沟，因水磨而得名。它坐落在家乡的那条深沟里，乡亲们亲切地称它为"沟里"。

　　这是一条由九龙山与安乐山交汇而形成的沟道，南北走向，沟道很深，一直延伸到大岭梁。大岭梁是水磨沟的分水岭，翻过大岭梁便是邻乡的地域了。水磨沟沿线有温家沟、中堡子、青岩堡、梨树底下、杨塄干、麻兰山、杨山等7个自然村。

　　水磨沟富有山野情趣，清泉、溪流、茂林、秀峰、蝉鸣、水磨……仿佛是一幅优美的山水画，让人回味无穷。

二

　　探寻水磨沟的源头，便是大岭梁下一道繁而茂盛的森林。这里充满了原生态的韵味，野趣十足。整个山梁林木莽莽，碧绿映天，洋溢着一派清纯之气。大岭梁人迹罕至，山野幽静，显得十分沉寂。山里的野兽躲藏在森林深处，偶尔才会出没。只有鸟儿欢快地在林间穿梭，叽叽喳喳叫个不停，为深山增添了许多生机与活力。大岭梁的美景常常会浮现在我的脑海，让人心潮澎湃。

小时候，听人们说，大岭梁是个不容易翻越的地方。于是，大岭梁在我幼小的心灵留下了一种不可逾越的印象。

在一次闲聊的时候，父亲讲述了他翻越大岭梁的故事，我才知道父亲也翻越过大岭梁。那种不可逾越的印记，在现实面前，显得不堪一击。因此，我也明白了艰难险阻是可以战胜的。其实，阻碍思想的，不是这方茂密的森林，而是缺乏坚定的意志和与艰难抗争的勇气。在那段极度困难的时期，父辈们就不止一次地翻越过大岭梁，到大山那边讨生活。他们再艰难也得挺住，以自身柔弱的身躯融入这片茫茫林海之中，为生计而奔波。

父亲讲述了一则尘封已久的故事。那一年，天公不作美，干旱得厉害。刚要拔节的麦苗晒得连穗都没有抽出，眼看一季庄稼颗粒不收。又是一个大年节，父亲背上奶奶纺织的毛缠，翻越大岭梁到邻乡的村社换点粮食。天还没亮，父亲就背上盘缠向水磨沟深处摸去。走到杨塄干村，天才大亮。多天的酷热，仿佛把天空洗过一般，没有一丝云朵，天蓝得深邃。走过杨塄干就到了大岭梁这片林海的边缘，高大的乔木和荆棘丛生的灌木编织成了一张无垠的原始森林网，将生灵和危险网罗其中。枝叶遮住了太阳的光线，那些光和亮仿佛被绿叶消融了，透不过厚重的绿。林子底下依然是阴森森的，有一股沁心的凉，让人心生害怕。父亲艰难地在丛林里爬行，没有路，没有向导，凭着直觉往前摸索。也许是深入大森林的缘故吧，那些爱唱的鸟儿，都到哪儿去了呢？或许它们也不爱深山大林的幽深，都在林海边缘的浅林带欢快地歌唱。林子越大，林子里就静得越深沉，只有脚踩枯枝败叶的声响和急促的喘息声，搅动着森林的宁静。这时，父亲心里忐忑不安，脑海里不时闪现出发生在大岭梁的一些事。砍木料失事的有娃、被老熊吃掉的二全、被飞石打死的憨蛋……这些仿佛就发生在昨天，而或就在眼前。心里的恐惧占了上风，他几乎不敢向前。转念又想，家里的老小都等待换回的粮食充饥哩，把人都快逼疯了，于是，他坚定了前行的勇气，向大山更深处挺进。走到大岭梁的高处，危险就潜藏在这里，他看见一只黑熊在一片浓绿中晃动。父亲深知，弱者遇上劲敌，只有逃跑或者躲藏的办法了。他知道老熊不吃死物，便灵机一动，悄悄地躲在树丛里，屏住气，装死。大黑熊在他身边反复转动，窥探动静，不时用尖利的鼻子嗅嗅，用它锋利的爪子拨弄父亲的身子，许久没有反应，大黑熊才大摇大摆地离开。父亲被吓蒙了，在那儿静躺了大半天才回过神来，慌忙赶路。回家时，他没敢再从大岭梁返回，而是绕更远的路才回家。父辈的艰辛，让我真切地感受到生活的不易。

大岭梁依然保持着原始森林的韵味，莽莽林原像一块碧绿的翡翠，镶嵌在富饶的水磨沟。如今，我们不再为讨生计再去翻越大岭梁了，没必要像父辈那样用生命冒险，但他们坚定的意志和与艰难抗争的勇气让我们倍受鼓舞，激励我们积极上进。

大岭梁是美丽的，这里富有传奇色彩。

三

水磨沟水源丰富，清泉遍布，滋养了茂密的植被。沟道的灌木林郁郁葱葱，长势繁茂。沟内岔沟众多，每条沟里各有景色、各有情趣，美不胜收。

小叶子沟和大叶子沟是水磨沟的两条岔沟，听说这里景色很美，有"九寨沟"的风姿，让人神往。前些年，村里人都在小叶子沟和大叶子沟里驮柴，这里便是沟里人的柴场。表哥要结婚了，姑父赶上骡子上山去驮柴。这一次，我有幸跟姑父一同前往，领略了沟内的景色。小叶子沟很狭窄，逼仄，大叶子沟宽敞，开阔。姑父领我来到大叶子沟驮柴，我们穿行在若隐若现的林间小道。赶骡子的吆喝声，谷鸣山应，激起一群飞鸟，扑棱棱飞进深林里去了，大叶子沟便热闹了起来。

走进大叶子沟不远，便见到了许多盆池般的小湖泊，相映成趣。从山林深处流出的小溪，清澈见底。

沉眠于水底的树枝油油的，表面泛着绿的苔藓，像漂浮在水面上，亦真亦幻。越往里走，沟道豁然开朗。山脊上生长着茂密的大叶子林，挺拔俊俏，郁郁葱葱。其间生长的黄栌，伸展着火红的叶子，点染得一片苍翠，色彩斑斓。前边又是一池湖水，湖中生长着茂盛的芦苇，露出了一块小天地，仿佛是专为湖水留下的。阳光从空旷中洒下来，照在如镜的湖面上。波光粼粼的湖面泛着七彩光，蓝天映着碧水，水天一色，悦人性灵，适人眼目。远处，隐约听见声如钟鸣的轰响。靠近些，声音便响亮了许多，才见一帘瀑布从山崖降落。溪流从钟乳石间泼洒下来，如同雨雾般划成了大小的几缕，飘飘忽忽散落在钟乳石上，溅起了飞花碎玉般的水雾，一会儿，便消融在了石底的深潭中。

大叶子沟的深处，到处凸立着秀石，这里便是钟乳石的世界了。它们摆弄出各种姿态，有的像人，有的像兽，有的像鸟，千姿百态，栩栩如生。随手搬来，便是一块珍藏的奇石了。树木艰难地生长在了石钟乳的缝隙间，根扎进石缝中，身子顺着地势而生，显出一种与之抗争的威力来，让人充满了自信与力量。置身此地，犹如置身于世外桃源。如此奇景，最是悦人心目而豁人心胸的。不禁赞叹："天地间真一妙境也！"

大叶子沟，童话般的世界，让人留连忘返。我依依不舍地离开了这方无处不奇景的胜地。至今，怀念之情萦绕心间。

四

水磨沟山狭而沟深，所以沟里显得阴湿而幽静，是一处生长柿子树的好地方。满山满坡的柿子树长得一片葱茏，这景致便是水磨沟的一道靓丽的风景了。

温家沟，是水磨沟最末端的一个自然村。这里气候温润，雨量充沛，正是喜温喜阴作物生长的理想之地。柿子树最适宜在此生长。放眼望去，园子里，地埂边，到处都生长着柿子树，仿佛整个村庄和田地都包裹在繁茂的柿子树林里。

柿子树苗一般都要经过嫁接后才能栽植。嫁接柿子树的活计是姨父教会我的。首先，选择一株苗壮的柿子树枝条作接穗，削去酸枣树的枝丫做砧木，把接穗插接在砧木上，用泥巴裹住接茬，用塑料包裹，扎紧，一棵柿子树苗便培育成功。嫁接要把握好节气，一般在仲春时节最好，这时，正是万物生长的季节，既不冷，也不热。刚嫁接的柿子树苗，才过几天，接穗上就生长出点点的新芽，接着就抽芽、长叶，一株柿子树就成长了起来。

柿子树积蓄了一冬的力量，仿佛要在春天得以迸发。

天气转暖后，柿子树叶子长势喜人，很快就一片葱郁。柿子树的叶子硕大肥厚，真像一把把舞动的扇子。苍翠的绿笼罩着粗壮的树干，营造了一片阴凉。

柿子树不像杨树、松树那般挺拔，个头不高，却显得有些妖娆。柿子树干长得不那么端正，有随意而为的率性，整个树身好像在舞蹈，有盆景般的美丽。

柿子树是多枝的，枝丫向四周伸开，如同一把打开的伞。松鼠在树枝间欢快地嬉戏，自由地奔跑、追逐，不时从叶间探出头来，警惕地扫射一眼外面的动静。树干随着树龄的增长，生出了坚硬的树皮，鱼鳞般生长在树体上。深深的沟道勾勒出柿子树斑驳的皱纹，展现出柿子树经历过的沧桑岁月。

柿子树不悲叹、不自傲，默默生长，自然结果，历尽风霜而生生不息。

柿子花儿开放在春尽夏初之际,因柿子花很小,花色淡黄,不起眼,常常被人们忽视。孩子们最喜欢柿子花儿,每当柿子花柄上长出一簇簇细碎的花骨朵时,他们就在柿子树下捡拾落下的柿子花儿,把花捡在手里,放在嘴里,一股甜丝丝,香喷喷的花香溢满口腔。孩子们在树底下叫喊着:"柿子花儿蹦蹦,跌下来了,你两个,我两个……"柿子树仿佛被叫醒了似的,一阵风吹过,柿子花儿雨点般跌落下来,孩子们争抢着,叫喊着,欢呼声回荡在山谷中。那种甜丝丝,香喷喷的花香味,齿颊留香。

柿子花儿离开花托,柄上就生出一个个圆圆的小柿子来。在阳光和雨露地哺育下,柿子慢慢长大。盛夏,柿子树枝繁叶茂,远远望去浓荫一片,亭亭如盖。时令已至深秋,柿子由青变红,红得耀眼,红得喜人。叶子的边缘也染成了红色,这红绿相间的颜色煞是好看。当秋风乍起时,叶子片片飘落,树叶结束了它完美的一生。只有柿子还高高地挂在树上,火红的柿子好像一盏盏灯笼,沉甸甸的果实压弯了树枝。火红的柿子,闪耀着成熟的光泽,舒展着它丰满的身子,它唱着丰收的赞歌,为丰饶的水磨沟增色不少。

人们拿着夹杆,背着背篓,爬上柿子树,小心翼翼地夹着柿子。夹杆似一把锋利的钳,紧紧地卡住柿子,手轻轻一转,硕大的柿子便挂在了夹杆上。缓缓移动夹杆,取下夹杆上的柿子,轻轻地放在背篓里。整个沟里到处都是丰收的景象,人们心中充满喜悦。成熟的柿子,有的制成了柿子酒,有的旋成了柿饼,有的晾晒成了软柿子,根据柿子成熟的程度,让它们各得其所。我吃过姨父酿造的柿子酒,是用柿子和小麦煮成的。柿子酒装在密封的土缸里,历久越醇。用柿子酒招待客人,是上好的佳品。谁说柿子酒不醉人呢,不胜酒力的人,喝一碗醇香的柿子酒就会满脸绯红,就有浓浓的醉意了。喝了柿子酒是不能迎风的,否则,醉倒几日也很难清醒。说到这些,让我又想起了水磨沟,想到了那些纯朴善良的人们。

硕果累累的柿子,把水磨沟装扮得更加美丽。

五

竹林是水磨沟一处绝佳的景致。翠绿的竹林把水磨沟装点得如诗如画,即使在冬季也是绿意盎然。

水磨沟的竹子是本地的老品种,当地人称之为"大竹子"。竹子长得高挑、挺拔。房前屋后,沟边地埂,大凡有块立足之地,竹子就能生根发芽成长。

春季,是栽植竹子的好时节。人们抓住时机,在竹林中挖些竹根,埋在土里,竹子就能生根发芽。竹子成长得快,当年栽植的竹根,年内就能发出几根竹笋,长出又嫩又绿的竹子来。竹子不断地繁殖,时间不长,一丛竹子便长成了一片竹林。看着竹子的成长,让人真切地领悟到"发展"一词的真正意义了。

春天是万物生长的季节,竹笋由一场春雨而催生。经过严冬的洗礼,竹林中已积满了一层厚厚的残枝败叶。叶子底下露出了尖而脆嫩的竹笋,悄悄地探出头来,羞涩地窥视着外面的世界。春雨过后,一夜之间,竹笋就从竹林中密密麻麻地长了出来。人们常说"嘴尖皮厚腹中空",指的就是刚抽芽的竹笋。竹笋外面长着一层厚厚的皮,如同竹子的外衣,为竹枝输送水分和养料,保护着竹子茁壮成长。竹子长高后,笋皮自然脱落,被岁月风干。笋皮蜷曲成败叶,真诚地为竹子做了"嫁衣裳"。它无怨无悔,也无言,真是功德无量。

竹子喜湿,水边的竹林长势强劲。根须扎在岸边,暴突的竹根裸露。高大挺拔的竹子凌空直上,竹尖儿直刺云霄。粗大的竹竿泛着青晕,生发出耀眼的光辉,涌动着蓬勃的生机。细长的竹枝舞动着竹梢,像母亲温柔的手,把幼苗搂在怀里。竹节排列均匀,自下而上,透出节气。竹叶儿青翠地簇拥在竹竿的周围,仿佛是画上去的。山坡上青碧如玉的翠竹，向荒山播撒着春意。一年四季，竹叶青青，焕发出生的希望。

竹子是高洁的，全身洋溢着不屈的气节，"惯历冰霜因有节，瑕凌霄汉尚虚心"，写出了竹子的品质与气韵。

早晨，乳白色的浓雾笼罩着水磨沟，竹林也像是浸在浓雾里了。碧绿的竹叶上挂满了露珠儿，微风过处，轻轻一摇，露珠儿就哗啦啦往下掉。当晨曦微露，晨光洒满竹林，阵阵薄雾，仿佛穿戴轻纱的仙女在林间穿行，林子显得秀丽。阳光射进竹林，林间筛下阳光斑驳的倩影。小鸟在竹林间穿梭，唱着欢快的歌，竹林便热闹了起来。水磨沟叮咚涌动的溪水，伴随着风吹竹叶的沙沙声，合成了一曲优美的歌。

《菜根谭》曰："风来疏竹，风过而竹不留声；雁度寒潭，雁去而潭不留影。故君子事来而心始见，事去而心随空。"这是一种境界，是做人的高境界。大风吹竹怎能听不见声音呢？当山风乍起，竹子就随风摇摆起来，竹叶婆娑，竹枝碰撞，竹林轰然作响。倘若是和煦微风，那么就风过而竹不留声了。若秋冬之风，定会是风过而竹声阵阵。

岁寒三友之一的竹子，不愧为严寒中的骄子。青青的竹，翠绿的叶，傲立于风雪之中，在寒冬中越发得精神了。寒风从身上掠过，飞雪压满枝叶，竹竿挺得笔直，显出一副大义凛然的姿态。不禁让人赞叹不已，佩服至深。

腊月末，新年的气氛越来越浓。家家户户准备着过新年，大家没有忘记祭祀祖先的礼仪。提前到水磨沟亲戚家要上两根竹竿，劈开，砍细，晾干，锯成一截一截的竹片。竹片卷上棉花，灌上蜡油，制成蜡烛。竹子制成的蜡烛易燃、明亮，因此人们都爱用竹子做蜡芯。正月里，用竹子芯灌成的蜡烛祭祀祖先，表达了子孙对先祖的虔诚。

农村过年，是要耍社火的。备竹子，绑旱船，扎花灯，年轻人早就谋划操办。村子里自古就流传着"石鸡坝里耍社火，水磨沟的竹子做"的古语。办社火用的竹子，都是从水磨沟里砍来的。这个时候砍上一两根大竹子，一般是不用给主人打招呼的。年轻人看上哪丛竹子能用，就砍下来，扛走。这不算偷，多年来都是这样，已成了一种习惯。逢年过节，人们不会计较这些。社火出灯后，要到水磨沟去拜年，为了感谢他们的支助，吟几首喜声（新年贺词）祝贺：新年祝贺水磨沟，借了你们狮子头；从今狮子耍过后，竹茂粮足大丰收。主人听了心里很高兴，便也和上几句，以示回敬：狮子旱船众花灯，邻居胜似众亲朋；互敬互帮互相济，地久天长友谊存。砍竹子的谢意通过唱词，就这样巧妙地表达了，从而增进了邻村之间的友谊。

竹子几乎是完美的，人们都喜爱它，欣赏它的高风亮节，钦佩它的虚怀若谷。《弟子规》云："同是人，类不齐，流俗众，仁者稀。"芸芸众生，良莠不齐。其实人在好多地方都应该向竹子学习，学习竹子的坚忍、虚心、气节……

六

山里的麦子泛黄的时候，树上的麦蝉儿叫得正欢。每逢这个季节，整个山谷蝉鸣如歌，水磨沟便沸腾了。

蝉的一生是不易的，蝉从孵卵到鸣叫要经历脱胎换骨的嬗变。蝉的卵产在木质组织内，孵成虫后，便钻入地下，吸食植物根中的汁液生长。蝉在土里孕育，在地下需要几年的缓慢生长，经过 5 次蜕皮，到了夏季才破土而出，爬上树梢，吮吸树叶的汁液，维持生计。伏天，蝉就开始鸣叫。蝉的腹部有一个发声器，蝉鸣便是从发声器里奏出的鸣响。

炎夏三伏天，是蝉的季节。如火的骄阳炙烤着大地，山间仿佛要燃烧了。树荫里的蝉儿，撕心裂肺地鸣叫，把夏天拉得很长。蝉尽情地歌唱，酣畅淋漓地体现生命的价值，以孜孜不倦的生活热情，将自己微小的生命完美地转化成一曲壮美的绝唱，把它献给美好的夏日。听蝉的鸣叫，有时低沉悲切，有时雄伟嘹亮，有时轻柔婉转，增添了几分美妙与诗意。过了炎夏三伏，蝉就发不出一声鸣叫了，随之便消失得无影无踪。蝉完成了它短暂的一生，那悠扬的蝉鸣，是对生命的诠释。

　　每当蝉鸣的时候，就勾起了我对那些难忘岁月的怀念。那年，我中考失利，心情低落而沉痛。我索性上山帮父亲作务党参药材，放弃再求学的打算。党参生长在水磨沟的山头，长势旺盛，碧绿的藤蔓散发出沁人的香，一切显得那么安详而美丽。头顶烈日，骄阳晒在脸上火辣辣得痛。我狠狠地拔着党参地里疯长的野草，发泄心中的委屈和不快。忽然，悠扬的蝉声从水磨沟山谷里传来，如同一首悦耳动听的歌，为燥热的心，送来一丝凉爽。倾听蝉鸣，那是一群歌手的大合唱，场面宏大，声音宽厚而响亮，震得山鸣谷应。每个蝉儿都在努力地竭尽全力而歌，才形成如此盛大的阵势。蝉忘我的鸣叫，使人钦佩。它不因得到而高兴，也不因失去而气馁，一切随缘，自然而然。我陶醉于蝉的鸣叫，心中生发出从未有过的超然。父亲从地边割了一把野草，编织一个凉圈，亲手戴在我的头上，遮挡太阳恶毒地袭击。父亲耐心地劝解，鼓励我继续努力。他说："人活着都很不容易，受点委屈挫折没有啥大不了的，你听那鸣叫的蝉儿，它们叫得多卖力。努力吧！一切都会好起来的。"父亲的话深深地触动我，让我豁然开朗，如释重负。回望过去，反思自己，深深地感到自己缺少蝉的执着、卖力的精神。新学期开学，我带着父亲的期盼，走进了高中的校门。那如歌的蝉鸣不断地激励着我，让我努力，让我奋发，陪伴我度过了那些艰难岁月。

　　山里的孩子和蝉相伴，听蝉、追蝉、扑蝉，在蝉歌中度过了美好的童年时光，与蝉有着割舍不了的情缘。捕蝉是童年常玩的游戏。当我们听到蝉第一声鸣叫时，就活蹦乱跳起来。大伙儿聚集在一起谋划着如何捕蝉。从水磨沟亲戚家要来一根长竹竿，上边绑上铁丝圈，圈上套一条尼龙网，一根捕杆就做成了。蝉是有灵性的动物，我们拿上捕杆朝蝉鸣的地方寻去，往往还没来到大树前，蝉就停止了鸣叫，悄悄地隐藏起来，让大伙儿难以寻觅。孩子们睁着锐利的双眼，在树上仔细搜寻。人多眼尖，有人发现蝉儿藏在树叶下，瞅准目标，悄悄地将捕杆伸过去。一有动静，蝉嗡的一声就飞走了，便捕个空。偶尔，也有得手的。蝉兜在网里，动弹不得，不时发出"吱吱"的惨叫声。也许，它意识到了它的命运，才叫唤得如此悲哀。从网兜里抓住蝉，把它放进一只玻璃瓶里，蝉一动不动，静静地蹲在那里，十分可怜。轻轻地摇动瓶子，蝉还是那副模样，像死去的一样。透过玻璃，蝉的体状一览无余，黑褐色的躯体，静美如春之残花，秋之落叶。蝉是如此美丽，让人怜惜。

　　蝉儿的一生是短暂的，但在这短短一月的幸福时光里，它们需要在暗无天日的地下压抑几年，等到破土而出，在繁花绿叶间引吭高歌的时候，它们的生命也快到了尽头。每想到此，我为蝉的这种甘于寂寞，锲而不舍，热爱生活的态度而感动。它们为世界而歌，为人类而唱，生得高洁，死得凄婉。

　　《金刚经》云："一切有为法，如梦幻泡影，如露亦如电，应作如是观。"

　　一只蝉儿，如此的不平凡。

七

　　水磨沟植被丰茂，涵养了丰富的水源。从群山间奔涌而出的潺潺溪流，在沟里汇聚成了一条小河。这晶莹的宝贝不舍昼夜地流淌，沟内水量充足，落差大，这里有修建水磨坊得天独厚的条件。老祖宗充分利用资源优势，盘轮圈，打石磨，盖磨坊。一座座磨坊拔地而起，像匍匐在河中的水牛，点缀在如画的水磨沟。

水磨是水磨沟一道靓丽的风景，这是儿时的记忆。沟里的温家沟、中堡子、青岩堡、梨树底下这几个村都修建了水磨坊。然而，要数青岩堡磨坊最多。在青岩堡村的姑姑家就有两座水磨坊，一座是祖上传下来的，另一座是他们后来自己修建的。修建水磨坊是一件不容易的事，也是一项繁杂的工程。首先要选好磨廓，磨廓的选择有讲究：一则不能正对河道，否则易被暴洪冲毁；二则要有较大的落差，从水槽泻下的水才能冲转磨轮；三则要在引水方便的地方，保证水槽里有充足的水量。修整好磨廓，在磨廓上就立磨坊的木架子，盖房，铺楼板，盘磨轮，架水槽，修水渠，再安装上两扇石磨。一切准备停当，就可以试磨了。在沟里的小河中筑起一道小坝，往水磨的水渠里掬起水来。在水槽侧面开一处水闸，多余的水就顺水闸流出。新磨运行需要调试，校正好，就可以磨面了。

磨面是很有趣的，对此我有着刻骨铭心的记忆。青岩堡离我们家较远，大约要走10多里的路程。父亲经常带我去姑姑家的水磨坊磨面，于是，对水磨记忆犹新。最初，我对磨面有些害怕，那水击磨轮的哗哗声，轰隆隆如雷的磨盘声，让人恐惧。特别在晚上，我一刻也不敢离开父亲。父亲给我讲故事，唱眠歌，直到进入梦乡。父亲才扫面、箩面、装面，整整要忙碌一个晚上。当我醒来时，天已大亮了。父亲在磨盘上往磨眼里拨粮食，石磨均匀地转动，从磨齿间磨出的面粉，如雪花般纷纷飘落，在楼板上画着磨盘大小的圆圈。父亲一会儿扫面，一会儿箩面、装面，身上早已沾满了白面，如雪人一般。有时，我央求父亲要拨粮食喂磨，父亲就不时地提醒："拨磨要小心，不能把手放进磨眼里，喂粮食要均匀，喂多了会把磨塞住。"我按照父亲的叮嘱，均匀地往磨眼里喂粮食，不敢有丝毫马虎大意。塞磨是常有的事，倘若磨塞住了，水磨就难以转动。父亲急忙用一根木棍撬住磨绳，旋转几圈，磨盘就被提起，磨就又转动起来。塞磨的粮食就从磨齿间吐出来，又得揽回磨盘重新磨了。

夏季，我最爱跟父亲去磨面。每当烈日当空的时候，我就去磨坊外的水渠里游泳。河水清澈，水底的石块和渠边的水草清晰可见。水的温情撩拨着我，我迫不及待地跳入水中，像鸭子一样欢快地游泳。游乏了，就躺在水渠边的磨盘上休息，感受这自然的清爽。岸边疯长的水草散发着浓浓的草香味，弥漫在水面上，让人感到神清气爽。水打磨轮的脆响，激起山野的热闹。身旁水磨的嗡嗡声，如同一曲优美的歌，常响耳畔。树上的蝉儿声嘶力竭地鸣叫，山里的麦子就要收割了。此时，水磨沟已沉浸在丰收的喜悦中了。

水磨是一首古老的歌谣，从古转到今，从秋转到夏。水磨，不舍昼夜地劳作，为村民忙碌，为生灵奉献。它辛辛苦苦一生，勤勤恳恳一世，无怨无悔地辛劳，忠贞不渝地坚守，让人油然而生敬意。

电磨的安装和使用，如同一场磨的革命，把水磨送进了历史。水磨沟的水磨都闲置了下来，多年的日晒雨淋，水磨坊都坍塌废弃。水磨成了历史的陈迹，淹没在了荒滩野草中。目睹这些，让人感叹，人世易变，沧海桑田……

后　记

　　一切皆缘。

　　文集的出版，也是一种缘分。

　　业余创作，已有十多年了。其间，写了一些文字，也发表了一些文章。从多年来的作品中遴选了部分文章结集出版，有旧作，也有新作。对作品的选择，总有割舍不下的情缘，限于篇幅，又难以将其全部录入。于是，只能忍痛割爱，保留一部分。对于文章的取舍，是一次心灵阵痛的过程，完全按照自己的喜好和感受选择，不知是否适合读者兴趣？这些与读者见面的文字，无疑又是一种缘分。

　　在文章中的那些人，那些事，那些情感，都与我是有缘的。有了他们，才让我的心灵得以震撼，才能在笔下有所表达。这是一种深藏于心灵的缘分。还有鼓励我上进的亲人，激励我写作的同仁，帮助我进步的朋友，关心我成长的领导，为该书出版付出辛劳的敦煌文艺出版社的编辑老师，都是我人生中的机缘，让我时刻铭记。这些缘分，定当永生珍惜。

　　我喜欢独处和清静，有了独处和冷静，才能有静下来思考的心思，才能有写作的时间，在寂寞中寻找心灵的感悟。热闹是很难将一颗心安静下来的，更何况在一个物欲横流的时代呢？"非淡泊无以明志，非宁静无以致远"。于是，我有了与古人一样的感受，虚极静笃，静以修身。静，也是一种缘分，需要更大的勇气和毅力来维护。

时光过得真快，转眼已到不惑之年。人生能有多少个 30 年呢？回首过去，曾在这片土地上充满激情地生活，欣慰自己没有虚度年华。憧憬未来，对这个世界依然满怀期盼，不敢有丝毫懈怠，我将继续……

常怀感恩之心：感恩天地自然的馈赠，感恩土地阳光的哺育，感恩父母亲人的养育，感恩领导和朋友的关怀和帮助。在此，向长期以来关心、关爱、关怀、帮助我的所有人，致以崇高的敬意和衷心的感谢！

刘国贤

2016 年 3 月 26 日